dtv

Alle Jahre wieder stehen ab Ende August die Schokoladenweihnachtsmänner in den Supermärkten herum. Im Oktober wabern erste Glühweindämpfe durch die Luft, und kurz darauf herrscht Weihnachtsrummel allerorten. Zur Freude der Kinder, der Wirtschaft und der Pfarrer – zum Leid von so manch einem, der spätestens dann am liebsten auswandern oder in Winterschlaf fallen möchte.
Die vorliegende Anthologie möchte ebendiesen geplagten Zeitgenossen Trost, Zuversicht und Ablenkung schenken, indem sie mit ihren Erzählungen die anderen, nicht so besinnlichen, nervigen und komischen Facetten des immer noch wichtigsten Fests des Jahres zeigt.
Skurrile, böse, liebenswert-komische Geschichten von Jussi Adler-Olsen, Dora Heldt, Ursula Schröder, Jess Jochimsen, Jutta Profijt, Erich Kästner, Gerhard Polt und vielen anderen.

Schau, wie schön der Christbaum brennt!

Herausgegeben von
Karoline Adler

Deutscher Taschenbuch Verlag

Ausführliche Informationen über
unsere Autoren und Bücher
finden Sie auf unserer Website
www.dtv.de

Originalausgabe 2012
© 2012 Deutscher Taschenbuch Verlag GmbH & Co. KG,
München
Alle Rechte vorbehalten
(siehe Quellenhinweise S. 217 ff.)
Umschlagkonzept: Balk & Brumshagen
Umschlagbild: Gerhard Glück
Innenillustrationen: Wolfgang Adler
Satz: Greiner & Reichel, Köln
Gesetzt aus der DTL Documenta
Druck und Bindung: C. H. Beck, Nördlingen
Gedruckt auf säurefreiem, chlorfrei gebleichtem Papier
Printed in Germany · ISBN 978-3-423-21405-6

Inhaltsverzeichnis

DORA HELDT: Ein Weihnachtsjob   7

JUSSI ADLER-OLSEN: Kredit für den Weihnachtsmann   23

JUTTA PROFIJT: Stille Nacht   33

DANIEL GLATTAUER: Der Karpfenstreit   48

ANNETTE PETERSEN: Familiendrama   56

OSMAN ENGIN: Heiligabend ist Deutschland zu   66

JESS JOCHIMSEN: Draußen vom Walde komm' ich her   75

MARK SPÖRRLE: Die Schwuchtel-Tasche   79

URSULA SCHRÖDER: Meine feinen Sticheleien   89

WOLFGANG BRENNER: Der Adventskranz   94

JÜRGEN KEHRER: Wurstklauer und Türschlitzschnüffler   99

ARNOLD KÜSTERS: Kabine drei   110

EWALD ARENZ: Kinder, Kaffee, Kokain   123

HIPPE HABASCH: die bescherung	127
DIETMAR BITTRICH: Im Weihnachtsmärchen	128
MILENA MOSER: Saure Trauben	137
MICHAL VIEWEGH: Da wird schon was dran sein, an diesen Weihnachten	140
INGVAR AMBJØRNSEN: Ein anderer Stern	148
BENNO HURT: Saure Zipfel und anderes Unweihnachtliches	160
ULRICH KNELLWOLF: Drei Könige ihrer Branche	171
INGER FRIMANSSON: Prost und frohes Fest	177
ERICH KÄSTNER: Interview mit dem Weihnachtsmann	197
HIPPE HABASCH: alle jahre wieder	202
JAROMIR KONECNY: Der freie Wille der Kneipenphilosophen	204
HANS SCHEIBNER: Wer nimmt Oma?	210
GERHARD POLT: Nikolausi	213
DIE AUTOREN	217

Dora Heldt

Ein Weihnachtsjob

Als ich durch das Fenster in meinem Kellerbüro den einsetzenden Schnee sah, wurde meine Laune richtig schlecht. Es schneite leise, aber stetig vor sich hin, wirbelte um die vorbeilaufenden Beine der Passanten und blieb glitzernd auf dem Fußweg liegen. Die Tannenbäume auf der gegenüberliegenden Straßenseite sahen plötzlich gezuckert aus, die Weihnachtsbeleuchtung tauchte alles in goldenes Licht, und der Straßenlärm verstummte. Ich griff nach einem Aktenordner und warf ihn frustriert in die Zimmerecke. Es war nicht zu fassen. Mein Leben lag in Trümmern, und draußen begann ein Wintermärchen. Alles war gegen mich. Gegen Lisa Bergner, gefeuerte Rechtsanwaltsgehilfin, Neusingle, verklagte Rächerin und verurteilte Vandalin.

Sprühregen, Sturmböen und Nebelwände hätten zu meiner Stimmung gepasst, aber doch kein zuckriger Schnee. Das Leben war so ungerecht.

Alles hatte damit begonnen, dass ich früher von einem Besuch bei meiner Schwester zurückkam und meinen Liebsten überraschen wollte. Hugo ist Architekt, war seit einiger Zeit mein Freund, fuhr einen schwarzen Porsche und hatte eine tolle Wohnung, zu der ich den Schlüssel besaß. Für Notfälle. Ich hatte mir die Überraschung so schön ausgedacht, einen Rotwein geschnappt, meine sündhafteste Unterwäsche angezogen, darüber den dicksten Mantel und war mit dem Taxi zu Hugo gefahren. Voller Vorfreude hatte ich vor mich hin gesummt, weshalb ich wohl nicht auf die ungewöhnlichen Geräusche geachtet und fröhlich die Tür aufgeschlossen hatte, um dann meinen Liebsten mit einer Blondine bei Turnübungen auf dem Bett sehen zu müssen. Wenn man einen Loft bewohnt, gibt es leider keine Türen. Und deswegen auch keine Möglichkeit zum unauffälligen Rückzug. Also hatte ich ihm eine Szene gemacht, die nahezu filmreif war und die damit geendet hatte, dass ich Hugos Besuch als aufgetakelte Schlampe beschimpfte und die Weinflasche auf dem Boden, genau auf ihrem weißen Ledermantel, zerdepperte. Bis zu diesem Zeitpunkt hatte sich die Dame unter der Decke verkrochen, erst als sie hochschoss, erkannte ich Dr. Sabine Leitmeier, Rechtsanwältin und seit vier Monaten meine Chefin. Der Rest war meinem Schock geschuldet. Natürlich hätte ich das Foto der derangierten Spitzenanwältin nicht ins Internet stellen sollen, natürlich war es Blödsinn gewesen, auf Hugos Porsche mit seinem Hausschlüssel »Steuerbetrüger« zu kratzen, natürlich hätte ich den Schlüssel auch in den Briefkasten statt in den Gulli werfen können, aber ich stand einfach unter Schock. Zumal ich später erfahren musste, dass Hugo und Dr. Leitmeier miteinander verheiratet und nur seit fünf Monaten vorübergehend getrennt waren. Warum behalten die Leute auch ihren Mädchennamen?

Der beschädigte Porsche, der ruinierte Wintermantel und der Einbau der neuen Türschlösser würden mich die nächsten Jahresgehälter kosten, was sich schwierig gestalten würde, weil mir ja fristlos gekündigt wurde. Wegen des Fotos. Aber weil Hugo meinte, Sabine wäre kaum zu erkennen und ich genug gestraft, hatte sie von einer Anzeige abgesehen. Erst einmal.

Ich war wirklich genug gestraft. Weil ich nach der Kostenaufstellung jeden Job annehmen musste und das auch noch ganz schnell, saß ich jetzt in diesem muffigen Büro und schrieb Rechnungen. Für Überwachungsdienste. Mein ältester Freund Gunther war früher Polizist gewesen. Wegen irgendeines Vorfalls, über den er nicht sprechen will, hat er den Dienst quittiert und sich als Privatdetektiv selbstständig gemacht. Wie in einem schlechten Hollywoodfilm. Leider hatte Gunther nichts, aber auch gar nichts mit den berühmten Hollywooddetektiven gemeinsam. Er trank weder literweise schwarzen, kochend heißen Kaffee, noch nahm er nach Feierabend Drinks an einer Bar, noch rauchte er filterlose französische Zigaretten, nein, mein alter Freund Gunther war ein übergewichtiger Vegetarier, dem von Alkohol schlecht wurde und der von Zigarettenrauch Ausschlag bekam.

Dafür befreite er auch keine entführten, bildschönen Millionenerbinnen oder ließ kriminelle Kartelle auffliegen. Auch raffinierte Erpressungen oder wilde Verfolgungen kamen bei uns nicht vor. Stattdessen bespitzelte Gunther krankgeschriebene Arbeitnehmer, untreue Ehefrauen oder Ehemänner, schmierige Vermieter oder Schulschwänzer. Und für solche Dienste durfte ich nun Rechnungen schreiben. Es war erbärmlich, langweilig und deprimierend, trotzdem musste ich froh sein, dass Gunther mir überhaupt einen Job gegeben hatte. Bei seiner schlechten Auftragslage konnte er sich eigentlich keine Angestellte leisten.

Und so saß ich an diesem Winterzauberabend in diesem Kellerbüro unter einer halbseitig kaputten Neonröhre mit einer alten Decke auf den kalten Beinen und ertrank in Selbstmitleid.

»Guten Tag.«

Die helle Stimme riss mich fast vom Stuhl, sofort fuhr ich herum.

»Wie zur Hölle ... ?« Ich schluckte den Rest der Frage, es wäre nicht kindgerecht gewesen. Denn vor mir stand ein Kind. Ein Junge, höchstens zehn, im grauen Parka, die blonden Haare unter einer dunkelblauen, schneegesprenkelten Wollmütze verborgen, mit dreifach gewickeltem Schal um den Hals und dicken Stiefeln an. Es musste draußen saukalt sein.

»Die Tür stand offen.« Seine Wangen waren gerötet, aufgeregt knetete er eine Plastiktüte in den Händen.

»Dann mach die Tür wieder zu. Aber von außen. Hier gibt es nichts zu sammeln. Weder Geld noch Süßigkeiten.«

Ich zog demonstrativ eine Schublade auf und wieder zu, der Junge blieb stehen.

»Ich möchte zu Gunther Matti.«

»Das ist mein Chef, und der ist in den Weihnachtsferien. Du kannst am 10. Januar wiederkommen. Frühestens.«

Der Junge rührte sich nicht von der Stelle, nur das Rascheln der Plastiktüte war zu hören. Als ich ihn ungeduldig ansah, hielt er inne und erwiderte meinen Blick. »Das ist zu spät.«

»Wofür?«

Die Tüte wanderte wieder von seiner rechten Hand in die linke und zurück.

»Für meinen Hund.«

Das fehlte mir wirklich noch: ein kleiner Junge, der sich einen Hund wünschte und deshalb den Weihnachtsmann ausfindig machen wollte. Wobei er für so eine Albernheit eigentlich schon zu groß war.

»Schreib einen Wunschzettel. Du hast noch zwei Tage Zeit.«

»Gibt es keine Detektivvertretung? Können Sie nicht vielleicht ... ?«

Ich atmete tief aus und starrte ihn mit zusammengekeniffenen Augen an. »Okay. Weil Weihnachten ist, bin ich jetzt freundlich: Was willst du von einem Detektiv? Zehn Sekunden Zeit. Ab jetzt.«

»Mein Hund ist weggelaufen. Er heißt Benni. Papa wohnt nicht mehr bei uns, und Mama muss dauernd arbeiten. Sie hat keine Zeit, ihn zu suchen. Ich habe aber ein Sparschwein und kann einen Detektiv bezahlen. Was kostet das? Einen Hund suchen?«

Atemlos sah er auf die Uhr. »Acht Sekunden.« Dann auf mich.

»Das ist teuer. Wie heißt du überhaupt?«

»Emil.«

»Und wie alt bist du?«

»Zehn. Aber nur bis Mai. Danach elf.«

Ich musterte ihn streng. »Wissen deine Eltern, dass du einen Detektiv beauftragen willst?«

Seine Hände umklammerten die Plastiktüte. Er biss sich auf die Lippe, hob dann entschlossen den Kopf. »Ich habe Geld. Ich kann Sie bezahlen. Hier ist mein Sparschwein. Bitte nicht kaputt machen, das hat da unten so einen Plastikdeckel.«

Vorsichtig hob er es aus der Tüte und stellte es auf den Schreibtisch. Ich sah es mir lange an, dann Emil, dann wieder das Schwein. Es war gelb und trug die Aufschrift »Glücksschwein«. Emil beobachtete mich. Seine Augen glänzten, ich hoffte nicht, dass es Tränen waren. Ich hatte keine Lust, mitleidig zu werden. Schnee macht mich immer rührselig.

»Da sind 21 Euro und 70 Cent drin«, sagte er eifrig.

»Eine Menge Kohle«, brummte ich.

Emil nickte eifrig. »Mein ganzes Geld. Aber Benni ist es wert. Machen Sie es? Übernehmen Sie den Auftrag?«

Eigentlich konnte ich neben Hugo und Dr. Sabine Leitmeier zwei Dinge nicht leiden: kleine Kinder und große Hunde. In der Kombination war es ganz verheerend. Aber während der Schnee von Emils Mütze taute und er mich mit großen Augen ansah, fiel mir ein, dass ich im Moment nichts, aber auch wirklich gar nichts zu tun hatte. Ich würde allein in meiner Wohnung sitzen, mich selbst bemitleiden, betrinken oder langweilen. Vielleicht wäre es besser, eine durchgebrannte Töle zu suchen. Dabei käme ich wenigstens an die Luft. Wenn es schon mal zu Weihnachten schneite.

»Ich mache es«, sagte ich und bemühte mich, ein kleines bisschen Humphrey Bogart in meine Stimme zu legen. »Aber ich kann dir nichts versprechen.«

Emil nickte langsam und trat einen Schritt näher. Aus der zerknitterten Tüte holte er einen Umschlag, den er mir auf den Tisch schob. »Hier sind Fotos von Benni«, sagte er ernst. »Sie sind alle aus dem letzten Jahr. Und hier sind meine Adresse und Telefonnummer. Aber bitte rufen Sie nur morgens an, da arbeitet Mama. Ich habe Ferien und kann telefonieren. Muss ich eigentlich auch bezahlen, wenn Sie ihn nicht finden?«

»Nein.« Ich fächerte ungefähr dreißig Bilder eines schwarz-weißen Mischlingshundes auf meinen Tisch. »Geld nur bei Erfolg. Also gut. Wo hast du ihn das letzte Mal gesehen?«

Als ich am nächsten Morgen zähneklappernd meine Hände in meiner Manteltasche versenkte und mich dafür verfluchte, keine Mütze aufgesetzt zu haben, fragte ich mich ernsthaft, warum ich mich für einen fremden, kleinen Jungen so früh aus dem Bett gequält und in den finalen Weihnachtseinkaufsstress gestürzt hatte. Die ganze Stadt war auf den Beinen, um am 23. Dezember das letzte Geschenk, die letzten Lebensmittel und das letzte Schleifenband einzukaufen. Nur ich brauchte davon nichts, sondern suchte einen blöden Hund. Für ein fremdes Kind. Im heftigsten Schneegestöber. Ich war eine Heilige. Schade, dass Hugo das nicht mehr erlebte.

Mein Zielobjekt war Emil auf dem Weg vom Park nach Hause ausgebüchst. Einen Diebstahl schloss ich aus. Benni war so ziemlich das hässlichste Tier, das ich jemals gesehen hatte. Genau genommen sah Benni aus wie eine Wurst auf vier krummen Beinen und mit runden Augen. So etwas konnten nur die Hundemutter oder ein zehnjähriger Junge lieben. Aber es war egal. Emil wollte ihn wiederhaben, und ich hatte nichts anderes zu tun.

Die erste Station war der Park, in dem der hässliche Benni das letzte Mal in Emils Begleitung seinen Haufen gemacht hatte. Ich lief die Wege ab, vorbei an Glühweinständen und Bratwurstbuden. Laufen war allerdings zu viel gesagt. Der Schnee war angefroren, und ich trug zwar schöne, aber völlig ungeeignete Stiefel mit Ledersohlen. Ich ging wie auf Eiern. Warum musste man in der Weihnachtszeit eigentlich auf jedem freien Platz einen Weihnachtsmarkt aufbauen? Niemand brauchte Berge von diesem grauenhaften Weihnachtsschmuck; kein Mensch konnte so viel Glühwein trinken. Mir wurde schon vom Geruch übel. Vom Weihnachtsgeruch.

Ich würde Heiligabend im Schlafanzug auf meinem Sofa liegen, eine große Käsepizza essen und mir zum hundertsten Mal den Film ›Tote tragen keine Karos‹ ansehen. Kein Tannenbaum, keine Kerzen, kein Lametta. Nichts. Nur ich und Steve Martin. Vielleicht war Heiligabend so zu ertragen. Natürlich hätte ich auch zu meinen Eltern fliegen können. Nach Fuerteventura, wo sie seit ihrer Pensionierung lebten. Aber dann hätte ich ihnen von meiner Hugo-

Katastrophe erzählen müssen, das wollte ich auf gar keinen Fall. Ich konnte mir denken, wie sie reagieren würden: verheerend. Nein danke.

»Ho, ho, ho!« Der Weihnachtsmann sprang mir plötzlich in den Weg, ich konnte auf dem glatten Schnee nicht ausweichen und schlidderte in ihn hinein.

»Sind Sie bescheuert?« Vor lauter Empörung rutschte ich aus und stürzte vor ihm auf die Knie. »Wieso springen Sie mich an?«

Ich kniete vor ihm, sah erst auf seinen roten Weihnachtsmannbauch und dann auf meine Stiefel, die ein dicker Schneerand komplett ruiniert hatte.

»Na, toll. Helfen Sie mir vielleicht mal hoch, oder soll ich bis zum Wegrand krabbeln?«

Meine Hände brannten, ich hatte mich abgestützt, der Schnee war nicht nur gefroren und kalt, sondern auch hart. Es tat sauweh, als der Weihnachtsmann mich an der Hand anpackte, um mich hochzuziehen. Ich hätte ihm fast vor die Schienbeine getreten.

»Ich wollte Sie nicht erschrecken, Sie sahen nur so traurig aus, ich wollte Sie aufheitern.« Seine Stimme klang hinter dem künstlichen Bart dumpf, während er redete, klopfte er mit seinen dicken Handschuhen den Schnee von meinem Mantel.

»Was soll denn das?« Ich stand wieder und schlug ihm die Hand weg. »Ich bin nicht traurig, ich bin im Dienst. Haben Sie den schon mal gesehen?«

Um meine Haltung bemüht, hatte ich das Foto aus meiner Tasche gezogen und wedelte damit vor seinem Bart. Er nahm es mir aus der Hand und schaute es an. Schöne braune Augen. Und jünger, als man sich einen Weihnachtsmann vorstellte.

»Ja.« Er hielt den Kopf schief. »Das ist ja lustig. Ich habe vor fünf Minuten neben ihm gestanden und eine Wurst gegessen.«

»Was?« Ich machte einen Schritt auf ihn zu und ruderte sofort mit den Armen. Er hielt mich fest. »Sind Sie sicher? War er allein?«

»Nein. Mit einer Frau.« Vorsichtig gab er mir das Foto zurück. »Und offensichtlich sehr verliebt. Tut mir leid.«

Diese hässliche Töle? Offensichtlich verliebt? Bevor ich fragen konnte, woran man das sieht, fiel mein Blick auf das Foto.

»Nein.« Unwirsch riss ich es ihm aus der Hand. »Der doch nicht. Ich suche den hier.«

Wie um alles in der Welt kam Hugos Foto in meine Manteltasche? Ich musste heute Morgen noch völlig verkatert gewesen sein.

»Das ist ein Hund?«

»Ja, sicher. Haben Sie den vielleicht hier irgendwo gesehen?«

»Nein.« Bedauernd schüttelte er den Kopf. »Ist er abgehauen? Ich kann gern darauf achten, solange ich hier Dienst habe. Haben Sie eine Karte dabei? Wenn ich ihn entdecke, rufe ich Sie an.«

Weil Ermittlungen wichtiger sind als private Empfindlichkeiten, gab ich dem Weihnachtsmann meine Telefonnummer. Es war für Emil.

Bevor ich von ihm wegschlidderte, drehte ich mich noch einmal um. »Welche Wurstbude?«

»Die dritte von rechts. Mit der blauen Schrift.«

»Danke. Und ... ähm, fröhliche Weihnachten.«

Es ist nicht leicht, mit Ledersohlen auf schneeglatten Wegen einer Wurstbude selbstbewusst entgegenzugehen, bei der man gar nicht weiß, was einen da überhaupt erwartet.

Es war auch nicht nötig, kurz bevor ich mein Ziel erreicht hatte, klingelte mein Handy. Es war eine unbekannte Nummer, ich gab meiner Stimme die nötige Festigkeit: »Bergner.«

»Spreche ich mit ›Mattis Ermittlungen aller Art‹?« Eine Kinderstimme.

»Hallo, Emil.«

»Hallo. Haben Sie schon etwas herausgefunden?«

»Emil. Es ist elf Uhr. Es ist kalt, glatt und früh. Ich habe erst angefangen.«

Emil war ein ausgesprochen höfliches Kind. »Oh, gut. Ich wollte auch nur mal hören, ob es etwas Neues gibt.«

»Nein, gibt es nicht. Dein Geld gehört noch dir.«

Da stand er. Hugo. Neben Frau Dr. Sabine Leitmeier. Er ließ sie tatsächlich von seiner Wurst abbeißen. Widerlich. Ich wurde ganz starr. Emils Stimme holte mich wieder zurück. »Es geht mir nicht um mein Geld, Frau Bergner. Ich will meinen Hund zurück. Bitte. Sie strengen sich doch an, oder?«

Dr. Sabine Leitmeier hatte sich mit Ketchup bekleckert. Auf den neuen Ledermantel, den meine Versicherung bezahlt hatte. Schön.

»Ja, Emil«, erwiderte ich, »ich strenge mich an. Bis später.«

Lächelnd steckte ich mein Handy weg, und in diesem Moment sah Hugo mich und zuckte zusammen. Ich ging. Ich hatte zu tun.

Mit dem Bild des erschrockenen Hugo im Kopf verließ ich langsam den Park und steuerte das erste Geschäft an der Hauptstraße an. »Bücherstube Melchior« stand auf dem Fenster, der Mann, der an der Kasse stand und mich anlächelte, hätte gut und gern zu den drei Weisen gehören können.

»Guten Tag«, ich fiel gleich mit der Tür ins Haus. »Ich suche diesen Hund. Haben Sie ihn vielleicht gesehen?«

Nach einem kurzen Blick auf das dieses Mal richtige Foto sagte er freundlich: »Wir haben selten Hunde im Laden. Tut mir leid.«

Dann besah er sich das Bild noch einmal genauer. »Der sieht ein bisschen aus wie der Hund von einem kleinen Kunden von uns. Emil Martens.«

Martens? Nach dem Nachnamen hatte ich gar nicht gefragt.

»Emil Martens. Genau, das ist Emils Hund. Er sucht ihn.«

»Der arme Junge. Erst zieht der Vater aus. Jetzt ist der Hund weg. Wenn er das nächste Mal kommt, werde ich ihm ein Buch schenken. Der liest so viel, der Emil, am liebsten Kriminalromane. Eigentlich noch nichts für sein Alter.«

Daher also. »Was ist mit dem Vater?«

Abwehrend hob der Mann seine Hände. »Der hat es nicht so mit Tieren. Das waren immer nur Emil und seine Mutter. Aber ich glaube nicht, dass er was mit dem Verschwinden des Hundes zu tun hat. Kann ich sonst noch was für Sie tun?«

»Danke. Den Hund suchen. Frohe Weihnachten.«

Eine Glocke klingelte, als ich die Tür hinter mir schloss.

Der nächste Laden war ein Feinkosthändler. Das Geschäft war gut besucht. Ich stellte mich an der Wursttheke an, die Verkäuferin im weißen Kittel, die dort bediente, sah so aus, als hätte sie ihre Augen und Ohren überall. Als ich an der Reihe war, kaufte ich zunächst ein bisschen Schinken und Leberwurst, nur Käsepizza war ja auch langweilig, und schob anschließend Bennis Foto über die Theke. »Das war's. Und ich suche diesen Hund.«

Ihr Lächeln wurde etwas schmaler. »Warum?«

»Er ist weggelaufen. Und ich soll ihn suchen.«

»Der gehört den Martens.« Sie schob mir das Wurstpäckchen und das Wechselgeld zu. »Sind Sie nur Hundesucherin? Oder gehören Sie zur Familie?«

»Weder noch.« Gunther würde stolz auf mich sein. Ich musste hier alle Ermittlertaktiken anwenden. »Ich arbeite für einen Privatdetektiv. Wir wurden beauftragt. Mit der Hundesuche.«

Klang doch gut. Aber die Dame war hartnäckig.

»Was kostet so was denn? Hat Frau Martens Sie beauftragt?«

Ich blieb cool. »Wir reden nicht übers Geld. Und Emil hat mich beauftragt.«

»Der Junge?« Die Frau beugte sich über die Theke und senkte ihre Stimme: »So ein Süßer. Der Vater ist wegen einer anderen weg, die Mutter arbeitet als Ärztin im Krankenhaus, rund um die Uhr, und Emil hat nur den Hund. Sie müssen den finden. Hier...«, sie fischte mit einer schnellen Handbewegung zwei Würstchen aus einer Schale. »Zum Anlocken. Viel Erfolg. Wenn ich den Hund sehe, rufe ich Sie an. Nummer?«

Ich gab ihr meine Karte. Die Ermittlungen liefen doch gut an. Eines der Würstchen aß ich sofort. Ich würde Benni ein neues kaufen.

Auch in der benachbarten Apotheke kannte man den Hund vom Sehen. Hier erfuhr ich außerdem, dass Emils Mutter nicht nur eine äußerst attraktive, erfolgreiche und engagierte Ärztin war, sondern auch, dass der abtrünnige Ehemann ein Idiot und Emil ein Goldschatz war. Ich brauchte keine Privatdetektivverfahrung, um zu erkennen, dass der kleine, dünne Apotheker in Frau Dr. Martens verknallt und eine Klatschtante war. Trotzdem gab ich ihm meine Nummer, dafür bekam ich ein Tütchen Salmiakpastillen und das Versprechen, die Augen aufzuhalten.

Als Emil mich zum dritten Mal anrief, saß ich gerade an meinem Küchentisch, die blau gefrorenen Füße in einer Schüssel mit heißem Wasser, und sortierte die Ausbeute des Tages. Außer Bonbons, Würstchen, einem Kalender von der Sparkasse, diversen Weihnachtssüßigkeiten und gut meinenden Versprechen hatte ich nichts vorzuweisen. Ich traute mich kaum, es Emil zu sagen.

»Alle suchen jetzt mit.« Ich versuchte, zuversichtlich und lässig zu klingen, er war doch erst zehn. »Wir werden ihn finden. Sicher.«

»Morgen ist Weihnachten.« Emil tat tapfer. »Vielleicht ist an der Sache mit dem Weihnachtsmann ja doch was dran. Ich kann es ja noch mal versuchen. Mit dem Wünschen.«

»Genau. Das schadet nichts. Und morgen suche ich weiter. Gute Nacht, Emil.«

Bevor ich einschlief, schickte ich einen kurzen Wunsch an den Weihnachtsmann. Er konnte ruhig auch mal was tun.

Das Telefon riss mich aus einem Traum, in dem die Hundewurst Benni sich gerade in Hugos Hintern verbiss und ich ihn dabei anfeuerte. Schlaftrunken wälzte ich mich zur Seite und tastete nach dem Handy.

»Ja?«

»Lisa Bergner? Sind Sie das?«

»Ja. Wer...?«

»Meine Güte, was haben Sie mit Ihrer Stimme gemacht? Hier ist der Weihnachtsmann.«

»Idiot.« Ich wollte das Gespräch schon beenden, als die Stimme lauter wurde.

»Nicht auflegen, im Ernst, ich habe Sie im Park umgerannt. Sie haben mir Ihre Nummer gegeben. Ich habe den Hund gesehen.«

»Was?« Jetzt saß ich. »Wo? Wie spät ist es?«

»Es ist jetzt halb acht. Und der Hund ist mit einer alten Dame unterwegs, ich stehe jetzt vor ihrem Haus, Kastanienallee 26.«

»Bleiben Sie da. Ich komme.«

In den übrigen elf Monaten des Jahres nannte sich der Weihnachtsmann Lars. Er arbeitete beim Radio und im Dezember im Auftrag des Senders als Weihnachtsmann. Um Kinder zu beglücken. Und in diesem Fall auch mich. Lars hatte Benni auf dem Weg zur Arbeit erkannt, er war sich ganz sicher. Wir standen seit einer halben Stunde bibbernd vor einem kleinen Einfamilienhaus und warteten, dass das Zielobjekt wieder auftauchte. Es schneite wieder leise vor sich hin. Zwischendurch hatte mich Lars gefragt, wie ich den heutigen Heiligen Abend verbringen wollte. Ich sagte es ihm.

»Das ist mein Lieblingsfilm«, hatte er verblüfft gesagt. »Und dann noch Käsepizza. Das ist ein Zeichen.« Er hatte Schnee in den Haaren und auf den Wimpern und war mit Abstand der bestaussehende Weihnachtsmann, den ich je getroffen hatte. Aber ich hatte einen Auftrag.

»Ich gehe jetzt da hinein. Wenn ich in zehn Minuten nicht wieder da bin ...«

Ich verschluckte den restlichen Satz, das wäre vielleicht doch übertrieben. Aber Lars nickte ernst. »... dann komme ich nach.«

Benni war in echt noch hässlicher als auf den Fotos. Und er roch. Aber sein Charme war so zwingend, dass ich ihn auf meinen Beinen liegen ließ. Emil hockte auf der Armlehne meines Sessels, strahlte und streichelte seinen besten Freund zwischen den Ohren. Wenn mich jetzt jemand so sehen würde, bekäme er ein völlig falsches Bild von mir. Zumal mich auch noch ein Weihnachtsmann verliebt durch den Raum ansah, in dem sich neben einer ausgesprochen gut aussehenden Ärztin auch noch eine alte Dame befand, die ganz aufgeregt ihr Taschentuch knetete.

»Das ist wirklich Ihr Ernst?« In ihren Augen standen Tränen. »Sie sind mir nicht böse, sondern laden mich heute Abend ein? Ich weiß gar nicht, was ich ...«

»Sie sagen gar nichts.« Emils Mutter stellte ihre Kaffeetasse auf den Tisch und erhob sich. »Um sieben gibt es Essen. Es wird Zeit, dass wir mal wieder Weihnachtsbesuch haben. Und ich habe da auch noch eine Idee, darüber reden wir später. Ich muss noch kurz in die Klinik. Emil, willst du mit?«

»Och, nö. Ich ...«

»Ich bringe ihn nach Hause.« Weihnachtsmann Lars sah Emil an, der begeistert nickte. »Ich muss sowieso da vorbei.«

»Danke.« Emils Mutter lächelte. »Bis später.«

Bericht von Lisa Bergner zum Fall »Benni«:

Der Auftrag wurde erfolgreich ausgeführt. Das Zielobjekt befand sich in der Obhut von Annegret Kossens (78), allein lebend in der Kastanienallee 26. Eine Entführung konnte nach Augenscheinnahme ausgeschlossen werden. Das

Zielobjekt ist freiwillig mitgegangen, Frau K. hatte vor, den Hund nach den Weihnachtstagen wieder zum rechtmäßigen Besitzer zurückzubringen, sie wollte lediglich Gesellschaft haben. Die Rechnung konnte in diesem Fall nicht gestellt werden, da der entscheidende Tipp vom Weihnachtsmann kam, der in unserer Gebührenordnung nicht berücksichtigt ist.

P.S.: Lieber Gunther, Frau Kossens war übrigens mal eine Patientin von Emils Mutter. Sie hat den Hund aber nicht gekannt und ihn nur mitgenommen, weil sie Weihnachten nicht allein sein wollte. Jetzt war sie bei Emil und seiner Mutter eingeladen und wird in Zukunft Emils Tagesoma. Weihnachten ist doch schön, oder?

P.S.2: Ich gehe heute Abend mit einem Weihnachtsmann Silvester feiern. Zum Ausnüchtern leihen wir uns Neujahr einen Hund und ein Kind zum Schneespaziergang. Sag jetzt nichts.

P.S.3: Hugo hat mir eine Weihnachtskarte geschickt. Sie erlassen mir die Schulden, weil Dr. Sabine jetzt schwanger und milde ist.

P.S.4: Ich konnte noch nie schwarze Porsches leiden. Ein wunderbares neues Jahr wünscht dir deine Assistentin Lisa.

Jussi Adler-Olsen

Kredit für den Weihnachtsmann

Als er klein war, nannten sie ihn einen Schlawiner. Was für ein Junge! So große Augen! Und dieses Lächeln!

Das war vor langer Zeit gewesen: vor genau fünf geknackten Autos, Dutzenden Ladendiebstählen und ungezählten Betrügereien.

Brian hatte seine Strafe verbüßt. Er lebte nun in Ishøj mit seiner Frau, deren Bauch langsam, aber sicher wuchs. So weit war alles gut, nur – gerade war er hochkant gefeuert worden. »Hau ab und komm nicht wieder, sonst zeigen wir dich wirklich an«, hatten sie gesagt. Fünf Tage vor Weihnachten. Ohne eine Öre Kleingeld in der Tasche. Verdammt, wieso hatte es so kommen müssen? Aberhunderte von Menschen mit blassen Gesichtern und nachlässig abgestellten Taschen am Fußende der Betten hatte er durch die Klinikflure geschoben. Das war schließlich sein Job gewesen. Warum zum Teufel hatte er bloß die Finger in das Portemonnaie gesteckt? Wer bestiehlt schon jemanden, der wachen Auges dabei zusieht? Nur ein Idiot.

Ein absoluter Idiot! Bedrückt stand Brian vor dem Kaufhaus. Rote Herzen, groß wie Wagenräder, blinkende Lichter. Menschen hasteten vorbei, um in letzter Minute noch Geschenke zu besorgen. Nur der Idiot konnte nicht mithalten und dabei sein. Brian Severin Jørgensen, ehemals verurteilt und nun schon wieder gestrauchelt. Seine Liebste würde sofort stutzen, wenn der Platz unter dem Weihnachtsbaum leer wäre. O verdammt, was für ein Versager. In sechs Tagen würde er allein vor einem nadelnden Weihnachtsbaum sitzen und an den Bauch denken, der dort drüben im gottverlassenen Jütland bei ihren Eltern immer weiter wuchs.

Zum Kuckuck, Brian, dachte er. Unter dem Weihnachtsbaum *müssen* Geschenke liegen. Fünf mindestens, sonst ist was los.

Als Brian merkte, wie ihn ein Kaufhausdetektiv beobachtete, kam ihm eine Idee. Der Typ steckte in einem Weihnachtsmannkostüm. Brian kannte ihn und starrte zurück. So ein Kostüm müsste man haben, dachte Brian. Was man darunter alles verstecken könnte!

Er ließ den Blick schweifen. Bei den Rolltreppen entdeckte er noch einen Weihnachtsmann. Auf jeder Etage war wahrscheinlich mindestens einer. Doch – die Idee war nicht schlecht. Ein Weihnachtsmann mehr oder weniger in diesem riesigen Kaufhaus, wer zum Teufel würde das schon bemerken.

Den Umkleideraum fürs Personal fand er im dritten Stock. Dort hingen, hübsch aufgereiht auf Bügeln, noch drei Weihnachtsmannkostüme, dazu gab es die passenden gelben Holzpantinen. Er zog das größte Kostüm über. Himmel, darin wurde einem vielleicht warm.

Er sah sich um. In der Ecke stand eine Sporttasche. Adidas und ziemlich schmutzig. Kurz entschlossen zog er das Kostüm wieder aus, warf Jeans, Hemd und Windjacke drüben in die Ecke, stellte die Tasche oben drauf und zog dann wieder das Kostüm an. Das war angenehmer so. Zufrieden mit sich selbst nickte er seinem Spiegelbild zu. Die Weihnachtsmannmütze saß keck schräg auf dem Kopf, der Wattebart verdeckte das Gesicht vorzüglich, die Hose saß wunderbar locker. Er beschloss, das Kostüm anzubehalten, bis er zu Hause im Flur stehen würde. Teufel auch. Weihnachten war gerettet!

Brian verfolgte jetzt Frauen, aber natürlich nur besondere: Frauen, die eine ähnliche Figur wie seine Frau hatten. Er schlüpfte, gleich nachdem sie wieder gegangen waren, in die Umkleidekabinen und sammelte ein, was sie auf den Bügeln hatten hängen lassen. Wie fix doch so ein Paar Holzpantinen diese behämmerten Diebstahlsicherungen knacken konnte.

Gesegnet seien die schludrigen Frauen, dachte er und band sich die Sachen um den Leib. Markenartikel, die er noch nie zuvor in Händen gehalten hatte. Seidiges von Simone Pérèle, Chantelle und Passionata sowie hauchzarte Unterwäsche von La Perla. Alles in Größe vierzig und Einzelnes in zweiundvierzig für die späteren Schwangerschaftswochen.

Genial, dachte er und tätschelte seinen eigenen langsam wachsenden Bauch. Sobald die Jacke des Weihnachtsmanns richtig straff sitzen würde, hätte er sein Ziel erreicht. Aber noch war Platz für mehr. Möglichst unauffällig lauerte er Frauen auf, die Nachtwäsche probierten. Gern so was Knappes mit dünnen Trägern ... Was bei pikanten Klamotten nebenbei abfiel, war nämlich nicht zu verachten. Das hatte er gelernt.

Den Weihnachtsmannkollegen entdeckte er erst, als der ihn angaffte. Dieser Blick verhieß: »Du bist durchschaut. Warte nur, einen Augenblick noch, und die Handschellen schnappen ein.«

Schon tauchte ein weiterer Weihnachtsmann auf. Im Hintergrund quakten die Lautsprecher etwas von Spielzeugangeboten im vierten Stock und plötzlich ernster:

»Hier spricht der stellvertretende Direktor Antonsen. Soeben wurde die Hauptkasse unseres Kaufhauses überfallen. Deshalb bitten wir ...«

In diesem Moment bemerkte Brian, dass keiner der Weihnachtsmänner Holzpantinen trug. Ohne diese klobigen Dinger waren sie bestimmt schnell wie der Blitz.

Verdammt, Brian, mach, dass du wegkommst, ehe die sich formiert haben, dachte er und nahm direkt auf die Rolltreppe Kurs. Ein Junge schrie laut auf, als Brian ihm mit seinen Riesenlatschen auf die Zehen trat. In großen Sätzen rannte Brian vorbei an verdatterten Kundinnen, die sich ungern ihre Nerze ruinieren lassen wollten. Brian wusste ganz genau, was hinter ihm passierte. Die Weihnachtsmänner spurteten die Treppen hinunter. Die Nerzmäntel würden binnen Kurzem im Servicebüro stehen und Stunk machen.

Sieh zu, dass du den Mist loswirst, schoss es ihm durch den Kopf. Der Tag hatte mit duftendem Kaffee und heißen Umarmungen auf dem Sofa begonnen. Wenn Brian nicht aufpasste, endete das Ganze zwischen Knackis hinter Gittern. Weihnachten à la Vridsløse-Knast.

Brian nahm die Hintertreppe, beim Rennen scannte er die Umgebung und entdeckte tatsächlich eine Kundentoilette. Anscheinend hatte er seine Verfolger abgehängt. Vielleicht musste er nur noch ein Weilchen warten, bis die Lage sich komplett beruhigt hatte. Und trotzdem! Die Leute standen sicherlich an den Ausgängen und hielten Ausschau nach einem Ladendieb im Weihnachtsmannkostüm. Verdammt! Seine eigene Kleidung lag etwa fünfhundert Schritte von hier entfernt, unmöglich zu erreichen. Hätte er die Sachen doch bloß anbehalten! Hätte er doch lediglich ein paar Herrenklamotten geklaut!

Er trippelte vor der Toilettentür auf und ab. Endlich öffnete so ein Alter selig lächelnd die Tür. Brian schob sich in die Kabine. Jetzt musste er schnellstmöglich das Diebesgut loswerden und abhauen. Sollten sie doch eine Leibesvisitation durchführen. Was konnten sie ihm schon nachweisen? Dass er das Kostüm des Weihnachtsmanns angezogen hatte? War es denn etwa verboten, die Leute in Weihnachtsstimmung zu versetzen?

»Weihnachtsmann, bist du da drin?«, hörte er von draußen eine helle Stimme.

Was zum Teufel hatte ein Weib auf dem Männerklo zu suchen?

»Komm schon raus, ich kann ja deine Holzpantinen unter der Tür sehen«, hörte er die Stimme wieder.

Was für ein Scheißtag, dachte er und schloss auf.

»Gut, dass ich dich hier gefunden habe«, sagte die Frau. »Nun komm!« Sie machte einen sehr energischen Eindruck. Die hatte bestimmt Pfefferspray in der Handtasche.

»Sie warten schon auf dich da hinten in der Spielwarenabteilung«, rief sie ihm zu und eilte weiter in Richtung eines vergoldeten Königsthrons.

Was ging hier eigentlich vor?

Unwillig nahm Brian auf dem Thron im Scheinwerferlicht Platz. Er umriss seine Situation erst, als er sich etwa zwanzig Kindern gegenübersah, die ihn erwartungsvoll anstarrten. Sie wünschten sich sehnlich Wii-Spiele und Playstations und Barbie-Kissen aus Mikrofaser, und *er* sollte das alles herbeischaffen.

Auf keinen Fall setzen die sich auf meinen Schoß, dachte er. Da hätte ich ruckzuck auch noch eine Anklage wegen Pädophilie am Hals. Ich käme nie mehr auf freien Fuß.

»Wir möchten die Aufmerksamkeit der Kunden auf einen etwa einen Meter fünfundachtzig großen Ganoven lenken, der als Weihnachtsmann verkleidet ist und Holzpantinen trägt«, tönte es aus den Lautsprechern des Kaufhauses. »Wir bitten um äußerste Vorsicht, denn er könnte bewaffnet sein. Bitte wenden Sie sich ...«

Brian sah an sich hinunter. Mannomann, die Beschreibung passte ja haargenau. Was ging hier ab? Sollte er jetzt auch noch wegen Gewaltanwendung angeklagt werden?

»Du bist aber hässlich«, sagte das erste Kind in der Reihe, dem der Rotz aus der geröteten Nase lief. Die Erwachsenen standen im Halbkreis außen rum und musterten Brian, als wäre er ein Massenmörder.

»Und was wünschst du dir denn?«, knurrte Brian dem Jungen zu. Mindestens dreißig vorwurfsvolle Augenpaare waren auf ihn gerichtet. Brian versuchte, seine Lage zu überdenken.

Alarmierte Eltern, habgierige Kinder und zwei grimmige Weihnachtsmänner mit Spezial-Sportschuhen. Er spürte, wie sich der Schweiß unter der Mütze sammelte und der Wattebart den Mund immer mehr verklebte. Wie zum Teufel kam er hier nur wieder raus?

»Ich will eine Beautybox für mich allein«, sagte eine auch ohne diese Beautybox auffallend stark geschminkte zehnjährige Blondine mit kreideweißem Lächeln. »Das musst du unbedingt meiner Mami sagen.«

Zu spät bemerkte Brian, wie fasziniert das Mädchen von seinem Bart war. Sie kämmte die weiße Lockenpracht mit ihren Fingern von oben nach unten, so als hätte sie eine Frisierpuppe vor sich. Immer tiefer griff sie hinein. Schließlich war sie bis zum Revers des Mantels vorgedrungen. Darunter bekam sie etwas zu fassen. Sie kicherte hysterisch, und die anderen Kinder stimmten schrill ein, als sie einen Chantelle-BH durch den Weihnachtsmannbart manövrierte.

Brian kniff die Augen zusammen. Klaute ihm die kleine

Mistbiene vor aller Augen sein mühsam erworbenes Diebesgut? Konnte es überhaupt noch schlimmer kommen?

»Schau mal, Mami!«, rief das Mädchen und klappte den Weihnachtsmannmantel ganz auf. »Der hat unsere Geschenke dabei! Hab ich doch gleich gesagt.«

»Briannnn!«, donnerte da eine nur allzu vertraute Stimme aus der Mitte der Zuschauerschar. In wilder Panik riss er die Augen auf. O nein, da stand sie, seine Liebste mit dem schwangeren Bauch, und hielt kleine Teddybären in den Händen. Es wurde also alles für die Ankunft des Babys vorbereitet, die garantiert in Jütland stattfinden würde. So viel war klar.

Wie aus dem Nichts stürzten jetzt die beiden als Weihnachtsmänner verkleideten Kaufhausdetektive auf ihn zu. Die Menge stob auseinander. Alle schubsten und drängelten erbarmungslos. Keiner wollte niedergemetzelt werden von einem durchgeknallten Ladendieb, dem nicht mal Weihnachten heilig war.

Es sah nicht gut aus für Brian.

Da entdeckte er in dem riesigen Tumult das Kind. Es stand ganz hinten bei der abwärts führenden Rolltreppe, viel zu nahe am niedrigen Geländer. Die vielen drängelnden Menschen schoben sich immer dichter auf das Kind zu. Es war nur noch eine Frage von Sekunden, bis es keinen anderen Ausweg mehr sehen würde. Brian holte aus und verpasste dem ersten Detektiv einen Hieb, der den Mann umwarf und den dahinter stehenden Kollegen gleich mit. Dann stürzte Brian sich in die panische Menschenmenge wie ein Löwe in eine Horde Gnus, die am Durchgehen ist. Kometenhaft schnell erreichte Brian das Geländer der Rolltreppe und die beiden kleinen Hände, die gerade über den Rand gleiten wollten. »Hier, fass an!«, rief er und warf dem Kind einen Ärmel von Passionata zu.

Fünf Minuten später standen drei Kriminalpolizisten mit ernsten Mienen in einem der Kaufhausbüros und fixierten ihn. »Brian, Sie sind im Milieu bekannt. Deshalb haben die Detektive Sie die ganze Zeit im Auge behalten. Und so wissen wir auch, dass Sie die Hauptkasse nicht ausgeraubt haben können«, sagte einer der Beamten.

»Vielleicht war es der Weihnachtsmann, der statt meiner in der Spielzeugabteilung hätte sitzen sollen?«, mutmaßte Brian. Er wusste es ja auch nicht.

Ein Polizist schüttelte den Kopf. »Kaum. Der wurde gefunden. Unten in der Weinabteilung, sturzbetrunken.«

Brian bemühte sich, den Augen seiner Frau auszuweichen. Wie peinlich, hier in Unterwäsche zu sitzen, umwickelt von Diebesgut.

»Wo sind Ihre Sachen?«, fragte der Beamte.

Brian erklärte alles wahrheitsgetreu, und dass Hose, Hemd und Jacke unter einer weißen Adidas-Sporttasche in einem Umkleideraum fürs Personal lagen.

»Gehen Sie bitte und holen Sie die Sachen«, sagte der Polizist zu Brians Frau. »Wir haben in der Zwischenzeit ein paar Worte mit Ihrem Mann zu wechseln.«

Brian wagte nicht, sie anzusehen. Ob sie wohl zurückkommen würde?

»Tja, Brian. Eigentlich müssten wir Sie wegen Kaufhausdiebstahls anzeigen«, fuhr der Beamte fort. »Aber im Augenblick beschäftigt uns ein weit schwereres Delikt. Außerdem haben Sie für die geistesgegenwärtige Rettung eines Kindes etwas Kredit verdient.«

Ein Mann trat vor. Es war Antonsen, der stellvertretende Direktor, der den Diebstahl der Hauptkasse über die Kaufhauslautsprecher bekannt gegeben hatte.

Antonsen lächelte. »Jetzt geben Sie alle gestohlenen Artikel zurück, Brian, und dann gehen Sie mit Ihrer Frau nach Hause und lassen sich hier nie mehr blicken. Verstanden?«

Brian nickte. Aber er war sich nicht sicher, ob er dieses Ende der Geschichte gutheißen konnte. Würde er verhaftet, hätte er zumindest über Weihnachten Kost und Logis frei. Wer aber garantierte ihm das noch für zu Hause?

In diesem Moment trat Brians Frau ins Büro. Offenbar hatte sie seine Sachen in die Sporttasche gestopft.

»Hier«, sagte sie. »Die Tasche stand nicht auf den Sachen, sondern hinten in einer Ecke.«

Der gepflegte Antonsen zuckte zusammen. »Das ist meine Tasche!«, rutschte es ihm heraus.

»So ein Quatsch«, sagte Brians Frau. »Schauen Sie doch.« Sie drehte die Tasche um. BRIAN S. JØRGENSEN stand da in zierlichen schwarzen Blockbuchstaben.

Brian lächelte schwach. Das war unverkennbar die Handschrift seiner Frau. Sie hatte das bestimmt mit ihrem Eyeliner geschrieben. Aber warum?

Unerwartet lächelte sie zurück. Wirkte fast sanft. »Hier, Brian. Zieh deine Sachen an«, sagte sie und reichte ihm die Tasche. »Wenn du so weit bist, nehme ich die Tasche mit nach Hause.«

Brian fiel auf, dass der stellvertretende Direktor plötzlich nach Luft rang. Verräterische Schweißperlen liefen Antonsen übers Gesicht. Also deshalb lächelte Brians Frau.

Brian warf Antonsen einen unmissverständlichen Blick zu. »Das war smart, Kumpel. Hat aber nicht geklappt. Du hast das Geld geklaut, ich weiß es. Cool, die Schuld einem nicht existierenden Weihnachtsmann in die Holzpantinen zu schieben, während du die heiße Ware versteckst. Echt schade, dass es nun trotzdem der Weihnachtsmann sein wird, der mit dem Mist abzieht, wie?« Und dann fügte er mit seinem schärfsten Killerblick hinzu: »Untersteh dich, noch irgendwas in der Sache zu unternehmen, ist das klar?«

Brian steckte die Hand in die Sporttasche und zog vorsichtig seine Kleidung heraus. Ja, genau. Darunter lag eine Plastiktüte, die gut und gerne so etwas wie gebündelte Geldscheine enthalten mochte.

»Schatz, mach dir keine Sorgen«, sagte Brian. »Die lassen mich mit dir nach Hause gehen. Natürlich trage *ich* die Tasche und nicht du.«

Mit leuchtenden Augen sah er die Umstehenden an.

»So macht das nämlich ein echter Weihnachtsmann.«

Jutta Profijt

Stille Nacht

23. November
Endlich Feierabend, denke ich, als ich den Blinker setze. Zwei Stunden Fahrt zur Arbeit heute früh auf Straßen mit überfrorener Nässe, neuneinhalb Stunden Arbeit im fensterlosen Rechenzentrum einer deutschen Großbank, neunzig endlose Minuten Fahrt nach Hause durch Feierabendverkehr und Schneetreiben, eine Erkältung im Anmarsch – mein Tag hat mir wirklich genug abverlangt. Und nun das. Ein leuchtendes Rentier bei Friedmanns auf dem Garagendach. Es geht wieder los. Himmel, dass das Jahr aber auch immer so schnell vergeht.

24. November
Das Rentier auf Friedmanns Garage leuchtet in unser Schlafzimmerfenster und wird vom Spiegelschrank reflektiert. Marianne, seit sechsundzwanzig Jahren meine Ehefrau, seit Schröders erster Amtszeit von Schlafstörungen geplagt und seit August in den Wechseljahren, hat kein Auge zugetan. Geschlossene Rollläden erträgt sie wegen ihrer Klaustrophobie nicht – und Helligkeit raubt ihr die Nachtruhe. Der Sommer war schwierig, denn die wenigen Stunden Dunkelheit erlaubten nur wenig Schlaf. Je weiter der Herbst voranschritt, desto mehr schlief sie, zuletzt wa-

ren es fast acht Stunden. Eine Wohltat nach Monaten der Übermüdung. Das Rentier gegenüber beendet diese Zeit der Erholung. Marianne hat kein Auge zugetan – und ich auch nicht.

25. November
Das Rentier hat Gesellschaft bekommen. Ein zweites, gleichartiges Gestell aus verzinktem Stahl mit einer Lichterkette aus LEDs zieht einen Schlitten mit Weihnachtsmann. Alles blinkt. Außerdem haben die Schubecks von nebenan ihren Vorgarten geschmückt. Drei Leuchtnetze für die Kugelakazien, eine von innen beleuchtete, seidenmatte Plexiglasröhre, die wie eine Kerze aussieht. Die falsche Kerzenflamme flackert, was irritierende Lichtreflexe an die Decke unseres Schlafzimmers wirft. Ich werde mit den Schubecks reden müssen. Und mit den Friedmanns.

26. November
Neben der flackernden Kerze ist ein ballonartiger Plastikschneemann ans Netz gegangen. Sein eisblaues Licht verbreitet Aquariumsstimmung im Schlafzimmer. Marianne fühlt sich unter Wasser unwohl und geht schon mit Beklemmungen ins Bett. Meine Bitte an Herrn Schubeck, die Beleuchtung wenigstens zwischen zweiundzwanzig und sechs Uhr auszuschalten, stößt auf taube Ohren. Auf meinen »Gute-Nacht«-Wunsch ernte ich ein empörtes Schnauben von meiner Frau. Aber was soll ich sonst sagen?

27. November
Die vierte Nacht in Folge, in der Marianne nicht schlafen kann. Sie wirft sich im Bett herum, steht auf, schaut aus dem Fenster und schimpft lautstark. Sie zieht die Gardinen zu, legt sich wieder hin, springt aus dem Bett und zieht die Gardinen wieder auf. Sie fragt mich in diesem gereizten Tonfall, ob ich schlafe. Was ich natürlich nicht tue. Sie fordert mich auf, noch einmal mit den Nachbarn zu reden. Ich verspreche es. Gegen halb fünf schläft Marianne endlich ein. Mein Wecker klingelt fünfundvierzig Minuten später. Marianne schläft noch, als ich das Haus verlasse.

28. November
Die Beckers aus Nummer vierzehn haben einen Leuchtstern im Küchenfenster aufgehängt. Er wechselt die Farben von Grün in der Mitte über Weiß, Gelb, Orange bis Rot nach außen. Dann blinken alle Farben gemeinsam. Ein Programmdurchlauf dauert siebzehn Sekunden, es folgt eine Pause von zwei Sekunden, dann startet der grüne Kern sein Blinken erneut. Mariannes Schlaflosigkeit und ihre Beschwerden über meinen rasselnden Atem haben mich wach gehalten. Ich fühle mich erschöpft, die Erkältung hat mich inzwischen fest im Griff. Ich überlege, mich bei der Arbeit krankzumelden – aber ich fürchte, dass ich Mariannes Gejammer über die Grausamkeit ihres Schicksals nicht ganztägig ertrage.

29. November
Gut geschlafen dank des Erkältungssaftes, den mir ein Kollege empfohlen hat. Marianne hat mich nur dreimal geweckt, um mich auf Unregelmäßigkeiten im Blink-

rhythmus des Becker'schen Sterns hinzuweisen. Wenn er wenigstens regelmäßig blinkte, könne sie schlafen, sagt sie. Ich hege meine Zweifel, widerspreche aber lieber nicht. Sie ist inzwischen sehr unleidlich.

30. November
Das hätte ich nicht von Frau Jansen erwartet. Sie war bisher als Einzige abstinent. Eine drehende Kerzenpyramide aus dem Erzgebirge auf dem Wohnzimmertisch und ein altmodischer Adventskranz auf dem Esstisch, den sie nur während des Abendessens anzündete, waren ihr einziger Lichterschmuck. Nun aber geht auch sie mit der Zeit. Eine Lichterkette mit zweihundertachtundvierzig LED-Lampen windet sich um ihr Balkongeländer. Die sei bei Aldi im Angebot gewesen, hat sie mir stolz erzählt.

Marianne hat mir vorm Zubettgehen bis zwei Uhr nachts erklärt, warum der Erkältungssaft Gift für mich ist. Sie hat ihn weggeworfen – aus Sorge um meine Gesundheit, sagt sie. Das Einzige, was meiner Gesundheit momentan wirklich fehlt, ist Schlaf. Ich denke heimlich über getrennte Schlafzimmer nach.

1. Dezember
Lolek und Bolek haben die Nachbarn auf der Außenspur überholt. Natürlich heißen die Brüder nicht so, aber ihre richtigen Namen enthalten keinen einzigen Vokal, und deshalb nenne ich sie Lolek und Bolek. Sie haben die beiden Doppelhaushälften neben Frau Jansen gekauft und wohnen nun dort mit ihren Frauen und ihren drei (Lolek) beziehungsweise vier (Bolek) Kindern. Fleißige Leute, wirklich. Sie haben ihre Häuser selbst gedämmt, neu verklinkert,

die Dachgauben verkleidet, die Einfahrt gepflastert und halten alles tipptopp in Ordnung. Ich mag die beiden aber nicht nur deshalb. Sie essen, trinken und lachen für ihr Leben gern. Und jetzt haben sie den deutschen Nachbarn mal gezeigt, wie eine richtige Weihnachtsbeleuchtung aussieht. Lolek hat dafür extra ein neues Kabel unterirdisch bis in die Mitte der beiden Vorgärten gelegt. Daran hängt nun eine Krippenszene aus beleuchteten Glasfaserfiguren, Lichterketten vom Kellerschacht bis zur Dachtraufe, ein künstlicher Tannenbaum mit Tausenden von LEDs und eine glitzernde, von winzigen Glasfaserlichtpunkten beleuchtete Kunstschneelandschaft.

Ich stelle das Auto in die Garage, und dabei kommt mir der Gedanke, einfach einen Schlauch vom Auspuff in den Innenraum zu legen – dann könnte ich endlich so lange schlafen, wie ich will.

2. Dezember
Getrennte Schlafzimmer? Bis drei Uhr früh hat Marianne geheult und gezetert. Nach all den Jahren sei es also aus, meinte sie. Und ob ich eine andere hätte, wollte sie wissen. Und dass es eine bodenlose Gemeinheit wäre, sie allein leiden zu lassen und in Ruhe nebenan zu schlafen, anstatt das Übel der weihnachtlichen Lichtverschmutzung zu beseitigen, damit auch sie wieder schlafen könne. Ich habe ihr zugesagt, mit allen Nachbarn zu reden. Konnte auch danach nicht schlafen, da sie mich jedes Mal anstieß, wenn ich anfing zu schnarchen. Aber ohne Nasenspray (Teufelszeug!, sagt Marianne) und Erkältungssaft ist die Nase verstopft, da ist lautloses Atmen nun einmal nicht möglich. Schlafen auch nicht, das versteht sich von selbst.

4. Dezember
Während Marianne sich ausruhte, habe ich das Wochenende genutzt, um mit den Nachbarn zu reden. »Musst du Rollläden zumachen«, schlug Lolek vor. »Hast du Luxushaus mit Rollläden. Haben wir nicht. Wo ist Problem?«

Frau Jansen gab mir ein Mittelchen gegen die Beschwerden der Wechseljahre mit. Das habe ihr auch geholfen. Herr Friedmann und Frau Schubeck waren beleidigt, und Frau Becker rümpfte verächtlich die Nase über Marianne, die sich als »Nur«-Hausfrau doch den ganzen Tag ausruhen könne.

Marianne geriet außer sich, als ich ihr den Rat der Polen und das Mittelchen von Frau Jansen überbrachte. »Ich lasse mich doch nicht einsperren oder mit Gift vollpumpen.« Dann sprach sie den Rest des Tages nicht mehr mit mir, dabei waren weder die Medizin noch der Ratschlag meine Idee gewesen. Ich hätte ihr besser gar nichts davon gesagt.

Als ich Sonntagabend auf der Couch einschlief, ließ Marianne mich bis nachts um drei dort unten liegen. Als ich aufwachte, war mein Nacken steif, der rechte Arm eingeschlafen, und ich fror erbärmlich. So wird die Erkältung nie besser.

5. Dezember
Zuwachs: Zwei LED-Lichterketten, eine Weihnachtsmannpuppe, die am Regenfallrohr hängt, ein beleuchtetes Iglu, ein Leuchtband mit Intervallschaltung, sieben Meter blinkende Eiszapfen und zwölf laufende Meter Lichtervorhänge. Es ist nachts heller als an einem wolkenverhangenen Tag um die Mittagszeit. Ich habe heimlich neuen Erkältungssaft gekauft und es irgendwie geschafft, in der Arbeit zwei Stunden zu schlafen.

6. Dezember
Marianne ist inzwischen dazu übergegangen, meditative Musik zu hören. Im Schlafzimmer. Sie findet sie herrlich und kommentiert besonders schöne Stellen unter Anwendung ihres musikalischen Grundwissens, das noch aus dem Flötenkreis der Grundschule herrührt. Manchmal schläft sie dann leise summend ein. Ich nicht.

Habe übrigens eine Abmahnung bekommen.

7. Dezember
Bin heute schon gegen Mittag nach Hause gekommen, weil in der Firma die Weihnachtsfeier stattfindet. Mir ist nicht nach Weihnachten und sicher nicht nach feiern zumute. Fand Marianne schlafend vor. Bin wütend geworden und habe sie geweckt, was sie zu erbitterten Vorwürfen veranlasste, die später in einer wahren Tränenflut endeten. Kurz darauf hörte ich, wie sie mit ihrer Mutter telefonierte und ihr anbot, über Weihnachten ein paar Tage zu kommen. Als ob alles nicht schon schlimm genug wäre. Bin abends ins Kino gegangen und habe dort geschlafen. Als ich aufwachte, war ich voller Cola und Popcorn vom Nebenmann. Demnächst sollte ich mehr Sorgfalt auf die Auswahl des Films und des zu erwartenden Publikums verwenden, anstatt mich an der Kasse nur nach dem Saal mit den bequemsten Sesseln zu erkundigen.

9. Dezember
Es hat tatsächlich noch niemand bemerkt, dass der Weihnachtsmann, der nun auch an Frau Jansens Balkon hängt, kein Weihnachtsmann ist. Dabei hatte ich das gar nicht geplant. Sie hätte mich einfach nicht fragen sollen, ob ich ihr

bei der Montage helfe. Zumal ich sie gerade darum gebeten hatte, ihre Lichter um dreiundzwanzig Uhr abzustellen. Als Zeichen gegen den Klimawandel. Als Zeichen des Mitgefühls für Marianne. Als kleines Zeichen der Hilfsbereitschaft mir gegenüber. Aber sie hat sich mal wieder taub gestellt und alles mit einer energischen Handbewegung weggewischt. Stattdessen hat sie meine Hilfe eingefordert. Wie beim Schneeschippen, das ich seit Jahren für sie erledige. Oder bei der Installation der neuen Satellitenschüssel samt Receiver. Oder bei der Verlegung des Starkstrom-Herdanschlusses auf die andere Seite der Küche. Oder bei dem verstopften Klo im Sommer oder der eingefrorenen Wasserleitung letzten Winter. Aber hat sie sich jemals dafür erkenntlich gezeigt? Nein. Und jetzt noch ein Weihnachtsmann. Mit einem blinkenden Bommel an der Mütze.

Die Mütze blinkt jetzt auf Frau Jansens Kopf, der rote Kunstsamtanzug passte ihr wie angegossen. Das Seil, mit dem die Gestalt vom Balkon baumelt, musste ich allerdings gegen ein etwas stärkeres tauschen. Bin gespannt, wann jemand die olle Jansen vermisst.

10. Dezember

Marianne hat ihren Rhythmus jetzt gefunden. Wir gehen gemeinsam ins Bett, etwas anderes kommt für sie nicht infrage. Da sie weiß, dass sie sowieso nicht schlafen kann, erzählt sie mir ihren Tag. Dass der Einzelhändler gar kein Türke ist, wie sie immer glaubte, sondern Afghane. Jetzt überlegt sie, ob sie dort noch einkaufen soll, denn die sind ja alle so gefährlich. Vom Einzelhändler kommt sie zu ihrer Yogastunde, dann geht es zu ihrer Mutter, die die Feiertage höchstwahrscheinlich bei uns verbringen wird, wofür sie mir eine Liste mit den nötigen Vorbereitungen schreiben wird, und weiter zu der Masseurin, die ihr gesagt hat, sie müsse endlich mal wieder schlafen. Nach zwei Stunden schläft Marianne ein. Ich nicht. Wenn ich endlich zur Ruhe komme, wird sie gerade wieder wach und dreht sich im Bett, seufzt, steht auf. Zwischen kurzen Phasen des Wegdösens höre ich, wie sie sich über das Licht draußen beschwert und mich auffordert, etwas zu unternehmen. Wenn sie wüsste, dass ich damit bereits begonnen habe. Leider hat es in Lichtstärke gemessen noch nicht viel gebracht, aber daran arbeite ich. Kurz bevor mein Wecker klingelt, schlafe ich ein.

12. Dezember
Ich habe mich bei der Arbeit krankgemeldet und den Tag in der Sauna verbracht. Genauer gesagt im Ruheraum. Fühle mich nach acht Stunden Schlaf zum ersten Mal seit drei Wochen wieder wie ein Mensch. In den kurzen, wachen Phasen habe ich mir meine schon leicht verschütteten Kenntnisse der Elektrotechnik ins Gedächtnis zurückgerufen und einen Plan gemacht. Die Hoffnung gibt mir Kraft.

13. Dezember
Habe Teil eins des Plans ausgeführt. Es fühlt sich so gut an, dass ich tatsächlich einige Stunden schlafe, bevor Marianne mich gegen vier Uhr durch einen heftigen Stoß mit dem Ellenbogen weckt. Sie tut so, als sei das versehentlich geschehen, aber ich kenne sie besser. Im Nachhinein wundert es mich, dass sie so lange gewartet hat, denn sie fühlt sich betrogen, wenn ich schlafe und sie nicht. Aber vielleicht hatte sie es auch früher schon versucht, und meine Erschöpfung war zu groß. Ich drehe mich um, kann aber nicht wieder einschlafen. Der Wecker erlöst mich von ihrer Unruhe.

14. Dezember
Die Zeitung bringt darüber fast eine ganze Seite im Regionalteil. Ein Viertel nimmt die detaillierte Berichterstattung über den aktuellen Unfalltod ein, der Rest beschäftigt sich mit den leider oft nicht beachteten Vorsichtsmaßnahmen beim Hantieren mit elektrischen Lichterketten.

Die Nachbarschaft ist sich einig, dass Lolek ein fleißiger, sympathischer Mann war, um den es schade sei, auch wegen der Kinder. Marianne betont mir gegenüber, dass er trotz seines Fleißes aber seine osteuropäische Herkunft nicht hätte verleugnen können. Bei so einem leichtsinnigen Heimwerker, der eine nicht korrekt isolierte Außenleitung an eine nicht korrekt abgesicherte Verteilerdose in der Garage heranbastle, habe das früher oder später passieren müssen.

Die Witwe hat alle Lichter abgeschaltet, der Bruder des Opfers tut es ihr gleich. Gut. Einer weniger, um den ich mich kümmern muss. Die anderen Nachbarn kennen keine Pietät. Schade. Für sie.

15. Dezember
Ich weise Marianne darauf hin, dass mindestens zweitausend Watt abgeschaltet sind, und hoffe, dass sie sich wenigstens um Schlaf bemüht, aber sie hört mir gar nicht zu, sondern redet nach dem Zubettgehen drei Stunden lang über ausländische Mitbürger. Wie rückständig sie seien, wie unzuverlässig, tickende Zeitbomben alle miteinander. Ich würde gern schlafen, aber ihr Gerede hört einfach nicht auf. Immerhin höre ich nicht mehr zu, sondern arbeite weiter an meinem Plan. Kurz bevor mein Wecker klingelt, döse ich ein.

16. Dezember
Frau Jansen wird vermisst. Ihre Tochter hat bei der Polizei angerufen und eine Vermisstenanzeige aufgegeben. Die Polizei war da und hat bei Frau Jansen geklingelt. Die Nachbarn wurden befragt. Marianne erzählt mir alles brühwarm, als wir im Bett liegen. Warum hat sie mir das nicht erzählt, als ich nach Hause kam? Oder beim Abendessen? Jetzt würde ich gern schlafen, aber sie redet und redet und redet. Morgen kaufe ich mir Ohrenstöpsel.

17. Dezember
Frau Jansen wurde immer noch nicht gefunden, obwohl inzwischen mehrere Polizisten und Nachbarn genau unter ihr standen und den Klingelknopf drückten. In dem Schneetreiben schaut natürlich keiner hoch und – der Kälte sei Dank – riecht sie auch noch nicht. Marianne hat den ganzen Tag am Fenster gestanden, auch bei ihr haben die Polizisten geklingelt, aber sie konnte ihnen nicht helfen. Sie gibt den Wortlaut des Gesprächs jetzt zum dritten Mal wieder, während wir nebeneinander im Bett liegen. Der Weihnachtsstern von Beckers hat einen Wackelkontakt, weshalb die Reihenfolge der Lichter in unregelmäßigen Abständen Lücken aufweist. Marianne lässt sich davon ablenken und verliert den Faden, was sie zu der Annahme veranlasst, dass sie unter beginnender Demenz leidet. Ich versuche, nicht mehr zuzuhören.

Ich habe meinem Chef meine häusliche Situation geschildert, damit er von einer zweiten Abmahnung absieht. Er versteht das Problem nicht. Hätte mich auch gewundert. Trotzdem lässt er mich diesmal noch davonkommen. Ich muss die Sache endlich zu Ende bringen.

18. Dezember
Herr Friedmann fängt mich vor der Einfahrt ab. Ob ich mal helfen könne, er hätte da ein kleines elektrisches Problem, und ich sei doch ein Fachmann ... Natürlich gehe ich mit, denn das Problem Friedmann hat mir mehr als eine schlaflose Nacht beschert. In jedem denkbaren Wortsinn. Im Keller mit den Hausanschlüssen liegt ein riesiger Karton. Vier Rentiere, ein Schlitten, ein Weihnachtsmann, alles mit Zehntausenden, winzigen LEDs überzogen.

»Und das kann ich nicht an meine Außensteckdose klemmen, dann knallt mir die Sicherung raus.« Das kann ich mir vorstellen. Ich soll also ...

»Ja, die Sicherung tauschen. Oder wegmachen oder ...«

Ob er keine Angst habe, wo doch Lolek ...

»Nein.« Herr Friedmann grinst. »Ich frage schließlich einen Fachmann.«

Er lässt mich im Keller allein, um ein Bier zu holen. Ich begebe mich an die Arbeit.

»Wann wollen Sie das denn aufbauen?«, frage ich, als ich mich verabschiede.

»So schnell wie möglich. Wir sind ja schon spät dran!«

20. Dezember
Nachdem die Feuerwehr abgezogen ist, ist es stockdunkel. Die Explosion von Friedmanns Gasanschluss hat das Nachbarhaus von Schubecks mitgerissen. Drei Tote, ein Trümmerhaufen neben dem Explosionskrater, die Stromversorgung der ganzen Straße ausgefallen. Ich lasse die Vorhänge offen, als ich ins Bett klettere. Meine Augenlider sind so schwer, dass ich kaum glaube, sie jemals wieder öffnen zu können. Ich sinke in die Kissen. Endlich schlafen.

»Also, das ist wirklich nicht zu glauben«, erklingt Mariannes schrille Stimme dreißig Zentimeter neben meinem rechten Ohr.

»Gute Nacht«, murmle ich.

»Gute Nacht? Du kannst doch jetzt nicht etwa schlafen?«

»Hm...«, brumme ich.

Marianne ist hellwach, sie stützt sich auf den linken Arm, damit sie mir ins Gesicht sehen kann. »Frau Jansen, die sich mit dem Seil selbst erhängt. Lolek, mit der Lichterkette vom Stromschlag getroffen, und nun auch noch die Explosion...«

»Marianne«, flüstere ich, »es ist dunkel. Es ist still. Schlaf gut.«

»Bei so viel Unglück kann man doch nicht schlafen.«

Und wenn Marianne das sagt, dann gilt das auch für mich.

21. Dezember
Der vorletzte Arbeitstag dieses Jahres. Ich schlafe mit der Wange auf dem Schreibtisch, als der Chef plötzlich in meinem Büro steht. Er sucht eine Akte. Mein Blutdruck ist so weit im Keller, dass ich ihn zuerst nicht erkenne. Der Aktenordner, auf dem ich liege, hat einen Abdruck auf meinem Gesicht hinterlassen, mein Speichel einen Fleck auf dem Ordner. Es ist mir nicht einmal peinlich. Gerade mal eine Stunde hatte ich zu Hause die Augen zugemacht, dann klingelte der Wecker. Während der Chef aus dem Zimmer stürmt, denke ich an Marianne. Sie liegt jetzt sicher im Bett oder auf dem Sofa und träumt selig. Der Chef kehrt mit dem Personalsachbearbeiter in mein Büro zurück, ich nehme die zweite Abmahnung entgegen.

»Noch ein Fehler...«, droht mein Chef.

Ich nicke.

22. Dezember
Die Polizei klingelt nur Minuten, nachdem ich die Schuhe ausgezogen habe. Aufgrund der ungewöhnlichen Häufung von Unfällen im Sperberweg sei man gezwungen, Ermittlungen anzustellen. Ich antworte auf alle Fragen, bin den Herren aber keine große Hilfe. Was sollte ich ihnen auch erzählen? Nachts geht Marianne die Fragen der Polizei einzeln durch, erwägt alle möglichen Antworten, implizit oder explizit, und versucht, sich jedes Wort eines jeden Nachbarn der letzten zehn Jahre ins Gedächtnis zurückzurufen. Immer wenn ich eindöse, stößt sie mir den Ellbogen in die Rippen.

»Schlaf, Marianne«, sage ich leise.

»Bei so viel Grausamkeit kann man doch nicht schlafen.«

Ich spüre, wie mir eine Träne aus dem Augenwinkel ins Kissen rinnt. All der Aufwand – und trotzdem kein Schlaf. Sollen alle diese Menschen umsonst gestorben sein?

23. Dezember
Mariannes Mutter kam mit dem ICE aus Frankfurt, ich habe sie am Bahnhof abgeholt. Nun ist auch tagsüber der letzte Rest Ruhe dahin. Mariannes sonst übliches Mittagsschläfchen fällt aus, und sie verzichtet auf ihre geliebten Fernsehserien. Stattdessen schnattern Mutter und Tochter ohne Pause. Das Schneetreiben verhindert ihre geliebten Spaziergänge, die Wettervorhersage macht keine Hoffnung auf Besserung. Bis ins neue Jahr will Mama bleiben. Bei so viel Gerede am Tag ist Marianne abends noch ganz aufgekratzt, sie wird mir jede Nacht brühwarm berichten, worüber sie mit ihrer Mutter gesprochen hat. Ich gehe zur letzten verbliebenen Telefonzelle des Viertels und rufe die Polizei an. Nur eine Verhaftung kann mir jetzt noch helfen.

24. Dezember

Sie haben Marianne gegen zehn Uhr abgeholt. Ihre Fingerabdrücke waren an Frau Jansens Geländer sowie an Loleks Verteilerdose in der Garage. In ihrer Schmuckschatulle fand die Polizei einen Schaltplan von Friedmanns Hausanschluss. Als ausgebildete Fernmeldeingenieurin hatte Marianne das nötige Wissen, um die Unfälle zu inszenieren. Der anonyme Anrufer hatte sie die »Weihnachtsfurie« genannt, und plötzlich erinnerten sich alle Nachbarn, wie rücksichtslos Marianne immer gegen andere war, während sie selbstverständlich erwartete, dass man Rücksicht auf sie nahm. Und jeder wusste, wie sehr sie die Weihnachtsleuchtdekoration hasste.

Wie man Fingerabdrücke von einem Wasserglas abnimmt und auf eine beliebige Stelle appliziert, kann man übrigens im Internet nachlesen, und wie man den Computer danach von verräterischen Spuren säubert, weiß niemand besser als ich.

Die Schwiegermama habe ich in einem kleinen, privaten Gästehaus in fußläufiger Nähe zur JVA untergebracht. Sie darf Marianne täglich besuchen, an den Feiertagen sind sogar Geschenke erlaubt.

Im Radio läuft Stille Nacht. Ich lächle selig, während ich den Kopf sanft auf das Kissen sinken lasse. Stille Nacht.
Endlich.

Daniel Glattauer

Der Karpfenstreit

Die beliebtesten Weihnachtskrisen und die besten Anlässe für Streit

Wer zu Weihnachten nicht streitet, versäumt die beste Zeit dafür. In allen Ecken und Nischen eines Weihnachtshaushaltes lauern Anlässe. Viele der Haushaltsmitglieder sind bereits seit Mitte Advent »mit den Nerven fertig«, was den Vorteil hat, dass sie zu Weihnachten keine mehr haben und somit nervenfrei zum ersten Streit antreten können. Das Epizentrum der potenziellen Streitausbrüche liegt in der Kernfamilie (Mutter, Vater, Kind) oder in der Populärfamilie (Exfrau, Baby aus soeben beendeter Lebensabschnittspartnerschaft, Exmann, gemeinsamer Rauhaardackel, neue Freundin, deren Tochter und ihr Freund, ein Piercingstudio-Betreiber mit viel Eigenwerbung im Gesicht). Um die Streitkultur zu bereichern und variantenreicher zu gestalten, empfiehlt es sich aber, auch Personen außerhalb des engsten Familienkreises mit einzubeziehen, die man jenseits der Feierlichkeiten nur selten zu Gesicht bekommt. Man denke etwa an die zugeheiratete, aber inzwischen erfolgreich verwitwete Großtante väterlicherseits, deren Erbschaftsverhältnisse noch nicht geklärt sind.

Wer mit dem jeweiligen Streit beginnt, ist egal. Es gibt ohnehin immer ein Wort das andere, bis man sein eigenes nicht mehr versteht. Auf Schuldgefühle kann von Anfang an verzichtet werden, denn jede der Weihnachtsstreitparteien ist prinzipiell im Recht. Kurze Verschnaufpausen sind ideale Gelegenheiten für herzzerreißende Versöhnungsszenen – zum Beispiel vor der Bescherung oder vor dem Weihnachtsmahl. Dabei können sich die Teilnehmer mental kräftigen, um den Streit mit doppelter (Laut-)Stärke wieder aufzunehmen – zum Beispiel nach der Bescherung oder nach dem Weihnachtsmahl.

Wer im Überangebot widriger Weihnachtsumstände nicht weiß, mit wem und worüber er zuerst streiten soll oder wem es schlichtweg an Konfliktpotenzial mangelt, dem sei eine längerfristige Weihnachtskrise anzuraten. Folgende Weihnachtskrisen gelten als seriös und haben sich über Generationen hinweg bewährt und weiterentwickelt:

Die Vorweihnachtskrise

Sie beginnt frühestens am ersten kühlen Sommertag und endet spätestens am Heiligen Abend. Der Betroffene leidet chronisch darunter, immerzu an Weihnachten denken zu müssen. Oft ist dieser Gedanke mit Übelkeit verbunden. (»Wenn ich an Weihnachten denke, wird mir schlecht.«)
Therapieansatz: Nicht an Weihnachten denken. Zugegeben, das ist schwierig, denn ab November erinnert nichts mehr nirgendwo nicht an Weihnachten. Einzig der Weihnachtspunsch hat eine Doppelfunktion. Einerseits ist er der Inbegriff der weihnachtlichen Vergeistigung, andererseits

bietet er die Möglichkeit, Weihnachten zu vergessen, wenn man genug von ihm erwischt. Aber auch seine Wirkung lässt einmal nach. Die Heilungschancen des von der Krise Befallenen sind also gering. Sogar Philosophen sind im Streit: Könnte man selbst bei konsequenter Ausschaltung aller weihnachtsspezifischen Sinneseindrücke über Weihnachten hinwegdenken? Wo denkt man da hin? Und, vor allem: Wie kommt man dorthin?

Die Weihnachtskrise

Stellt sich oft nach gelungener oder abgeklungener Vorweihnachtskrisenbewältigung ein. Das Problem: Weihnachten erweist sich als schlimmer, als man gedacht hätte. Der Betroffene fühlt sich wie vom Christkind bestellt, aber von den Schwiegereltern heimgesucht. Der Schatten seiner selbst, als der er sich wahrnimmt, steht seinerseits im Schatten des Christbaums. Das Büro – oft letztes Asyl – hat über die Feiertage geschlossen, die Vierschanzentournee der Skispringer noch nicht begonnen. Sogar zur weihnachtlichen Lethargie fehlt der Antrieb.
Therapieansatz: Drei- bis fünfmal täglich zwanzig bis dreißig Weihnachtskekse, zerkaut oder im Ganzen. In heiklen Situationen in Alkohol aufgelöst.

Die Nachweihnachtskrise

Die vergleichsweise angenehmste aller Weihnachtskrisen. Ist man sich ihrer einmal bewusst, ist sie so gut wie ausgestanden. Oft erschöpft sie sich in der rhetorischen Frage des Betroffenen: »Was waren das denn für Weihnachten?«

Man leidet unter dem Gefühl, dass einem wieder einmal nichts geschenkt wurde. Zumindest nichts, was sich umtauschen ließe, wie zum Beispiel der engste Personenkreis. So startet man das neue Jahr immunschwach, mit Niedrigenergie und wenig Lust am familiären oder gar geselligen Leben.

Therapieansatz: Fasching. In härteren Fällen: Fastenzeit.

Die Lebenskrise

Wenn die Vorweihnachtskrise in die Weihnachtskrise übergeht, die dann von der Nachweihnachtskrise abgelöst wird, und man sich zwischen Nachweihnachtskrise und der nächsten Vorweihnachtskrise in einem Sommerloch befindet, dann spricht man von einer Lebenskrise. Sofern man überhaupt noch spricht.

Therapieansatz: Malediven. Astronautenausbildung, Reinkarnation.

Jenseits allgemeiner und allgemein verständlicher Weihnachtskrisen gibt es jede Menge anlassbezogener Möglichkeiten, Streit zu entfachen, anzufeuern, köcheln oder ausufern zu lassen. Hier einige Klassiker.

Der Doppelbelastungsstreit

Die streitsuchende Person, zumeist weiblichen Geschlechts, behauptet, sämtliche mit Weihnachten verbundenen manuellen und organisatorischen Tätigkeiten (bezogen auf eine Woche und drei bis zehn Personen) müssten von ihr verrichtet werden. Sie behauptet es allerdings zu einem Zeitpunkt, da die Arbeit so gut wie erledigt ist. Deshalb sind dem Angesprochenen (bzw. Angeschrienen) die Hände gebunden. Sein Argument, man könne sich viel Arbeit sparen, indem man sie nicht sehe, bringt den Streit zum Eskalieren.

Der Verpackungsstreit

So schön wie im verschachtelten, umhüllten, festlich verschnürten und mit Schleife versehenen Zustand präsentieren sich die meisten Gegenstände nie wieder. Auf der Verpackung lastet deshalb enormer Druck, Weihnachtspapier bietet eine immense Angriffsfläche. Hier nur eine der zahlreichen Streitmöglichkeiten – die Daumenprobe: *Sie* packt Geschenke ein. *Er* steht daneben und schüttelt den Kopf. *Sie* bittet ihn unfreundlich, als Symbol für die Willensbereitschaft, am Weihnachtsfest mitzuwirken, seinen Daumen auf einen ersten Geschenkbandknoten zu legen, damit sie einen zweiten knüpfen kann.

Variante 1.) Sie zieht kräftig zu. *Er* schreit auf, verflucht die Festtage und zweifelt am Sinn einer (phasenweise) monogamen Lebensgemeinschaft, zu deren emotionalen Höhepunkten das Verpacken von Geschenken zählt.

Variante 2.) Er nimmt seinen Daumen zu früh weg, so dass sich der Knoten lockert. *Ihr* fallen spontan drei Männer ein, die den Daumen für sie drei Tage auf der von ihr zugewiesenen Stelle gelassen hätten. Unmittelbar danach leitet sie einen Satz mit den Worten »Du bist ja nicht einmal fähig« ein. Mehr braucht sie nicht zu sagen, den Rest erledigt Weihnachten.

Der Karpfenstreit

Der gebackene Karpfen glänzt unter der dunkelbraunen Panade schmutzigrosa und riecht (wie die gesamte Wohnung) nach Karpfen. Wonach er schmeckt, kann nicht gesagt werden, weil er nicht verkostet wird, solange er nach Karpfen riecht. Streitfrage: Warum muss es ausgerechnet am Heiligen Abend Weihnachtskarpfen geben? Warum nicht grätenfreien Weihnachtsschweinsbraten mit Weihnachtsrotkraut und Weihnachtsknödeln?

Der Höhepunkt des Streits ist erreicht, wenn sich beide Streitparteien weigern, den unverspeist gebliebenen Speisekarpfen zu entsorgen.

Der Verwandtschaftsstreit

Dieser Konflikt ist facettenreich und wie geschaffen für Weihnachten. Die simple Streitform besteht darin, dass sich die jeweilige Streitpartei weigert, das Kind seiner Eltern zu sein, und umgekehrt. Kompliziert wird es, wenn sich die Streitpartei weigert, die Frau des Sohnes ihrer Schwiegermutter (oder der Mann der Tochter seines Schwiegervaters) zu sein. Weigert sich allerdings nur die Frau, die Frau des Sohnes ihrer Schwiegermutter zu sein, nicht aber der Mann, der Sohn seiner Mutter zu sein, so liegt eine der reinsten Formen des Ehestreits vor. Auch anwesende Tanten, Onkel, Neffen, Nichten, Cousins, Cousinen, Omas und Opas sind aufgerufen, ihren Beitrag zu leisten. Am Höhepunkt der Streitigkeiten empfiehlt sich die Bescherung.

Der Bedienungsanleitungsstreit

Nach der Bescherung steigt die Streitanfälligkeitskurve noch einmal rasant an. Alle Beteiligten haben sich mit der Freude über die erhaltenen Geschenke verausgabt, müssen den Spendern aber noch beweisen, wie wertvoll ihnen die soeben erhaltenen Gaben sind. Bücher lassen sich rasch mit Begeisterung durchblättern, Westen und Pullis verklärt anziehen, Ketten, so hässlich sie auch sein mögen, lustvoll um den Hals legen. Aber wie erweist man dem neuen Dampfgarer die Ehre? Richtig, man muss ihn in Betrieb nehmen. Wer hilft mit? Alle, die nichts zu tun haben. (Also alle außer den Kindern.) Bei normalem Verlauf eines weihnachtsfamiliären Massenstudiums der Dampfgarologie, unter Verwendung der in fünfter Übersetzung unsanft im Deutschen gelandeten Gebrauchsanleitung, wechselt das Gerät nach einer Stunde den Besitzer und kehrt aus den Händen des traumatisierten Beschenkten in jene des schikanösen Spenders zurück. Danach ist der Abend gelaufen.

Der Stefanitagstreit

Ein Weihnachtsabend mit ihrer Verwandtschaft und ein darauffolgender Weihnachtstag mit seiner Verwandtschaft wären an sich familiär genug für die nächsten paar Jahre gewesen. Nein, es muss noch der schul- und arbeitsfreie 26. Dezember, der Stefanitag, folgen. Er bietet einen äußerst gesunden Nährboden für den Rumpffamilienzwist. In jedem Winkel zwischen Minuten- und Sekundenzeiger lauert die Eskalation. Wer sie rauszögern will, halte sich an folgenden Programmvorschlag: schlafen, solange das geschlossene Auge hält. Die Kinder im Nebenzimmer haben indes Gelegenheit, sich mittels Crashtests von unliebsamen Geschenken zu befreien. Danach Mittagessen bei McDonald's mit anschließendem Verdauungsspaziergang. (Bei klassischem Weihnachtswetter eine Runde um McDonald's, bei Schönwetter zwei.) Am Nachmittag dösen. Wem das zu anstrengend ist: schlafen. Am Abend: Weihnachtsresteessen vor dem Fernseher. Danach könnte er seine ersten Worte des Tages an sie richten. Zum Beispiel: »Ich bin müde.« Sie könnte mit einer Frage reagieren. Zum Beispiel: »Wie meinst du das?« – Damit ist der möglicherweise heftigste Streit der Saison eröffnet.

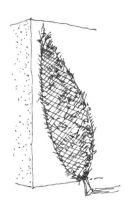

Annette Petersen

Familiendrama

Daniel sah kurz zur Seite. Was für eine wunderschöne Frau sie war! Die wippenden feuerroten Locken umrahmten ein hinreißend sommersprossiges, stupsnasiges Gesicht, das der liebe Gott, oder wer auch immer dafür zuständig war, nur gemacht hatte, damit er es zwischen seine Hände nehmen und liebkosen konnte. Romy! In den vergangenen Wochen hatte er befürchtet, dass sich ihre Liebe ein wenig abgekühlt hätte, aber sie hatte nur etwas Zeit gebraucht, um sich sicher zu sein. Tief im Innern hatte Daniel gewusst, dass sie beide den Rest ihres Lebens zusammen verbringen würden. Schon bei ihrer ersten Begegnung in dem Café in Blankenese, direkt an der Elbe. Er war vertieft gewesen in den Anblick eines riesigen Containerschiffes, das majestätisch langsam vorbeidröhnte. *Ist der Platz noch frei?* Er würde ihn für sie frei halten bis in alle Ewigkeit, hatte er sofort geantwortet und seine Jacke von dem Teakholzstuhl genommen. Sie hatte ihn verblüfft angesehen – und losgelacht. Ein Lachen wie Musik. Daniel hatte vorher nie begriffen, was die Leute damit meinten, und fand es kitschig, wenn jemand so etwas sagte. Aber plötzlich spürte er, wie er zu ihrem Lachen mit dem Fuß wippte. *Nicht aufhören!,* hatte er gebeten, als sie sich beruhigt hatte. Danach hatte die wundervollste Zeit seines Lebens begonnen.

Nun waren sie tatsächlich auf dem Weg zu ihr nach

Hause, weil sie ihn noch vor Weihnachten ihrer Familie vorstellen wollte. Es war fast zu schön, um wahr zu sein. Romy. Daniel seufzte.

»Was hast du?«

Er blinkte und setzte zum Überholen an, die Scheibenwischer quietschten vergeblich gegen die wirbelnden Schneeflocken an.

»Nichts. Bist du sicher, dass du das ganze Wochenende dableiben willst? Ich würde dich viel lieber nachher wieder mit zurück nach Hamburg nehmen.«

»Nein, ich fahre morgen mit dem Zug. Tante Rita hat Geburtstag, da muss ich mit hin. Wenn er auf einen Adventssonntag fällt, treffen sich dort immer alle. Sie ist Mamas Schwester. Die beiden hängen sehr aneinander.«

Daniel nickte ergeben. »Ich bin gespannt auf deine Familie.« Er trat aufs Gaspedal, um schneller an dem Volvo neben ihm vorbeizukommen und wieder einscheren zu können. »Meinst du, sie mögen mich?«

»Bestimmt. Vor allem, wenn du Mamas Zimtsterne angemessen würdigst. Richte dich schon mal darauf ein, dass du eine ganze Tüte voll davon mit nach Hause nehmen wirst.«

Romy klappte die Sonnenblende herunter und zog einen Lippenstift aus der Handtasche. Sie muss sich gar nicht schminken, dachte er, während sie mit Sorgfalt ans Werk ging. Es gab nichts zu verbessern, sie war einfach schön. Romy starrte in den Spiegel, presste die Lippen zusammen und rieb sie aneinander. Nicht einmal dieses Grimassieren konnte sie entstellen, konstatierte er. Jede andere Frau sähe in dem Moment saublöd aus. Nicht Romy.

An einer Raststätte hielten sie, weil Romy zur Toilette musste. Daniel lehnte sich an die Fahrertür, klappte den Kragen seines Mantels hoch, rauchte eine Zigarette und wartete. Mittlerweile hatte es aufgehört zu schneien, und eine blasse Wintersonne kam hervor. Er blinzelte ihr zufrieden entgegen.

Als sie am späten Nachmittag ankamen, dämmerte es schon. Es war ein dunkelrot geklinkertes Sechzigerjahrehaus. Gediegen bieder sah es aus, fand Daniel, fast ein bisschen edel mit den weißen Fensterläden. Hier und da bröckelten Teile der Klinkersteine und des Mörtels ab. Dicht an der Regenrinne, wo kein Schnee lag, konnte man den grünlichen Belag auf den Dachziegeln erahnen. An einer mannshohen Kiefer neben dem Gartentor leuchteten elektrische Kerzen und ließen den frisch gefallenen Schnee auf den Zweigen glitzern. Der Garten war zugewachsen mit riesigen Kirschlorbeersträuchern und wirkte jetzt düster, trotz des Schnees. Im Sommer wuchsen in den Beeten sicher überall Blumen, deren Namen Daniel wahrscheinlich nicht kannte, mit Ausnahme vielleicht von Stiefmütterchen. Blumen! Verdammt, daran hatte er nicht gedacht. Er hatte keinen Strauß für seine künftige Schwiegermutter mitgebracht. Romy machte sich ja nichts aus Blumen, aber beim Antrittsbesuch waren sie unverzichtbar. Unverzichtbar! An der Raststätte hätte es bestimmt welche gegeben. Seine Hände krampften sich um das Lenkrad.

»Ich habe die Blumen vergessen!«

Romy verzog spöttisch den Mund. »Kein Mensch bringt heutzutage der Mutter seiner Freundin noch Blumen mit. Komm jetzt!« Sie stiegen aus und gingen auf das Haus zu. Sieben hässliche und halsbrecherisch rutschige Waschbetonstufen führten zu der schweren hölzernen Haustür. Romy klingelte. Sie machte plötzlich einen aufgeregten Eindruck. Es ist ihr auch ernst, dachte er befriedigt. Sie starrte auf das Klingelschild und hielt den Atem an, dabei kaute sie auf der Unterlippe. »Hör mal«, sagte sie, »kann

sein, dass Oma da ist. Seit Papas Tod ist sie ein bisschen...«
Sie wischte mit der Handfläche vor ihrer Stirn.

»Kein Problem.« Daniel strich ihr über die Wange.

»Und mein Bru...« Die Haustür wurde geöffnet. Ein unrasierter Kerl in Lederjacke warf ihnen einen finsteren Blick zu. Seine schwarzen Haare klebten verstrubbelt und fettig am Kopf. Im Mundwinkel hing eine Zigarette.

»Hallo, Julian!«, rief Romy fröhlich, aber es klang unecht.

»Wer ist das denn?« Julian machte eine Kopfbewegung in Richtung Daniel.

»Hallo, ich bin Daniel Hoffmann!« Er reichte ihm die Hand und strahlte ihn an. Beides blieb unerwidert. Daniels Lächeln gefror. Eine stark geschminkte Frau Mitte vierzig mit langem schwarzem Haar kam dazu. »Willkommen, da seid ihr ja endlich!« Daniel wurde klar, von wem Romy ihr bezauberndes Lachen hatte. »Ich bin Romys Schwester.« Sie weidete sich einen Moment an Daniels überraschtem Gesicht. »Kleiner Scherz. Ich bin ihre Mutter – aber könnte man denken, oder?« Sie lachte etwas zu schrill auf und zog Daniel an Julian vorbei, der keinen Millimeter auswich.

Daniel atmete durch. »Freut mich, Frau Milbert, ich bin Daniel Hoffmann.«

»Sie können Sabine zu mir sagen.«

Romy schob sich auch hinein. »Julian, also echt, du benimmst dich wieder...«, zischte sie wütend ihrem Bruder zu. Daniel sah sich zu ihr um. Romys Mutter bugsierte ihn weiter durch den Flur, der mit weihnachtlichem Nippes vollgestellt und -gehängt war, wo immer eine waagerechte oder senkrechte Fläche dazu einlud.

Romy folgte den beiden eilig in die Küche und schmiegte sich an Daniel.

Ihre Mutter kicherte verlegen und nahm hastig eine Vase vom Küchentisch. Sie goss das darin befindliche Wasser in die Spüle und stellte sie in den Schrank. Romy presste die Lippen zusammen. Daniel wollte sterben.

»Romy, kannst du bitte mal im Wohnzimmer nach Oma schauen? Nicht, dass sie sich wieder selbst Kuchen nimmt. Ich setze noch eben Kaffee auf.«

»Ja, klar.«

Daniel sah ihr unentschlossen hinterher, doch Romy hatte schon die Tür zum Flur hinter sich geschlossen. »Kann ich Ihnen irgendwie helfen?«, fragte er, nur um etwas zu sagen.

Romys Mutter musterte ihn von oben bis unten, atmete heftig und kam auf einmal sehr nah an ihn heran. Erst jetzt fiel ihm auf, dass an ihrer Bluse ein oder zwei Knöpfe zu viel geöffnet waren. »Ich fürchte, mir ist nicht zu helfen.« Ihre Stimme klang jetzt dunkel und rau. Sie leckte sich langsam über die Lippen. Daniel wurde flau im Magen, und er sah sehnsüchtig zur Tür. In der Sekunde darauf kam Romy herein. Sie warf ihrer Mutter einen eisigen Blick zu. Die hob beschwichtigend die Hände und machte sich an der Kaffeemaschine zu schaffen. Romy nahm einen Tortenheber aus der Schublade. Sie zog Daniel in den Flur.

»Romy«, flüsterte er, »du denkst hoffentlich nicht...«

Sie unterbrach ihn mit einer wegwerfenden Geste. »Sie war schon immer so. Was glaubst du, was mein Vater durchgemacht hat.« Ihr Blick ging nachdenklich in die Ferne. »Gut, dass er das alles nicht mehr erleben muss. Komm mit ins Wohnzimmer.« Daniel atmete auf. Das Wohnzimmer war ebenso in weihnachtliche Deko getaucht wie der Flur. Im Fenster blinkte ein elektrisch beleuchteter Stern nervös in Weiß, Rot und Grün. Auf der festlich gedeckten Kaffeetafel stand eine gewaltige Sahnetorte, eingerahmt von Schalen mit diversen duftenden Plätzchen, darunter die angekündigten Zimtsterne. Am Tisch saß eine kleine weißhaarige Frau und strickte. Sie lächelte freundlich und legte einen halb fertigen Socken zur Seite, als sie ihn sah. »Guten Tag! Sie müssen Daniel sein. Setzen Sie sich!« Daniel schüttelte vorsichtig die zerbrechlich wirkende Hand und nahm Platz.

»Möchten Sie ein Stück Torte?«

»Oma, nein! Lass uns warten, bis Mama kommt.« Romy sah ihre Großmutter beschwörend an.

»Warum denn? Ich kann doch schon mal auftun. Daniel möchte bestimmt ein Stück essen, oder?«

»Ich nehme gern eins, aber ...«

»Siehst du!« Sie sah ihre Enkelin triumphierend an. Romy verdrehte die Augen. Die Frau griff eines der Sahnetortenstücke mit der Hand und ließ die matschige Ruine auf Daniels Teller fallen. Dann leckte sie hingebungsvoll ihre Finger ab. »Oh«, rief sie. »Das gehört noch dazu.« Sie fingerte nach einer heruntergefallenen Cocktailkirsche auf der Tortenplatte und drückte sie tief in die traurigen Reste von Daniels Kuchenstück. Daniel erstarrte und senkte den Blick fassungslos auf seinen verwüsteten Teller.

Sacht legte Romy ihre Hand auf seinen Arm und flüsterte ihm zu: »Es tut mir leid. Du musst es jetzt essen, sonst kriegt sie einen Schreikrampf, und es dauert ewig, bis sie sich beruhigt.«

Daniel griff zögernd nach der Gabel und teilte etwas Matsch ab. In diesem Moment ging die Tür auf. Julian schlurfte herein, ihm folgte Romys Mutter, die gequält lächelte und ihren Sohn mit der einen Hand energisch in den Raum schob, während sie in der anderen eine Kaffeekanne trug. Julian trat gegen die Tür, die krachend zufiel. Daniel zuckte zusammen, wobei ihm das Tortenstückchen von der Gabel rutschte. Ungerührt legte es Romys Oma wieder drauf und drückte es sorgsam fest.

Julian hatte sich unterdessen vor Romy aufgebaut. »Fuck!«, schrie er. »Musst du immer solche beschissenen Wichser anschleppen?«

»Julian!«, riefen Romy und ihre Mutter gleichzeitig.

»Was denn? Guckt euch das Sackgesicht doch an – dieses BWL-Arschloch!« Er boxte leicht gegen Daniels Schulter.

»Noch ein Wort, und...«, drohte Romy halblaut.

»Und was? Willst du mir drohen, große Schwester? Willst du wieder zum Messer greifen, wie damals Heiligabend bei Papa?«

»Halt die Klappe!«

»Hast du ihm nicht erzählt, was?« Er lachte hämisch und wandte sich an Daniel. »Hat sie dir nichts erzählt davon? Von Papa?«

Daniel schüttelte stumm den Kopf.

»Kann ich mir vorstellen, Sackgesicht. Gibt ja keiner gerne zu, dass er jemanden ermor...«

»Halt dein verdammtes Maul!«, schrie Romy und sprang vom Stuhl auf. Ihr Gesicht war dunkelrot vor Zorn. Die Oma summte leise vor sich hin und wiegte den Kopf hin und her. Julian fing an zu lachen, immer lauter und hysterischer. Schließlich rannte er aus dem Zimmer und die Treppe hoch. Man hörte ihn noch oben lachen. Romys Mutter stellte die Kaffeekanne auf den Tisch, drehte sich um und ging wortlos hinaus.

Romy ließ sich auf den Stuhl fallen und legte wieder ihre Hand auf Daniels Arm. In ihren Augen glänzten Tränen. »Ich hätte es dir sagen müssen. Ich dachte, das hat Zeit.« Sie schluchzte. Die Oma summte lauter.

Daniels Blick wanderte von Romy zum blinkenden Stern. Weißrotgrün-weißrotgrün-weißrotgrün – immer schneller. Er sah die vor sich hin summende Oma und den

Tortenhaufen auf seinem Teller. Einatmen, ausatmen, ganz ruhig bleiben!

Langsam zog er seinen Arm unter Romys Hand weg, räusperte sich und sah auf die Uhr. »Ich fürchte, ich muss doch schon weg, leider. Auf Wiedersehen und danke für die Einladung!« Er erhob sich. Augenblicklich krallte die Oma die Hände um die Tischkante und begann ohrenbetäubend zu kreischen. Daniel türmte in Richtung Haustür. Romy folgte ihm.

»Daniel, bitte bleib! Bitte!« Sie hielt ihn am Arm fest. »Sie sind nicht immer so schlimm. Und das mit Papa, das war ... Ich erzähle dir alles. Ich bin sicher, du wirst es verstehen. Ich musste nicht mal ins Gefängnis dafür – oder jedenfalls nicht lange.« Sie sah zu Boden.

»Schon gut. Das sehen wir dann. Ich brauche erst mal ein bisschen Abstand. Sei nicht böse.«

»Wie bitte?«

Daniel erhob seine Stimme, um das Geschrei der Großmutter zu übertönen: »Ich sagte, ich brauche erst mal ein bisschen Abstand. Also dann ... mach's gut, bis später mal. Und schöne Weihnachten.« Er lief die Waschbetontreppe hinunter und rannte zum Auto.

Um Gottes willen, dachte er. Romy! Meine Romy! Mein Engel! Was hast du getan? Den eigenen Vater ... Und diese Familie ... diese schreckliche Familie ...

Vor dem Einsteigen drehte er sich noch einmal um. Die Oma kreischte nach wie vor aus Leibeskräften. Romy stand in der Haustür und hatte die Hände vors Gesicht geschlagen. Er zögerte, machte wieder zwei Schritte zurück in Richtung Gartentor, doch dann sah er Romys Mutter in einer ungelenken Mischung aus Hast und Vorsicht die Treppe hinunter auf sich zulaufen, in der Hand eine Zellophantüte mit Zimtsternen.

»Warten Sie, Daniel!«, rief sie. »So können wir doch nicht auseinandergehen!« Ihr hochgepushter Busen wogte und wurde nur mühsam von der Bluse im Zaum gehalten. Bevor sie ihn erreichte, machte Daniel endgültig kehrt, stieg in Windeseile ins Auto, fummelte mit zitternden Fingern den Schlüssel ins Zündschloss und fuhr mit quietschenden Reifen los. Auf der glatten Straße geriet er dabei ins Schleudern und hätte um ein Haar einen parkenden Lieferwagen erwischt.

Romys Mutter war am Gartentor stehen geblieben und sah ihm bis zur nächsten Straßenecke hinterher, dann trottete sie mit hängenden Schultern ins Haus zurück. Romy folgte ihr und ließ die Tür zufallen. Sie schloss die Augen und seufzte. »Oma, hör auf, es reicht!«, brüllte sie. Schlagartig verstummte das Geschrei.

»Weg ist er«, sagte ihre Mutter traurig. Sie zerrte an zwei schwarzen Haarsträhnen und verzog das Gesicht.

»Mama, lass das. Komm, ich helfe dir.« Romy nestelte vorsichtig vier Haarnadeln aus der Perücke, unter der kurze graubraun melierte Haare zum Vorschein kamen. Ihre Mutter fuhr mit allen zehn Fingern hindurch, um sie aufzulockern.

»Das mit den Blumen war gut!«, meinte sie.

Romy grinste. »Ich konnte nicht widerstehen, als ich merkte, dass er keine dabei hat. Ich musste dich einfach von der Raststätte aus anrufen.«

Julian kam die Treppe herunter. Er hatte sich rasiert, gekämmt und umgezogen. »Ich muss los!« Er sah seine Schwester streng an. »Das ist nicht okay, was du da machst. Kannst du nicht mal Schluss machen wie andere Frauen auch?«

»Gib hier bloß nicht den Pastor, nur weil du Theologie studierst! Daniel ist so eine verdammte Klette! Der hätte das niemals geschluckt. Den wär ich so schnell nicht losgeworden.«

Julian schüttelte den Kopf. »Eines Tages kassiere ich noch Prügel!«

»Also, ich fand's lustig.« Romys Oma stand jetzt mit verschränkten Armen an den Rahmen der Wohnzimmertür gelehnt. »Ich will aber auch mal den Vamp spielen, nicht immer die übergeschnappte Alte.« Sie zwinkerte ihrer Enkelin zu. »So übel war der doch eigentlich gar nicht.«

»Find ich auch«, sagte Julian und fügte im Weggehen hinzu: »Denkt dran, heute Abend ist die erste Kostümprobe. Vergesst die Perücke nicht! Sind nur noch zwei Wochen hin.«

Romys Mutter holte im Spaß zu einer Ohrfeige aus, und Julian zog den Kopf ein. »Im Gegensatz zu dir haben wir Frauen keine einzige Probe geschwänzt, schon gar nicht zwei Wochen vor Heiligabend. Laientheater lebt von gewissenhafter Vorbereitung, auch ein Krippenspiel!«

»Genau«, sagte Romy, öffnete die Schublade des Flurschrankes und nahm einen Karton heraus. Vorsichtig legte sie die schwarze Perücke hinein. »Ich hasse das blöde Ding, aber eine rothaarige Maria geht wohl wirklich nicht.«

Osman Engin

Heiligabend ist Deutschland zu

An Heiligabend ist Deutschland geschlossen!

Das ganze Land ist dicht! Aber davon später mehr!

Ich fange meine Erzählung damit an, dass meine liebe Frau Eminanim es wieder irgendwie hingekriegt hat, unsere ganzen Kinder loszuwerden.

Wenn am Ende ein paar Urlaubstage winken, bringt sie es doch jedes Mal fertig, unsere Kinder – von denen sie sich sonst nach eigenen Angaben keine Sekunde trennen kann – bei Großeltern, Nachbarn, irgendwelchen Freunden, beim Hausmeister, im Waisenhaus oder im Tierheim unterzubringen. Ob sie wollen oder nicht! Mit wollen meine ich natürlich nicht die Kinder, die werden sowieso nicht gefragt.

Eminanim und ich haben uns vorgenommen, über die Weihnachtstage in den Harz zu fahren. Wir wollen dem grauenhaften Weihnachtsstress entkommen, den wir uns letzten Endes selbst eingebrockt haben. Seitdem wir wie die Deutschen Weihnachten feiern, versuchen wir, genauso wie alle Deutschen, dem Weihnachtstrubel verzweifelt zu entkommen.

Früher hab ich mich über die drei zusätzlichen freien Tage wahnsinnig gefreut. Habe die Beine auf dem Sofa ausgestreckt und von morgens bis abends in den Fernseher geglotzt. Aber irgendwann hat mir irgendjemand eingebläut – ich glaube, es waren die Kinder, und dahinter steckte garantiert Eminanim –, auch ich müsse ganz besinnliche Weihnachten feiern. Ohne Fernseher, aber dafür mit vielen Geschenken. Und seitdem ist es bei mir mit der Besinnlichkeit zu Weihnachten erst recht vorbei! Es reicht nicht, dass ich mein ganzes Jahreseinkommen für völlig überflüssige Geschenke ausgeben muss, nein – es kommen auch noch aus aller Welt sogenannte Freunde, Bekannte und Verwandte, die man seit Jahren nicht gesehen hat, und diese ganzen unverschämten Schnorrer wollen mit der billigen Ausrede, es sei ja Weihnachten, tagelang auf meine Kosten versorgt und bewirtet werden.

Deshalb fahren wir heute mehrere hundert Kilometer, um in der Abgeschiedenheit des Harzes diese berühmte Ruhe und Besinnlichkeit zu finden, und hoffen darauf, dass die Schnorrer uns nicht finden. Wir wollen keine Menschen mehr sehen, sondern nur Bäume!

»Eminanim, beeil dich endlich, ich will los! Wenn wir noch lange warten, kommen entweder die Kinder wieder zurück, oder irgendwelche Besucher überfallen uns. Du brauchst dich nicht länger zu schminken, du bist schön genug!«

»Osman, mach dir keine Sorgen. Ich hab an alles gedacht. Heute Morgen gleich nach dem Aufstehen hab ich unten auf das Klingelschild einen Zettel geklebt: »Klingeln zwecklos! Wir sind bis zum nächsten Jahr weg! Bitte versuchen Sie Ihr Glück woanders!«

»Na, hör mal, Eminanim, wo bleibt denn da die berühmtberüchtigte türkische Gastfreundschaft?«

»Deine türkische Gastfreundschaft soll da bleiben, wo sie hingehört, nämlich in die Türkei! Ich will nichts mehr davon wissen! Du Pascha hast es natürlich gut, ich muss doch die ganzen uneingeladenen Leute tagelang bewirten! Mir reicht es endgültig!«

Ich geb's ja zu, für Eminanim ist die Gastfreundschafts-Nummer natürlich einen Tick anstrengender als für mich.

Wir schleichen uns mit unseren Koffern durch die Waschküche zum Hinterausgang hinaus. Mit unseren Schals vermummt wie Bankräuber, huschen wir an Häuserwänden entlang zu unserem Ford Transit, den ich gestern zwei Straßen weiter gut versteckt habe.

Wir haben den 24. Dezember, 11 Uhr vormittags, aber es sind bereits alle Lichterketten und Neonröhren hell erleuchtet, und der ganze Weihnachts-Schnickschnack blinkt und funkelt einem von Geschäften und Hauswänden entgegen.

Wenn man sich die ganzen jährlichen Weihnachtsansprachen anhört, dann spart Deutschland angeblich überall Energie, was mir aber nicht sehr glaubwürdig erscheint, wenn ich mir die ganzen Flackerdinger angucke.

Dieser ganze Spuk verfolgt uns bis zur Autobahnauffahrt. Dass die Autobahnen nicht weihnachtlich dekoriert sind, finde ich seltsam. Aber das ist bestimmt nur eine Frage der Zeit. Bald, dank der teuren Mautgebühr, haben wir sicherlich funkelnde und blinkende Autobahnen. Irgendwas müssen die ja tun mit dem vielen Geld!

Abgesehen von den platt gefahrenen Tannenbäumen auf der Fahrbahn, die einige Geizkrägen vermutlich illegal im Wald abgehackt haben, erinnert plötzlich nichts mehr an diesen kollektiven Wahnsinn. Mit Ausnahme von strahlenden und kopfwackelnden Weihnachtsmännern in den Rückfenstern der Autos. Eine neue Variante des Wackel-Dackels oder Wackel-Elvis.

Nach drei Stunden auf der Autobahn hat uns schon bei der Abfahrt in den Harz das ganze funkelnde, blinkende, blitzende Brimborium wieder eingeholt.

Es war natürlich eine alberne Illusion, in Deutschland

zu bleiben und gleichzeitig Weihnachten entkommen zu wollen.

Kurz darauf parke ich unseren Ford Transit auf dem Parkplatz von unserem wunderschönen Hotel »Tolle Aussicht«, das ich im Internet entdeckt und bereits im Juli rechtzeitig reserviert habe. Hier im Harz haben alle Hotels so gemütliche, wie für Weihnachten geschaffene Namen. Zum Beispiel »Hotel Waldgarten«, »Pension Schneeflocke«, »Landhaus Kuschelhof«, »Hotel Bergblick«, »Pension Waldsee«. Bei einigen Herbergen habe ich auch das Gefühl, ich wäre nicht im Harz, sondern schon im Jenseits angekommen. Die heißen nämlich »Hotel Paradies«, »Garten Eden«, »Engelsburg« oder »Ruhe Sanft«.

Und wie gesagt, unser Hotel heißt »Tolle Aussicht«. Von dem einen Fenster aus schauen wir auf eine große, blinkende Tankstelle, vor der viele Autos Schlange stehen, und von dem anderen Fenster aus können wir uns den gut besuchten Busbahnhof anschauen. Gleich daneben sehen wir ein anderes strahlendes Hotel mit dem hübschen Namen »Blumenoase«. Die vielen verschiedenfarbigen Glühbirnen sollen wahrscheinlich die Blumen darstellen. Und direkt vor unserem Fenster blicken und riechen wir in einen riesigen Müllcontainer hinein, der ausnahmsweise mal nicht ganz so weihnachtlich dekoriert ist und auch nicht die typischsten Weihnachtsgerüche von sich gibt. Ich würde sagen, da fehlt eine Prise Zimt! Aber die Geschmäcker sind natürlich verschieden. Und es gibt sicherlich Menschen, die diese Aussicht irgendwie toll finden. Der Besitzer des Hotels zum Beispiel. Aber der hatte vermutlich mehr die Einnahmen im Auge als den Ausblick aus dem Fenster.

»Eminanim, ich will ja nichts sagen, aber die Umgebung stimmt überhaupt nicht mit den Fotos im Internet überein«, sage ich zu meiner Frau.

»Osman, wer weiß, wie die Aussicht in den anderen Zimmern ist. Und oben auf dem Dach waren wir auch nicht. Vielleicht bekommt man ja von dort aus ein paar Harzbäume zu sehen«, ruft meine Frau fröhlich. Sie versucht, alles positiv zu sehen. Sie ist überglücklich, dass uns diesmal die Flucht aus Bremen tatsächlich geglückt ist. Letztes Jahr wurden wir nämlich in letzter Sekunde kurz vor der Autobahnauffahrt von Ahmet und seiner Frau doch noch abgefangen.

Hier im Harz sind wir den ganzen leidigen, unerträglichen Weihnachtstrubel, der in Kombination mit der noch leidigeren türkischen Gastfreundschaft sogar noch unerträglicher ist, endlich los.

Wir machen die Gardinen ganz dicht und halten ein kleines Nickerchen von ungefähr zwei, drei Stunden. Wir träumen von tollen Aussichten, die man zwar von unserem Hotel aus nicht hat, die es aber dafür im Harz zu Tausenden geben soll.

Wie immer, mitten in den schönsten Träumen, weckt mich Eminanim unvermittelt auf:

»Osman, es ist schon nach 19 Uhr, und ich hab unglaublich großen Hunger. Aber ich bin irgendwie auch sehr müde, und draußen ist es sehr kalt, wie du weißt. Lass uns doch heute hier im Hotelrestaurant essen.«

Ich laufe sofort nach unten, um schnell noch einen Tisch zu reservieren, damit wir später nicht neben der Toilettentür landen. Aber was ist denn hier los? Kein Mensch ist mehr da! Kein Portier, kein Kellner, niemand! Von der Geschäftigkeit, als wir ankamen, keine Spur. Das ganze Hotel ist wie ausgestorben! An der Restauranttür lese ich: Wegen Heiligabend geschlossen!

Hocherfreut laufe ich wieder nach oben! So komme ich doch noch zu meiner Lieblingsbeschäftigung: Restaurant-Suchen in fremden Städten!

Mein Gaumen ist nämlich sehr konservativ! Der will eigentlich nur türkisches Essen, und somit halten wir immer nur nach anatolischen Restaurants Ausschau. Aber wenn die Türken und die Kurden in der jeweiligen Stadt nicht über eine billige Dönerbude hinausgekommen sind, dann öffnen wir uns zwangsweise ab und zu auch mal den fremden Esskulturen. Dabei passen wir natürlich hübsch auf, dass wir uns nicht allzu weit vom Mittelmeerraum entfernen. Also höchstens bis nach Italien, Griechenland oder bis in den Libanon.

Mit zwei langen Unterhosen und drei Schals verlassen wir gut verpackt unser schönes Hotel »Tolle Aussicht« und laufen frohen Mutes durch die Winterkälte, um gut gegrillte Köfte und reichlich gefüllte Paprika zu finden.

Als Erstes, gleich um die Ecke, treffen wir auf einen Italiener: »Bei Peppone«. Aber Signor Peppone hat sich offenbar zu seiner italienischen Sippschaft geflüchtet:

»Am Heiligabendene habene wir leidere geschlossene. Peppone wünschene allene Gästene schöne Weihnaktene«, steht an der Tür.

»Eminanim, das macht doch nichtsene. Wir wollene sowieso türkisches Essene.«

Drei Straßen weiter finden wir wieder ein Restaurant. Aber an der Tür steht:

»Leidel wegen Eiligabend zu. Wil wünschen luhige und flohe Feieltage!«

»Blaucht euch doch wilklich nicht leidzutun, wil suchen glade sowieso tülkisches Lestaulant«, lispelt meine Frau. Ich weiß nicht, ob sie versucht, einen chinesischen Akzent zu imitieren, oder ob ihre Zunge jetzt schon erfroren ist. Es ist nämlich unglaublich kalt. Wahrscheinlich auch wegen dieser klirrenden Kälte hat sich der Grieche Kostas nach Saloniki abgesetzt. An der Tür hat er nicht mal eine Botschaft hinterlassen. Sein Restaurant »Saloniki« steht einsam und verlassen stockdunkel da. Dieser seltsame Mann spart nicht nur an Papier und Stift, sondern auch Stromkosten in Form von farbigen Weihnachtsblinkereien.

»Osman, das ist doch irgendwie logisch«, lispelt meine Frau nach einer Stunde Rumrennerei in der eiskalten Stadt, schon ziemlich blau im Gesicht. »Die Leute hier müssen ja auch irgendwann mal ausspannen und Weihnachten feiern. Und das können sie am besten zu Weihnachten!« Die Kälte und der Hunger scheinen meiner Frau noch mehr zuzusetzen als mir. Sie redet nur noch Stuss! Ich schaff das auch ohne Kälte!

»Ich freue mich so sehr, dass die Türken kein Weihnachten feiern«, rufe ich. »Ein türkisches Restaurant muss aufhaben, suchen wir halt tapfer weiter!«

Auf den Straßen sehen wir keine Türken, die wir nach einem türkischen Restaurant fragen könnten. Nicht mal Deutsche! Die ganze Stadt ist wie ausgestorben!

Eine Stunde später, wir sind inzwischen völlig erfroren und können uns nur noch wie Roboter bewegen, tut sich vor unseren Augen eine Fata Morgana auf. Allah, ich danke dir! Doch noch ein türkisches Restaurant! Sogar gleich ein ganzer Berg davon: das »Ararat Restaurant«.

Aber heute hier was Essbares zu finden scheint genauso aussichtslos zu sein, wie auf seinem Namensvetter Ararat im Osten der Türkei nach den Resten der Arche Noah zu suchen. Wegen Weihnachten stehen alle Dönerspieße still!

Da die einzige Tankstelle des Ortes leider auch schon geschlossen ist, schleppen wir uns mühselig zum Busbahnhof, in der Hoffnung, am Kiosk irgendwas Essbares zu finden. Mein Magen ist inzwischen mit allem einverstanden. Selbst die fettigste Bratwurst lässt mir das Wasser im Munde zusammenlaufen.

Nichts! Verdammt, der Busbahnhof ist geschlossen! Selbst die Polizeiwache daneben ist dicht! Jetzt, wo selbst die Polizei nicht da ist, würde ich ohne mit der Wimper zu zucken für ein einziges Köfte einen Mord begehen!

Wenn die Osmanen damals vor 300 Jahren Wien an Heiligabend angegriffen hätten, hätten sie die ganze verwahrloste Stadt in einer Viertelstunde erobern können!

Erschrocken sehe ich, dass Eminanim mittlerweile blau anläuft und kurz davor ist, in dieser eiskalten Nacht ihr Leben für immer auszuhauchen! Und da rieche ich plötzlich Köfte! Anscheinend bin ich auch nicht besser dran als Eminanim. Ich habe bereits Visionen!

Ich orte die Quelle der herrlich duftenden Köfte nur drei Straßen weiter und schleife Eminanim mit ganzer Kraft in diese Richtung. Völlig erschöpft erreichen wir das Haus, welches alle möglichen appetitlichen Düfte ausstrahlt. Ein VW-Transporter hält gerade vor der Tür, und zwei Dutzend Türken steigen gut gelaunt und total aufgetakelt aus. Voll beladen mit Tabletts und Töpfen, gehen sie in das hell erleuchtete Haus hinein.

»Bruder, wir sterben vor Hunger! Wo kann man hier in diesem gottverlassenen Kaff was zu essen bekommen?«, frage ich verzweifelt.

Ohne zu antworten, haken die Fremden uns unter und schleppen uns in die warme Wohnung. Mit glänzenden Augen sehe ich den drei Meter langen Tisch, voll bedeckt mit allen möglichen Variationen von Köfte, gefüllten Paprika, gefüllten Weinblättern, gefüllten Auberginen, Lahmacuns, gebratenen Kartoffeln, gekochten Kartoffeln, dreizehn verschiedenen Salaten und vielem, vielem Leckeren mehr.

Während ich all diese Köstlichkeiten gierig auf meinem riesigen Teller staple, frage ich:

»Frau, ist das nicht doch was Tolles, diese türkische Gastfreundschaft?«

Eminanim, die einigermaßen aufgetaut ist und wieder unter den Lebenden weilt, nickt artig mit dem Kopf, weil sie zurzeit nicht in der Lage ist, ein Wort herauszubekommen. Mit zwei Hühnerbeinen gleichzeitig im Mund spricht es sich ja auch sehr schlecht!

Ich hätte nie gedacht, dass ich jemals mit 46 wildfremden Leuten Hand in Hand so gut gelaunt um einen Tannenbaum stehen und deutsche Weihnachtslieder singen würde!

Jess Jochimsen

Draußen vom Walde komm' ich her

Auch wenn es draußen Ende November, garstig und unsexy ist, es gibt Stellenanzeigen, auf die muss ich mich einfach bewerben:

»Sie wollen in nur drei Tagen 500 Euro verdienen und arbeiten gerne mit Kindern? Sie besitzen schauspielerische Fähigkeiten und haben ein Handy? Dann rufen Sie an!«

Obwohl mir nicht ganz klar war, warum man kein normales Telefon benutzen sollte, tat ich, wie mir geheißen, und landete bei einem mittelgroßen Betrieb mit obligatorisch angelsächsischem Namen. Eine mechanische Stimme sagte: »Firma für Events aller Art, Sie werden gleich verbunden.«

Und schon befand ich mich in der Warteschleife. Auf der rieselte der Schnee, leise zwar, aber dafür lange. Nach zehn Minuten durfte ich dann endlich mein Anliegen vortragen:

»Hallo, hier spricht Jess Jochimsen, es geht um Ihre Annonce, die mit dem Handy. Sagen Sie, was muss ich da eigentlich machen?«

»Na, Sie sind gut, den Nikolaus natürlich«, bekam ich zur Antwort. DEN NIKOLAUS, sonnenklar, deswegen ja auch das Handy!

»Haben Sie ein Fax?«, fragte die Dame.

»Selbstredend, ich habe alles, was man als moderner Nikolaus so braucht.«

Und siehe da, keine zehn Minuten später ratterte meine Bestätigung aus dem Faxgerät. Ich hatte den Job. Schwarz auf weiß: »Herr Jens Joachim. Gebucht als Event-Performer vom 5. bis 7. Dezember. Coaching: 4.12., 16 Uhr.«

Wow! Unter diesen Umständen vergaß ich sogar, mich über die falsche Schreibweise meines Namens aufzuregen. Hey – ich war kein *Old School Nikolaus*, sondern ein *fancy Event-Performer*, und als solcher würde ich eine Schweinekohle machen.

Ich gebe gerne zu, dass ich etwas aufgeregt war. Weniger, weil ich mir die Arbeit nicht zugetraut hätte, sondern eher, weil ich als Kind dem Nikolaus nie leibhaftig begegnet bin. Wenn meine Eltern etwas taten, dann taten sie es gründlich. Der Eberhard und die Renate hatten eine schwarze Liste mit unerwünschten Personen des kapitalistischen Brauchtums christlichen Ursprungs – und der Weihnachtsmann, das Christkind und der Nikolaus waren die *Top three* auf dieser Liste. Doch wozu gab es die Schulung!

Bestens gelaunt erschien ich zu ebendieser, zusammen mit sechzig anderen. Ein leicht elitäres Glücksgefühl beschlich mich. Wir waren die Auserwählten, *die* Nikoläuse der Stadt, junge, eventmäßig hochmotivierte Segensbringer. Einer raunte mir zu:

»Ich bin Weihnachtsmann-Anwärter, ab nächstem Jahr ist Schluss mit Außendienst.«

Mir wurde etwas mulmig, aber da erschien auch schon unser Performance-Coach:

»Okay, Leute«, sagte er, »Kutten, Caps und Stiefel gibt's gleich. Erst mal kriegt ihr eure Telefonlisten. Ist total easy. Wenn ihr auf Tour seid, ruft ihr per Handy immer kurz vorher bei den Eltern an, checkt aus, wie ihr an die Geschenke und die Infos über die Kids kommt, dann kreuzt ihr da auf und zieht das Ding zügig durch. Alles roger?«

Zaghaft meldete ich mich: »Und was sollen wir sagen?«
»Irgendeinen Spruch, dass die Kids brav sein sollen halt«, sagte mein Nikolaus-Instructor, »was gut kommt, ist ein kleiner Rap: Yeah, ich bin der Nikolaus / und hol gleich meine Rute raus / bumm tschacka bumm.«

Vereinzeltes Gelächter. Na großartig, dachte ich, wenn wir so auftreten, rappen die Kinder spontan zurück: »Yo man, vom Walde kommst du her / und ich muss dir sagen: Fuck you, yeah!«

Unser Coach schloss seine Ausführungen damit, dass wir uns nun stadtteilmäßig aufzuteilen hätten. Der Weihnachtsmann-Anwärter brüllte: »Ohne Knecht Ruprecht gehe ich nicht noch mal in die Vorstadt!«

Und ich bereute den Job jetzt schon. Trotzdem werde ich erzählen, wie's lief.

Eher peinlich bekleidet und mit einem Haufen Watte im Gesicht, den Bart mussten wir uns aus hygienischen Gründen selber basteln, stapfte ich los. Mein »Performance-Bereich« war ein Altbau-Viertel und Mario F. der Hildastraße mein erstes »Zielobjekt«. Von Mama F. per Handy instruiert, Mario solle doch weniger fernsehen und – Altbau bleibt eben Altbau – doch bitte mehr lesen, erschien ich pünktlich. Das Geschenk war im Treppenhaus hinterlegt, zwei Mandarinen und ein verpacktes Buch, da würde sich der Bub aber freuen. Ich trat in den Flur, und Frau F. rief:

»Mario, kommst du mal, da ist ein fremder Mann, ich glaube, das ist der Nikolaus.«

Von irgendwoher krakeelte Mario: »Der soll später wiederkommen!«

Ich räusperte mich: »Draußen vom Walde kom' ich her.«
»Halt's Maul, ich bin gerade auf Level acht«, rief Mario.
»Würdest du jetzt bitte den Computer sein lassen«,

brüllte Frau F., und zu mir sagte sie: »Und Sie, Herr Joachim, ziehen bitte die Stiefel aus.«

Ich fühlte mich meiner Autorität doch etwas beraubt, und Mario kam.

»Guck mal, Mario, was dir der Nikolaus mitgebracht hat.« Ich zückte das Buch.

»Wenn er das neue Tomb Raider nicht dabei hat, kann er sich gleich verpissen«, sagte Mario.

»Aber Mario, hör mal.«

»Sie halten sich da raus«, sagte Frau F., »und du, Mario, nimmst jetzt das Buch und freust dich gefälligst.«

»Ich soll von Fremden nichts nehmen«, heulte Mario.

Nun wurde ich laut: »Wenn du nicht augenblicklich brav bist...«

»Schreien Sie mein Kind nicht an«, schrie Frau F.

»Hey – ich bin der Nikolaus!«

»Ja, und ich bin der Weihnachtsmann, du Arschloch!«, brüllte Mario.

»Freundchen«, entgegnete ich wutentbrannt und war kurz davor, dem Kleinen eine zu schallern.

»Trau dich doch, trau dich doch«, provozierte das Altbau-Balg, und ich besann mich:

»FREUNDCHEN – deine Mama hat Krebs, und außerdem bist du adoptiert! Hier – da hast du dein beknacktes Harry-Potter-Kinder-Blöd-Buch. Und tschüss.«

Ich ging. Es war kalt in der Hildastraße, so ohne Stiefel. Aber zum Glück hat der Nikolaus ja ein Handy. Ich rief die Firma an: »Hören Sie mir gut zu. Performer Joachim kündigt fristlos.«

Einigen Kindern ist der Nikolaus letztes Jahr erspart geblieben, und so es einen Jens Joachim gibt im Einzugsbereich der Telekom, dann hat er jetzt ein paar Probleme. Recht geschieht ihm.

Mark Spörrle

Die Schwuchtel-Tasche

Kurz vor Weihnachten betrat meine Kollegin Lucia mein Büro, schloss die Tür hinter sich und schwenkte etwas.

»Wie findest du diese Tasche?«, fragte sie.

Auf den ersten Blick fiel mir nichts auf. Auf den zweiten Blick bemerkte ich, dass die Tasche an den Seiten nach oben zulief und einen aufgesetzten Henkel hatte. Etwa in der Art wie die Taschen, die die alten Tanten in den Agatha-Christie-Filmen tragen, bevor sie ermordet werden.

»Eine typische Tantentasche«, sagte ich. «Hat die jemand hier stehen lassen?«

Lucia sah mich mit leichter Verunsicherung an. »Ich habe sie gerade gekauft«, erklärte sie.

»Oh, entschuldige«, sagte ich schnell. »Ich wusste nicht... Die Frauentaschen sind jetzt wohl wieder so geformt?«

»Die Tasche ist nicht für mich«, korrigierte Lucia tapfer. »Sie ist für Jens.« Jens ist ihr Lebensgefährte.

»Oh«, sagte ich. Und weil mir auch nach einer spannungsgeladenen Pause nichts anderes einfiel, nahm ich den Telefonhörer ab und tat, als befrage ich das Sekretariat nach einem mysteriösen unfrankierten Brief, der auf meinem Schreibtisch gelandet war.

Als ich auflegte, war Lucia immer noch da.

»Ich bitte dich, sei ehrlich«, sagte sie. »Eignet sich diese Tasche als Weihnachtsgeschenk?«

»Auf jeden Fall«, sagte ich.

»Für einen Mann?«, beharrte sie.

»Auf jeden Fall!«, sagte ich, bemüht, meine Stimme beruhigend klingen zu lassen.

»Für Jens?«

Ich stieß die Luft aus. Ich bin ein ehrlicher Mensch, und Jens ist ein netter Kerl.

»Ich weiß nicht, wie Jens das sieht«, sagte ich heftig überlegend. »Ich glaube – aber das ist nur meine Meinung –, dass Männer eher quadratische Taschen mögen. Taschen, die nach Ecken und Kanten, nach echtem Kerl, zumindest nach tollem Laptop aussehen. Vielleicht wäre diese Tasche eher etwas für – Torsten?«

Torsten war ein lieber Kollege, der sehr schwul war.

Lucia starrte mich an.

»Du willst sagen, dass diese Tasche schwul aussieht?«, fragte sie.

»Wenn ein Mann sie trägt, vielleicht ein bisschen«, räumte ich ein. »Aber wie gesagt, das ist nur meine Ansicht, vielleicht sieht Jens das ganz anders. Und vielleicht will er damit auch ganz andere Dinge als einen Laptop transportieren. Zusammengefaltetes Kuchenpapier zum Beispiel oder diese knautschbaren Sonnenhüte ...«

»Es ist eine Laptoptasche«, sagte Lucia.

Ich schwieg ratlos. Meinen Telefontrick hatte ich ja schon aufgebraucht.

»Er hatte bis jetzt immer quadratische Laptoptaschen«, fuhr Lucia nach einer Weile fort.

»Aber quadratische Taschen – gefallen dir nicht?«, fragte ich vorsichtig.

»Das ist es nicht«, sagte Lucia. »Es kommt auf die Fächereinteilung an. Jens braucht vier Fächer: eins für den Laptop, eins für Unterlagen, eins für Getränke und Reiseproviant und eins für Wechselwäsche. Proviant und Wäsche müssen unbedingt, darauf besteht er, in zwei unterschiedlichen Fächern sein, sonst kommt es zu einer Katastrophe wie damals in Stockholm.«

»Eine Katastrophe?«, fragte ich interessiert.

»Er war nur ein einziges Mal mit einer Dreifachtasche unterwegs, zu einem Kongress in Stockholm. Und während seines Vortrags musste er sich ständig kratzen, weil Krümel von seinen Schinkenbroten in die Wechselunterwäsche geraten waren. Seitdem fasst er keine Laptoptasche mehr an, die nicht wenigstens vier Fächer hat. Aber dieses Jahr hat offenbar jede Laptoptasche mit einer solchen Facheinteilung diese nach oben zulaufende Form.«

Es klopfte. Unser Kollege Frank riss kaugummikauend die Tür auf, schmiss ein paar Papiere auf meinen Schreibtisch, nickte uns zu, warf einen irritierten Seitenblick auf die Tasche, zog die Augenbrauen hoch und verschwand wieder.

»Ich gucke heute Abend noch mal«, sagte Lucia. »Vielleicht gibt es irgendwo noch ein Modell vom letzten Jahr.«

Am nächsten Tag traf ich sie auf dem Flur, im Arm eine große Tüte.

»Und?«, fragte ich.

Sie zog eine Tasche aus der Tüte.

Ich konnte keinen signifikanten Unterschied zur Tasche von gestern feststellen.

»Es ist dieselbe«, klärte mich Lucia auf. »Ich habe heute Morgen noch mal mit dem Verkäufer gesprochen: Was du für schwul hältst, ist einfach nur ein neues Design für anspruchsvolle moderne Geschäftsleute.«

»Ja, das hat der Verkäufer gesagt«, erklärte ich nachsichtig.

»Ja, das hat der Verkäufer gesagt«, rief Lucia. »Warum auch nicht?«

Sie hielt den zufällig vorbeikommenden stellvertretenden Pförtner auf. »Darf ich Sie schnell etwas fragen: Wie finden Sie diese Tasche?«

»Steht Ihnen gut, sehr feminin«, lächelte der ältere Herr charmant. »Meine Frau hat auch noch so eine im Schrank.«

»Hör auf, so zu grinsen«, sagte Lucia, nachdem der arme Mann schnell weitergegangen war. »Komm lieber mit, wenn du alles besser weißt.«

Die Taschenabteilung im Kaufhaus schien mir deutlich überdimensioniert dafür, dass sie angeblich so wenig Laptoptaschenalternativen bot.

»Ah, Sie haben den Liebsten gleich mitgebracht«, sagte der schnauzbärtige Verkäufer und trat mit öligem Lächeln näher.

»Nein, ich bin nur ein Kollege«, sagte ich verbindlich. »Ich kann es gar nicht glauben, dass Sie keine andere Laptoptasche haben.«

»Oh, Sie sind Taschenexperte«, lächelte der Verkäufer süffisant. »Ich habe es dieser Dame schon gesagt: Wenn Sie eine Laptoptasche mit Viererfachaufteilung haben wollen, ist diese Form die einzige, die Ihnen in dieser Saison zur Verfügung steht.«

»Ich bin kein Taschenexperte«, stellte ich richtig. »Aber sind Sie sicher, dass diese Tasche für einen Mann gedacht ist? Diese nach oben zulaufende Form wirkt doch ziemlich tantenhaft, finden Sie nicht?«

Der Verkäufer riss die Augen auf, als habe ich behauptet, die Tasche sei ein gefrorener Lachs.

»Tantenhaft?«, fragte er. »Das sind modische Laptoptaschen für den stilbewussten Herrn.«

»Die Tasche sieht also nicht – schwul aus?«, fragte Lucia. Der Verkäufer stieß ein geübtes Lachen aus.

»Also, meine Dame, ich sagte Ihnen ja schon, Sie müssen auch in dieser Hinsicht nicht die geringsten Bedenken haben. Übrigens ist das Material dasselbe, aus dem sonst schusssichere Westen gefertigt werden. Lassen Sie sich nicht verunsichern: Diese Tasche wird Ihrem Mann gefallen, dafür lege ich meine Hand ins Feuer!«

»Er hat vermutlich recht«, sagte ich, als wir mit der Tasche zum Büro zurückgingen. »Und sicher sieht dein Jens das gar nicht so eng. Es gibt viele Männer, denen es zum Beispiel auch egal ist, welche Hemdenmarke sie tragen.«

»Nein, das ist Jens nicht egal ...«, begann Lucia, doch dann stockte sie und starrte mich mit verzweifeltem Blick an, während ich im Geiste mein Hemdenbeispiel verfluchte.

»Muss es denn unbedingt eine Tasche sein?«, fragte ich schnell.

»Leider, er hat sich ausdrücklich eine gewünscht«, stöhnte Lucia. »Aber ich weiß, was wir machen: Wir fragen Torsten. Oder nein: Wir fragen ihn nicht! Wir bitten ihn zu mir ins Büro, wedeln beiläufig mit der Tasche und gucken, wie er reagiert.«

Torsten machte es uns leicht. Er betrat den Raum, sah die Tasche, die mitten im Raum stand, und rief laut lachend: »Hey, was für eine ent-zü-cken-de Tasche! Ein Geschenk für mich? Ihr Lieben!«

Als er wieder gegangen war, saß Lucia stumm da und biss sich auf die Unterlippe.

»Hör mal«, sagte ich beruhigend. »Dass Torsten so euphorisch reagiert hat, muss nicht allzu viel bedeuten. Es gibt schließlich Taschen, die gefallen ALLEN Männern, ganz egal, welche sexuellen Vorlieben sie haben.«

»Ich gehe noch mal zu diesem Verkäufer«, zischte Lucia. »Und du kommst bitte mit! Nicht, dass Jens am Ende noch denkt, ich halte ihn für unmännlich.«

Mittlerweile bereute ich bitterlich, mich jemals in diese Taschenangelegenheit eingemischt zu haben. Der Taschenverkäufer offenbar auch. Er zuckte erkennbar zusammen, als wir auf ihn zusteuerten.

Lucia umriss kurz, warum sie die Tasche nun doch zurückgeben müsse.

Der Verkäufer lachte ostentativ beruhigend. »Aber ich habe Ihnen doch gesagt, dass Sie sich keine Sorgen machen müssen. Vielleicht sollten Sie das, was dieser Herr hier Ihnen sagt, nicht ganz so ...«

»Darum geht es nicht«, unterbrach ich ihn schnell. »Es geht um die Frage, ob diese Tasche hier wirklich für heterosexuelle Männer geeignet ist. Wenn nicht, dann ist dagegen natürlich auch nichts zu sagen. Aber es wäre fatal, wenn diese Tasche völlig falsche Signale über ihren Träger aussenden würde, ohne dass dieser zumindest Bescheid wüsste, um welche Signale es sich handelt. Verstehen Sie?«

Der Verkäufer starrte mich an und suchte nach Worten. »Das ist doch Unsinn«, rief er. »Ich habe Ihnen doch gesagt ...«

»Das weiß ich«, unterbrach ich ihn erneut. »Aber haben Sie auch die Wahrheit gesagt? Oder müssen Sie nur auf Anweisung Ihres Chefs mit allen Mitteln versuchen, eine Überschussproduktion der Schwulenlaptoptaschenindustrie zu verkaufen?«

Der Verkäufer lief rot an.

»Das ist doch nicht zu glauben!«, rief er. »Also, jetzt demonstriere ich Ihnen mal etwas, meine Dame. Sehe ich vielleicht schwul aus?«

»Nein«, sagte Lucia.

»Gut«, rief der Verkäufer. »Dann geben Sie mir die Tasche. Na, geben Sie sie schon her! Und jetzt sagen Sie mir mal, wie das hier aussieht.«

Die Tasche in der Hand, begann er vor den Kofferregalen auf und ab zu marschieren.

»Und?«, rief er, die Tasche übertrieben schlenkernd. »Sie wollen doch nicht behaupten, dass das schwul aussieht!«

Skeptisch wog ich den Kopf hin und her und zuckte die Schultern.

Wütend schlenkerte er die Tasche noch heftiger.

»Sie wollen doch nicht ernsthaft sagen, dass ich mit dieser Tasche in der Hand schwul aussehe?«, schrie er. »Dass ich mit dieser wunderbaren Tasche aussehe wie eine Schwuchtel! Unterstehen Sie sich, mir zu sagen, dass ich aussehe wie eine Schwuchtel!«

»Was denken Sie?«, fragte ich die knapp zwei Dutzend Kunden, die fasziniert stehen geblieben waren. »Sieht er aus wie eine Schwuchtel?«

Ein paar der Zuschauer nickten.

»Sehen Sie!«, sagte ich zum mittlerweile puterrot angelaufenen Verkäufer.

»Bitte zeigen Sie uns noch mal die Alternativen«, bat Lucia ihn.

Der Verkäufer durchbrach aufschluchzend den Kordon der Umstehenden und verschwand.

»Mein Kollege sagte Ihnen doch schon, es gibt kein anderes Vierfachmodell«, erklärte ein jüngerer Verkäufer, der nach Ewigkeiten erschien »Warum auch? Alle tragen jetzt solche Taschen, wirklich alle – Brad Pitt, Robert De Niro, Julio Iglesias! Und die Tasche, die Sie ausgesucht haben, ist Spitzenklasse. Federleicht, und sie hält ewig! Zehn Jahre Garantie! Schusssichere Reißverschlüsse! Ein hervorragendes Weihnachtsgeschenk!«

Lucia nahm die Tasche wieder mit. Der junge Verkäufer folgte uns bis zum Ausgang, um sich davon zu überzeugen, dass wir das Kaufhaus auch wirklich verließen.

»Bitte, lass uns nicht mehr über Taschen sprechen«, sagte Lucia auf dem Rückweg ins Büro.

»Einverstanden«, sagte ich erleichtert. »Und sollte Jens die Tasche wirklich nicht gefallen, kann er sie ja immer noch...«

»Moment mal«, unterbrach sie mich. »Ist es nicht merkwürdig? Wir gehen hier durch die volle Fußgängerzone, und ich habe noch keinen einzigen Mann mit einer Laptoptasche wie dieser gesehen. Dafür aber jede Menge Männer mit einer rechteckigen Tasche.«

»Das hat nichts zu bedeuten«, sagte ich. »Weißt du, als Mann ist man heilfroh, wenn man einmal eine Tasche hat. Man verspürt nicht den Drang, alle paar Monate eine neue zu kaufen, wie es Frauen tun.«

Aber Lucia hörte nicht zu. »Es muss doch irgendjemanden geben, der mit so einem Ding herumläuft«, rief sie. »Komm, wir gehen zum Bahnhof, da kommen viele Geschäftsleute an.«

»Lucia«, sagte ich, »ich habe noch viel zu tun. Ich glaube, du auch. Ich weiß nicht, ob wir wirklich...«

»O doch!«, rief sie. »O doch!«

Am Bahnhof hatten wir tatsächlich Erfolg. Nach zwei Fehlalarmen (in beiden Fällen handelte es sich um ältere Damen) entstieg dem Zug aus Kiel tatsächlich ein Mann, der eine solche Tasche trug. Er sah nicht besonders schwul aus.

»Ja«, sagte er verwundert auf Lucias Frage hin. »Ich habe die Tasche vor ein paar Wochen gekauft, meine alte ist samt Laptop gestohlen worden. Warum wollen Sie das wissen?«

»Entschuldigen Sie noch eine weitere Frage«, sagte Lucia. »Hatten Sie aufgrund dieser Tasche... äh, also ungewöhnliche Begegnungen? Seltsame Erlebnisse?«

Der Mann sah sie verdutzt an.

»Sind Sie vielleicht spontan angesprochen worden?«,

assistierte ich. »Von Leuten, denen Ihre Tasche außergewöhnlich gut gefiel? Oder die aufgrund Ihrer Tasche vielleicht Lust hatten, Sie näher kennenzulernen.«

»Sie sind nicht zufälligerweise schwul?«, kürzte Lucia das Gespräch ab.

Der Mann machte ein paar Schritte rückwärts und sah uns mit flackerndem Blick an.

»Lassen Sie mich in Ruhe«, rief er, die Tasche fest umklammernd, »lassen Sie mich in Ruhe und gehen Sie, sonst rufe ich die Polizei!«

Wir verließen den Bahnhof schnell und schweigend.

»Ich weiß, wie wir es herausfinden«, sagte Lucia plötzlich, zog die Tasche aus der Einkaufstüte und drückte sie mir in die Hand. »Du trägst sie in der Hand zurück ins Büro. Und ich beobachte die Reaktion der Leute!«

Ich war froh, dass ich an diesem Tag meine Sonnenbrille dabeihatte.

In Sichtweite des Büroeingangs zog Lucia Bilanz: »Du hast siebenmal Aufmerksamkeit erregt. Wobei du einmal gegen den Zeitungsständer gelaufen bist, das zählt nicht. Dreimal haben dir Frauen zugelächelt – und dreimal Männer. Lächeln dir auch sonst Männer zu?«

»Nicht dass ich wüsste«, sagte ich. »Männer haben mir zugelächelt?«

»Dir – oder der Tasche«, sagte Lucia.

»Haben sie belustigt gelächelt?«, fragte ich. »Mitleidig? Anzüglich?«

»Ich weiß es nicht«, sagte Lucia. »Ich konnte es nicht erkennen.«

»Vielleicht könntest du für die Tasche ja sicherheitshalber einen Überzug anfertigen lassen«, schlug ich vor, »einen Überzug, der simuliert, dass sie oben genauso breit ist wie unten?«

Lucia schwieg.

Um 16 Uhr begann bei ihr im Zimmer die Konferenz. Topic eins war die Taschenfrage. In einer offenen Abstimmung sprachen sich sechs der elf Anwesenden gegen die Tasche für Jens aus. Vier enthielten sich. Übrig blieb Torsten, der die Tasche unbedingt haben wollte, sich aber nicht definitiv festlegen konnte, ob er diesen Wunsch vor allem aufgrund seines Schwulseins hegte. Er bot aber an, die Tasche noch am selben Abend mit in einschlägige Kneipen zu nehmen und qualifizierte Meinungen aus der Szene einzuholen.

»O ja, bitte mach das«, sagte Lucia dankbar. »Und nimm die Tasche schnell mit, bevor Jens mich gleich abholt...«

Doch Jens schob sich bereits durch die Tür, nickte uns zu und küsste Lucia.

Dann sah er die Tasche in Torstens Hand. Wir erstarrten. »Das ist doch mal eine schöne Laptoptasche!«, rief Jens strahlend. »Können Sie mir sagen, wo Sie die herhaben?«

www.ursulaschroeder.de
Meine feinen Sticheleien

7.1.1 posted by Dina

Schallömmchen! Erst mal vielen Dank für eure Tipps, um Joschi das Zahnen zu erleichtern. Den warmen Olivenöl-Wickel von Alice im Westjordanland habe ich gleich ausprobiert, und der kleine Mann hat das Ding auch brav getragen, vielleicht ahnt er, dass es ihm hilft.

Eigentlich wollte ich ja heute die Nähanleitung für den lustigen Streifenburnus für Vier- bis Sechsjährige posten, aber das muss warten, weil ich euch erst mal eine ganz andere Geschichte erzählen muss. Ihr erinnert euch sicher, dass wir unser Gästezimmer und die Einliegerwohnung von der Oma an Leute vermietet haben, die wegen der Volkszählung im Ort waren. Schließlich kann sich nicht jeder das Bethlehem Hilton leisten. Weiß gar nicht, was sich die Römer dabei gedacht haben, sie konnten doch wissen, was das für ein Chaos gibt.

ABOUT

Ich heiße Dina, wohne in Bethlehem und bin die Mama von drei quirligen Kids. Sticheln tue ich beim Nähen und Handarbeiten. Alles, was bei meinen kreativen Sticheleien rauskommt, zeige ich euch in diesem Blog.

BLOGS, DIE ICH LESE

- Alice im Westjordanland
- Kreativ mit Sack und Asche
- Koscher gekocht
- Jona on Tour
- Was Habakuk am Sabbat buk
- The Times New Roman

Aber egal. Jedenfalls kam vor vierzehn Tagen noch ein Pärchen vorbei, ganz einfache Leute, sie hochschwanger – könnt ihr euch das vorstellen? –, und fragte nach einem Zimmer. Aber da ging natürlich bei uns nichts mehr. Mein Männe hat sie dann zu Bohnen-Benni geschickt, weil der erzählt hatte, bei ihm wäre noch Platz. Wir konnten ja nicht ahnen, dass es sich dabei um seinen Schafstall handelt! Ich habe fast einen Anfall gekriegt, als ich hörte, dass die Ärmsten tatsächlich dort geblieben sind. Und es kommt noch besser: Sie hatten sich wohl kaum ein bisschen in Bennis Stall eingerichtet, da fangen bei dem armen Mädel die Wehen an!

Tja, ich sage Mädel, die ist nämlich tatsächlich noch blutjung. Und angeblich ist dieser Josef-Typ nicht mal der leibliche Vater des Babys. Aber das darf man in so einem Notfall nicht so genau nehmen, oder? Jedenfalls kam der Benni ganz grün im Gesicht bei uns vorbei und jammert rum, dass die Frau in seinem Stall ein Kind kriegt und die Hebamme nicht zu erreichen ist … Tja, da hab ich die Kinder bei der Oma gelassen und bin mit unserem Erste-Hilfe-Koffer rüber. Schließlich hab ich ja mal Krankenschwester gelernt, auch wenn ich seit Davids Geburt nicht mehr arbeiten war.

Als ich ankam, war die arme Frau – Maria hat sie geheißen – schon ganz nett am Kämpfen. Ich hab ihr erst mal versucht zu zeigen, wie man gegen die Missempfindung atmet, aber dann ging alles ganz schnell. Zum Glück wahrscheinlich, drei, vier Presswehen, und das Baby war draußen. Als hätte ich es geahnt, dass sie kein Zeug für das Kind in ihrem Köfferchen hat, hatte ich schon mal wenigstens ein paar Windeln mitgenommen und ein paar Strampler, aus denen Joschi längst rausgewachsen ist. Damit konnten wir dann wenigstens das Baby warmhalten und ein Notbett in der Futterkrippe herrichten. Hygienisch ist was anderes, sage ich euch, aber dieser Maria schien das ziemlich egal zu sein.

Während ich noch aufräumte, ging die Stalltür auf, und ein paar üble Gestalten kamen rein. Ich denke, das waren diese Schafhirten von den Flusswiesen, die immer am Wochenende in der Kneipe die Schlägereien anzetteln. Ich war schon am Überlegen, wie ich unauffällig die Polizei verständige, da sagte diese Maria, das wär in Ordnung. Na, sie muss es wissen. Obwohl ich mit so einem Pack lieber nichts zu tun haben würde. Immerhin benahmen sie sich ganz anständig, nur der Anführer faselte seltsame Sachen von Engeln und einem Stern. Sternhagelvoll, dachte ich mir.

Da hielt ich es für besser, nach Hause zu gehen. Man weiß ja nie. Außerdem wollte die Oma am Abend noch in den Chor, und das nimmt sie mir übel, wenn ich dann nicht rechtzeitig zurück bin. Und für seinen Babysitter tut man ja alles!

Ich kam also aus dem Stall raus und musste beinahe meine Sonnenbrille aufsetzen. (Nicht dass ich sie dabeigehabt hätte, aber so hell war es. Wirklich!) Diese Schafhirten hatten nicht übertrieben mit ihrem Stern. Es war fast ein bisschen unheimlich, wie der den Stall beleuchtete. Das Licht schien rüber bis zu uns, und ich hatte echt Mühe, die Kinder bei dieser Helligkeit ins Bett zu kriegen. Und zu allem Überfluss erschien dann auch noch mein Schwiegervater und hielt wieder seine üblichen Reden, von wegen dem Messias, von dem schon Jesaja geweissagt hätte und so. Wir nicken dann immer und sagen: »Jesaja, ja, ja.« Jetzt hatte er natürlich Oberwasser, weil er meinte, der Stern passte genau ins Bild, und der Messias, der uns befreien würde, käme bald. Wir sind das ja schon gewöhnt, aber eines Tages kriegen die Römer diese Reden mit und lochen ihn ein wegen Aufrührerei oder was, und wer hilft dann meinem Männe bei der Feldarbeit?

Na ja, die nächsten Tage hatte ich dann absoluten Stress, weil unsere Miriam eine eitrige Mandelentzündung kriegte. Als ich dann endlich wieder Zeit hatte, um mit ein paar Babysachen bei Maria vorbeizugehen, hatte sich die Lage dort gewaltig verändert. Schon unterwegs waren mir einige gut geputzte Kamele vor dem Bethlehem Hilton aufgefallen, man konnte fast den Eindruck haben, als ob dort ein paar Promis abgestiegen wären. So wie letztes Jahr, als sie ein Passah-Special von der »Schaftor-Klinik« bei uns gedreht haben, ihr kennt doch sicher die Soap mit Professor Mosche Brinkmann. Da war jedenfalls auch so ein Auftrieb.

Aber wie sich herausstellte, waren es dieses Mal ein paar Trendforscher, die auch den Stern gesehen hatten und ihm bis hierher gefolgt waren. Die hatten Maria und ihr Baby besucht – ein ganz schöner Sprung von den stinkigen Schafhirten zu diesen feinen Herren, was? Außerdem haben sie ihr ordentlich was an Devisen dagelassen, sagt sie. Aus ihrem Sonderfonds für paranormale Ereignisse oder was. Ich hätte gern mal genauer gesehen, was und wie viel sie ihr vermacht haben, aber Josef hatte es schon an sich genommen. Es würde jedenfalls erst mal reichen für den Weg nach Ägypten und eine Erstausstattung.

Ägypten?!? Ja, sagte sie, es würde ihnen hier zu unsicher, und sie wollten mit dem Baby jetzt erst mal ins Ausland gehen, ihr Mann hatte einen Traum gehabt. Sie war schon am Zusammenpacken, deshalb blieb mir nichts anderes übrig, als mich zu verabschieden und ihr alles Gute zu wünschen. Sie sollte mir mal eine Mail schreiben, wenn sie gut angekommen wäre, aber sie sagte, sie könnte leider überhaupt nicht schreiben. Ich würde aber trotzdem irgendwann hören, was aus dem kleinen Jesus geworden wäre, da wär sie sich sicher. Der würde mal weltberühmt, das wüsste sie genau.

Ganz schön erstaunlich, oder? Mit Klamotten daherkommen, die sie nicht mal in Bethel mehr nehmen würden, und dann so sicher sein, dass sie gerade den zukünftigen Superhelden zur Welt gebracht hat. Eigentlich hätte ich mich ärgern müssen, aber wisst ihr was? Mich hat einfach nur fasziniert, wie sie mit der ganzen Lage umging. Sie hatte keine Angst. Ich würde mich an ihrer Stelle ja so was von aufregen, aber sie war ganz ruhig. Absolut zuversichtlich, was das Baby und seinen zukünftigen Weg anging. Keine Sorgen um die Zukunft, obwohl sie jetzt ganz ungeplant ins Ausland gehen sollen. Und ich mach mich schon verrückt, wenn unser Esel lahmt oder wenn vor der Ernte Hagelschlag angesagt wird! Könnt ihr das nachvollziehen? Wie kann man sich so sicher sein? Was gibt ihr diese Ruhe?

Bin gespannt auf eure Kommentare. Nächste Woche wie gesagt die Anleitung für den Streifenburnus und, wenn es klappt, mein Spezialrezept für eine tolle Bar-Mitzwah-Torte. Schalömmchen!

Filed under <u>uncategorized</u>/Leave a comment

Wolfgang Brenner

Der Adventskranz

Diesmal hatte Schmalenbach einen perfekten Adventskranz gekauft: nicht überladen, aber auch nicht karg, nicht verstiegen, aber auch nicht plump, nicht sentimental, aber auch nicht kalt. Ein kleines Kunstwerk mit vier dicken, roten Kerzen.

In den letzten Jahren hatte es wegen des Adventskranzes öfter Streit gegeben. Angeblich hatte Schmalenbach es sich zu einfach gemacht. Im Grunde erwartete Elke jeden Dezember von ihm, dass er den Adventskranz neu erfand. Und das mit dem nötigen Ernst und einer der Zeit angemessenen Andacht.

Elke hatte sich schon vor Jahren aus pädagogischen Gründen entschlossen, das eine oder andere aus der Hand zu geben. Um sich etwas zu entlasten, klar – aber auch um Schmalenbach eine Möglichkeit der Selbstbestätigung zu verschaffen. Wie alle Frauen war Elke der gesunden Überzeugung, dass die Bewährung bei der Arbeit nicht alles war, was den Menschen ausmachte.

Deshalb also der alljährliche Tanz um den Adventskranz.

Dieses Jahr nun hatte Schmalenbach nicht nur mit sicherer Hand in dem Meer aus vorweihnachtlichem Rauschgold-Kitsch den einzigen geschmackvollen Adventskranz gefunden – eine Mischung aus Bauhaus, Art déco und

Philippe Starck. Er hatte auch der Verkäuferin ein zusätzliches Set roter Kerzen abgeschwatzt – weil eine Kerze auf dem Kranz angeschlagen war. Die Schilderung von Elkes Reaktion auf eine angeschlagene Kerze auf ihrem Adventskranz hatte sie erbleichen lassen. Und das im knallharten Vorweihnachtsgeschäft.

Schmalenbach fühlte sich als Sieger – ästhetisch und kommerziell. Zu Hause packte er das gute Stück behutsam aus und begann mit der nicht einfachen Montage. Es gehörte einiges dazu, einen Adventskranz mit vier Kerzen so herzurichten, dass er Elkes Vorstellungen entsprach.

Schmalenbachs Herz klopfte, als sie nach Hause kam. Noch im Mantel inspizierte sie das Kunstwerk. Dann strahlte sie ihn an und sagte: »Ich wusste doch, dass mehr in dir steckt.« Damit war dieser Advent gerettet.

Beide konnten es kaum erwarten. Als sie dann am dritten Dezember die erste Kerze anzünden durften, geschah das Wunder: Sofort waren sie verzaubert. Sie nahmen sich in die Arme und schauten lange auf dieses einfache, warme, gnadenbringende Licht. »Was wären wir ohne unsere Wurzeln«, seufzte Elke glücklich.

»Ja«, sagte auch Schmalenbach. »Das, was wir in der Kindheit Gutes erfahren haben, hält unsere Seelen bis ins hohe Alter zusammen.« Und er fällte einen Entschluss: Er wollte in diesen Tagen der Vorweihnacht anders leben als sonst. Nicht den schnellen und einfachen Genüssen hinterherjagen, nicht an kurzen Frauenröcken hängen, sich nicht im Kreise oberflächlicher Freunde mit Alkohol und wohlfeilen gesellschaftspolitischen Visionen betäuben, sich nicht ablenken von dem, worum es wirklich ging: von der Gnade, die ihm trotz seiner stadtbekannten Unzulänglichkeiten zuteil wurde durch das Weihnachtsfest, das Fest der Besinnung, der inneren Ruhe und des Friedens.

Also würde er zu Hause bleiben, Elkes köstliche Plätzchen knabbern, Äpfel im Backofen backen, Kantaten hören und schweigen.

Schmalenbach hatte eine CD eingelegt, das Licht gelöscht und die erste Kerze des Adventskranzes angezündet – und Elke fehlte. Schmalenbach schaute auf die Uhr. Schon nach acht. Eigentlich müsste sie lange zu Hause sein. Elke trieb sich doch im Advent nicht nachts in der Stadt herum. Schmalenbach machte sich Sorgen.

Irgendwie erschien ihm die Atmosphäre ohne Elke plötzlich kalt und finster. Also zündete er die zweite Kerze auf dem Adventskranz an. Schon besser. Aber immer noch nicht wirklich heimelig. Da zündete er die dritte Kerze an. Das schuf ein wärmeres, wohligeres Gefühl. Warum nicht gleich die vierte Kerze auch anzünden? Das sah besser aus als dieses unsymmetrische Geflacker.

Jetzt, wo alle vier Kerzen brannten und der Kranz in seiner ganzen Pracht erstrahlte wie am Ende der Adventszeit, fehlte Elke gar nicht mehr so sehr. Schmalenbach stellte die Musik lauter. Bach. Der Choral ›Nun machet voran, dass euch die Zeit nicht davonläuft‹. Schmalenbachs Lieblingschoral. Diesmal sang er laut mit.

Schmalenbach erlebte die vier Adventswochen im Zeitraffer. Die Einkehr. Die Buße. Die Läuterung. Die Erfüllung. Es war wie eine große Tragödie im Puppenhaus. Was für eine Wucht. Und so wahrhaftig. Nichts Vermitteltes. Keine Medien, die die Gefühle auf ihr Format zurechtpressten. Nur klare, unhintergehbare Größen. Gott. Bach. Der Adventskranz. Das war wirkliche Größe. Keine Surrogate. Echte Leidenschaften, die man nie wieder vergaß.

Draußen drehte sich der Schlüssel in der Tür. Zweiundzwanzig Uhr. Na fein. Und das am vierten Advent. Dabei tat sie immer so gefühlig.

Schmalenbach trat ihr im Flur entgegen. »Wo kommst du jetzt her?!«

Elke war deutlich angesäuselt. »Das weißt du doch: Wir hatten heute unsere Weihnachtsfeier.« Sie kicherte. »Meine Kollegin Bärbel saß auf dem Schoß unseres Personalchefs und hat ihm Eierlikör eingeflößt, obwohl er Bundesvorsitzender der Veganer-Liga ist.«

So konnte man natürlich auch den Advent begehen. Schmalenbach schüttelte sich bei dem Gedanken, dass er früher auch zu solchen Feiern gegangen war.

»Und du? Was hast du gemacht?«, fragte Elke und ging ins Wohnzimmer.

Sie erstarrte. »Was ist das denn?!«

Schmalenbach klang feierlich. »Elke, ich hatte einen sehr ungewöhnlichen Abend.«

Elke wurde rot vor Wut. »Was fällt dir ein, alle vier Kerzen anzuzünden? Wir haben nicht mal den zweiten Advent!«

Sie rannte zum Tisch und blies hastig alle Kerzen aus. Sie hustete und musste sich setzen. Die Stimmung war dahin. Allein war es viel besinnlicher, dachte Schmalenbach.

»Man kann dich keinen Augenblick allein lassen«, schimpfte Elke, während sie ihre Schuhe auszog. »Wie ein kleines Kind, das mit Streichhölzern spielt.«

»Es war etwas Mentales. Ich kann nur sagen: Es hat mich verändert.«

»Was hast du getrunken?«

»Gar nichts. Ich war einfach nur konzentriert. Auf mich. Auf das Sein. Auf den Advent.«

»Weihnachten kannst du vergessen. Das Fest ist verdorben, wenn man schon am fünften Dezember alle vier Kerzen angezündet hat.«

»Du tust ja gerade so, als sei das ein Verbrechen. Im Übrigen habe ich vier Ersatzkerzen.«

Elke begann zu weinen. »Ersatzkerzen? Was für ein Hohn! Du hast alles zerstört.«

Schmalenbach war ein Mensch mit Geduld, aber irgendwann war Schluss. Er schlüpfte in seinen Mantel und verließ die Wohnung.

Die Freunde waren in bester Stimmung. Sie tranken seit Stunden und sangen kubanische Revolutionslieder. Ab und zu erzählte einer einen besonders schmutzigen Witz. Da tat sich natürlich Freund Pfeifenberger hervor.

Schmalenbach fühlte sich sofort wohl. Irgendwann wollte er selbst etwas zur allgemeinen Erheiterung beitragen. »Ihr glaubt ja nicht, was heute passiert ist. Elke kommt nach Hause, geht ins Wohnzimmer, sieht den Adventskranz – und bekommt einen hysterischen Anfall.«

Die Freunde bogen sich vor Lachen. Offensichtlich kannte man das Phänomen. Nur Germersheimer fragte: »Aber warum denn?«

»Weil ich alle vier Kerzen auf einmal angezündet hatte.« Schmalenbach prustete los.

Die anderen starrten ihn schweigend an. Es herrschte Totenstille. Einige standen auf und wechselten den Tisch. Pfeifenberger schüttelte den Kopf und sagte: »Irgendwo hört der Spaß auf.« Der Abend war gelaufen.

Schmalenbach versuchte noch den Wirt auf ein Bier einzuladen – der aber lehnte ab. Also ging Schmalenbach in die Nacht hinein. Jetzt begannen die düsteren Tage. Advent eben.

Jürgen Kehrer

Wurstklauer und Türschlitzschnüffler

Nicht, dass ich abergläubisch bin. Ich fürchte mich nicht vor schwarzen Katzen, würde im Hotel das Zimmer mit der Nummer 13 und im Flugzeug einen Sitz in der 13. Reihe akzeptieren – wenn es sie denn gäbe. Ich wohne auch nicht in einer alten, heruntergekommenen Villa, in deren Vergangenheit Menschen auf unkonventionelle Art zu Tode gekommen sind, sondern in einem innovativen Hightech-Bau am Rand von Reykjavik. Meine Nachbarn sind freundliche Menschen, die keinerlei Grund haben, mich zu hassen. Und doch passieren in diesem Winter, meinem ersten Weihnachten, das ich in Island verbringe, Dinge, die ich mir nicht erklären kann.

Es beginnt am 12. Dezember. Ich sitze in meinem Tonstudio im Keller und komponiere. Keine Sonaten oder Opern, nein, ich schreibe Lieder für Volksmusiker und Schlagersänger. Kennen Sie den Hit ›Meine Nacht mit Hannelore‹ von den Zillertaler Spechten? Der ist von mir. Oder ›Bumm! Bumm! Bumm!‹ vom Schwedler. Auch von mir. Und noch einiges mehr. Ob Karsten Goldstein, Melanie Scherz und Manuel Herz, das Duo Parkbank oder Tommy Brause – alle gehören zu meinen Kunden. Und am liebsten komponiere ich hier oben, in Island, weit ab vom hektischen Showbusiness, mit nichts als Weite und Stille um mich herum. Gerade jetzt in der Weihnachtszeit, wenn einem die Weihnachtsliederdauerbeschallung in Deutschland die Ohren und das Gehirn verklebt, ist meine bescheidene Hütte am Nordmeer der richtige Ort für konzentriertes Arbeiten.

Ich sitze also in meinem Tonstudio und arbeite an einem neuen Album für Manni Vorderseer. Manni möchte es mal wieder richtig krachen lassen. Meine Finger fliegen über die Tastatur, ich summe und grunze dazu. Aber dann gerät der kreative Prozess plötzlich ins Stocken, ich komme nicht weiter. In solchen Fällen brauche ich Milch. Whisky und Zigaretten habe ich mir schon lange abgewöhnt, für meine Fantasie ist Milch das Beste. Allerdings sagt das Display auf meinem hypermodernen, interaktiven Kühlschrank: Keine Milch. Das kann gar nicht sein. Erst gestern habe ich fünf Kartons Milch eingekauft. Und tatsächlich stehen noch vier Kartons unberührt im Seitenfach. Warm. Der Kühlschrank hat sich selbst abgeschaltet. Daher die Falschmeldung. Ich klatsche dreimal in die Hände, wodurch das Telefon aktiviert wird, und lasse mich mit dem Elektriker verbinden, der einen Vertrag mit der Herstellerfirma hat und alle Geräte im Haus wartet. Er verspricht, am nächsten Tag vorbeizuschauen. Oder am Tag darauf. Auf jeden Fall vor Weihnachten.

Am nächsten Morgen liegen Holzkohlestücke auf dem Parkettboden im Wohnzimmer. Offenbar hat der Selbstreinigungsmechanismus des Kamins versagt und zu einer Verpuffung geführt. Da die Putzfrau erst in fünf Tagen kommt, mache ich mich fluchend ans Aufräumen. Nach einer halben Stunde sieht der Raum wieder halbwegs sauber aus.

Dafür funktioniert der Milchschäumer der Espressomaschine nicht mehr. Da nützt es auch nichts, dass ich die Milch mittlerweile auf der Terrasse kühle. Statt meines geliebten Latte Macchiato muss ich gewöhnlichen Kaffee mit Milch trinken. Und allmählich fange ich an, mich zu ärgern. Ein Jahr lang hat mein schweineteures, mit dem neuesten technischen Schnickschnack ausgerüstetes Haus super funktioniert. Zumindest in der Zeit, in der ich da war, immerhin habe ich eine Menge Termine in Deutschland und noch ein Ferienhaus auf Mallorca. Während meiner Aufenthalte in Island lief jedoch alles wunderbar. Bis jetzt. Jetzt ist anscheinend der Wurm drin, ein Defekt bedingt den nächsten, Kurzschlüsse, Kriechströme, was weiß ich. Fragt sich nur, was als Nächstes passiert.

Der Herd, es ist der Herd, den ich per Sprachbefehl steuern kann. Er hat sich von selbst eingeschaltet, die Reste meines Mittagessens im Topf in eine schwarze Kruste verwandelt und einen Feueralarm ausgelöst. Super. An die Kohlestücke vor dem Kamin habe ich mich schon gewöhnt. Dann kann ich den Schrank mit den Kochtöpfen nicht öffnen, am folgenden Tag sind die Löffel verschwunden. Und wer nicht erscheint, ist der Elektriker.

Als auch noch die Klimaanlage durchdreht und einen solchen Wind erzeugt, dass die Türen mit lautem Knallen zuschlagen, reicht es mir. Wie soll man bei so einem Lärm arbeiten? Ich setze mich in meinen Porsche Cayenne und brettere hinunter nach Reykjavik-City zum Laden des Elektrikers.

Die Innenstadt ist voller Menschen und Weihnachtsmänner. Inzwischen tragen die isländischen Weihnachtsmänner auch den internationalen Einheitslook: roter Mantel und weißer Rauschebart. Früher, das habe ich auf alten Fotos gesehen, liefen sie in Lumpen herum. Wie überhaupt die Weihnachtsdeko in Island ein bisschen bescheidener ausfällt. Nachdem die Wikinger alle Bäume auf der Insel abgeholzt hatten, gab es natürlich auch keine Weihnachtsbäume mehr. Stattdessen nagelten die Isländer ein paar grün angestrichene Latten zusammen. Erst im späten 20. Jahrhundert fingen sie an, Weihnachtsbäume aus Norwegen zu importieren. Und mittlerweile wachsen in Island wieder Fichten und Tannen in geschützten Tälern.

Mein Elektriker hat das offenbar nicht mitbekommen, mitten in seinem Laden steht ein Plastikweihnachtsbaum. Als er mich sieht, kriegt er sofort ein schlechtes Gewissen, stammelt etwas von viel Arbeit, Ärger mit der Frau und dass ihn seine Kinder kaum noch zu Gesicht bekommen. Das, was alle Handwerker auf der Welt erzählen. So leicht lasse ich ihn allerdings nicht davonkommen. Haarklein muss er sich anhören, welche Probleme aufgetreten sind und mir das Leben erschweren. Manchmal stellt er Fragen und schüttelt bedenklich den Kopf. Mit einem verschmitzten Grinsen, das ich an dieser Stelle überflüssig finde. Falls er für lustig hält, was mir zustößt, ist sein Wartungsvertrag bald so alt wie der DSDS-Superstar vom letzten Jahr.

Ich starre ihn wütend an. »Was ist daran so komisch?«

»Der Türzuknaller.« Er schlägt mir auf die Schulter. »Das ist echt witzig, Mann. Fast hätte ich Ihnen geglaubt.«

Er schüttelt sich vor Lachen und verzieht sich in die hinteren Regionen seines Geschäftes. Eine junge Verkäuferin lächelt mich verlegen an und beginnt, Weihnachtskerzen zu sortieren. Einen Moment lang überlege ich, ob ich demonstrieren soll, wie sich ein Plastikweihnachtsbaumumschmeißer benimmt. Aber die Verkäuferin kann ja nichts dafür, dass ihr Chef ein Idiot ist. Deshalb kaufe ich nur eine Schachtel Weihnachtskerzen, für den Fall, dass demnächst die Beleuchtung ausfällt.

Auf dem Weg zurück zu meinem Haus checke ich die Möglichkeiten, kurzfristig einen Flug nach Deutschland zu bekommen. Alles ausgebucht. Außerdem möchte Manni Vorderseer noch zwei besinnliche Stücke, wie er meinem

Anrufbeantworter anvertraut hat. Ich füge mich also ins Unvermeidliche und bleibe.

»Was ist denn hier passiert?«, fragt Ingibjörg, meine Putzfrau. Die Holzkohle hat sich gleichmäßig im ganzen Erdgeschoss verteilt.

Ingibjörg ist eine rundliche Frau mit roten Haaren und Sommersprossen. Und nicht leicht aus der Ruhe zu bringen. Umso erstaunter bin ich, welche Wirkung ich erziele, als ich die technischen Probleme der letzten Tage aufzähle. Ingibjörg wird noch bleicher, als sie ohnehin schon ist, und muss sich am Türpfosten festhalten. Vorsichtig fasse ich sie am Arm, führe sie in die Küche und gieße ihr ein Glas Wodka ein. Das hilft.

»Das sind die Weihnachtsmänner«, flüstert Ingibjörg und schaut sich ängstlich um.

»Die was?«

»Kennst du nicht die Geschichte von Grýla und ihren Söhnen?«

»Ist das so eine Trollgeschichte?«

Ingibjörg nickt. Und dann erzählt sie die Geschichte von der Hexe Grýla, die mit ihrem dritten Ehemann Leppalúði dreizehn Söhne hat. »Zum Haushalt gehören noch rund fünfzig andere Kinder und eine fette schwarze Katze namens Jólakötturin«, sagt Ingibjörg.

Typisch isländisch, denke ich, ohne fette Katze geht es nicht.

»Die Katze und die dreizehn Söhne haben die Aufgabe, Grýla frisches Kinderfleisch zuzuführen, denn Kinderfleisch ist das Einzige, was Grýla zu sich nimmt«, fährt Ingibjörg fort. »Und da Trolle sich nur bei Dunkelheit gefahrlos menschlichen Siedlungen nähern können, erscheinen die dreizehn Söhne an den Tagen vor und nach Weihnachten.«

»Alle auf einmal?«, frage ich.

»Nein«, sagt Ingibjörg, als wäre ich begriffsstutzig. »Einer nach dem anderen. Als Erster taucht am 12. Dezember Stekkjastaur auf, der den Menschen die Milch klaut. Ihm folgt am 13. Giljagaur, der es auf den Milchschaum abgesehen hat. Stúfur, der Knirps, interessiert sich für die angebrannten Reste in der Pfanne und Þvörusleikir, der Kochlöffelschlecker, für die Kochlöffel. Dann kommen Pottaskefill, der Topfschaber, und Askasleikir, der Essnapflecker, bis Hurðaskellir, der Türzuschlager, an der Reihe ist.«

»Der Türzuschlager?«, wiederhole ich. Allmählich begreife ich, was den Heiterkeitsanfall meines Elektrikers ausgelöst hat. Allerdings ist das, was sich in meinem Haus abspielt, ein ziemlich schlechter Scherz.

»Die Kinder überleben natürlich«, sagt Ingibjörg und steht auf. »Die Katze und die dreizehn Trolle bringen sie zu ihren Eltern zurück.«

Ingibjörg rafft ihre Sachen zusammen. »Was hast du vor?«, frage ich.

»Ich gehe. Denkst du, ich bleibe hier noch länger?«

»Du glaubst doch nicht etwa diesen Mist?«

»Irgendwann stellten die Söhne fest, dass das Essen der Menschen besser schmeckt als der Eintopf ihrer Mutter. Vor allem in der Weihnachtszeit.« Ingibjörg umkurvt die Holzkohlebrocken im Flur. »Artigen Kindern bringen sie Spielsachen mit, unartigen stecken sie Kohlestücke in die Schuhe.«

»Ich bin kein Kind mehr und erst recht nicht unartig«, rufe ich Ingibjörg nach. Sie hört mich nicht mehr.

Die nächste Stunde verbringe ich vor dem Computer. Und begreife, warum die isländischen Weihnachtsmänner auf alten Darstellungen so abgerissen aussehen. Es handelt sich um Grýlas trollige Bagage, die ihre dummen Scherze treibt. Erst im Zuge der Globalisierung glichen sich die Nordmeer-Nikoläuse ihren mitteleuropäischen Kollegen an. Und noch etwas anderes wird mir klar: Ich habe längst nicht alle Trolle überstanden. Falls ich dem Spuk kein Ende mache, habe ich bald Bjúgnakrækir, den Wurstklauer, den Fensterglotzer Gluggagægir oder den Türschlitzschnüffler Gáttaþefur am Hals, bis an Heiligabend Kertasníkir, der Kerzenschnorrer, den finalen Höhepunkt setzt. Aber ich habe nicht vor, so lange zu warten. Wir leben im 21. Jahrhundert, da haben Trolle nichts verloren.

Am Nachmittag stehe ich schon an der Tür, als Arti, mein Nachbar zur Rechten, aus seinem grauen Volvo aussteigt. Mit seinem freundlichen Lächeln kann er mich nicht täuschen.

»Okay«, rufe ich, während ich auf ihn zu renne, »ihr habt euren Spaß gehabt. Ich bin nur ein dummer Deutscher, und ihr wollt mich reinlegen. Doch was genug ist, ist genug. Verstanden?«

Arti guckt mich mit großen Augen an. »Was ist los?«

»Tu nicht so!«, fahre ich ihn an. »Du und vermutlich noch einige andere Nachbarn, ihr treibt blöde Spielchen mit mir. Ich möchte, dass ihr damit aufhört.«

Arti schüttelt den Kopf. »Was redest du da? Was ist das für ein Unsinn?«

Arti ist mein nächster Nachbar, und wir wechseln manchmal ein paar Worte, mehr nicht. Dass wir uns duzen, liegt einfach daran, dass in Island sowieso jeder jeden duzt. Eigentlich haben Isländer auch nur Vornamen, falls es mal ganz offiziell wird, hängen sie an den Namen des Vaters ein »son« oder »dottir«.

Ich erzähle ihm, was er wahrscheinlich ohnehin schon weiß, allerdings zeigt er keine Spur von Reue. Stattdessen beginnt er zu prusten: »Die Weihnachtsmänner! Scheiße, ich hätte nicht gedacht, dass es sie wirklich gibt.«

»Ich auch nicht«, sage ich mit deutlicher Missbilligung, »und, ehrlich gesagt, habe ich keine Lust, mich länger mit ihnen zu beschäftigen. Also verschont mich bitte mit weiterem Unsinn, okay?«

»Wir sind das nicht«, sagt Arti, und seine hellblauen Augen leuchten dabei so treuherzig, dass ich fast geneigt bin, ihm zu glauben. »Wir wissen, dass du beschissene Lieder schreibst. Aber deswegen würden wir dir doch nicht den Kühlschrank kaputt machen.«

»Beschissene Lieder? Was heißt das?«

»Na, diese triviale Schlagerkacke. ›Du hast mich tausend Mal belogen, trotzdem habe ich dich nie betrogen‹.« Er zitiert in einem fürchterlichen Deutsch die ersten beiden Zeilen des Megahits, den ich für Eric Rambazamba geschrieben habe. »Wir müssen alle unser Geld verdienen.« Arti klopft mir auf die Schulter. »Das nimmt dir hier keiner übel, Kumpel. Viel Glück mit den Weihnachtsmännern! Mach dir keine Sorgen, am 6. Januar ist alles vorbei.«

Arti lässt mich stehen und geht zu seiner Familie, der blonden Frau und den drei blonden Kindern, die vor dem Haus auf ihn warten. Sie sehen verängstigt aus, und Arti redet beruhigend auf sie ein.

Vielleicht hätte ich erwähnen sollen, dass mein persönlicher Musikgeschmack in eine ganz andere Richtung geht. Ich bin Jazzfan, meine Helden heißen Miles Davis, Charly Mingus und John Coltrane. Aber hätte das etwas genutzt?

Ich weiß nicht, ob ich Arti glauben soll. Ich weiß nicht mal, ob ich meinen eigenen Eindrücken trauen kann. Möglicherweise bilde ich mir ja bloß ein, dass es jemand auf mich abgesehen hat, und in Wahrheit ist das Ganze eine Verkettung äußerst unglücklicher Umstände, die in der

Reihenfolge ihres Auftretens rein zufällig mit einem alten Märchen übereinstimmen. Wie auch immer, mir bleibt gar nichts anderes übrig, als notfalls den Rest von Grýlas Burschen über mich ergehen zu lassen. Mit Wurstklauern und Türschlitzschnüfflern werde ich schon fertig.

Gluggagægir, der Fensterglotzer, haut mich allerdings um. Nach einem harten Tag voller besinnlicher Melodien schiebe ich eine DVD in den Rekorder, irgendein Action-Streifen, in dem halb New York in die Luft gesprengt wird, da glotzt mich sein rundes, von wirren Haaren umrahmtes Gesicht, in dessen Mitte eine rote Säufernase prangt, vom Bildschirm an. So viel ich auch um- und ausschalte, es verschwindet einfach nicht. Als ich den Stecker aus der Steckdose ziehen will, bekomme ich einen Stromschlag. Meine letzte Rettung ist eine Wolldecke, die ich über den Fernseher werfe.

Trotzdem finde ich in dieser Nacht keinen Schlaf. Sind meine Verfolger, wer auch immer sie sein mögen, über die Phase harmloser Streiche hinausgegangen? Haben sie vor, mich in den Wahnsinn zu treiben oder mich – erstmals erlaube ich mir den Gedanken – umzubringen?

Am Morgen des 24. Dezember fällt der Strom aus. Ich bin nicht sentimental, ich habe meine drei Scheidungen gut verkraftet, und es genügt mir zu wissen, dass es meinen fünf Kindern gut geht, dafür muss ich sie nicht jedes zweite Wochenende sehen. Doch gerade heute würde ich liebend gern mit allen fünf telefonieren, sogar mit der einen oder anderen Exfrau. Es ist unmöglich. Das Telefon funktioniert genauso wenig wie die übrige Elektrik, selbst die Akkus meiner drei Handys haben sich auf wundersame Weise verabschiedet.

Mir bleibt nur noch der Kamin als Wärmequelle. Drum herum stelle ich die Weihnachtskerzen auf, die ich beim

Elektriker gekauft habe. Der sich natürlich nicht hat blicken lassen. Ich bereite mir ein Lager vor dem Kamin und versuche noch ein paar Zeilen für die Manni-Vorderseer-Lieder zu schreiben, doch alles, was mir zu Maria und Berge einfällt, sind Geister und Zwerge.

Plötzlich springt die Klimaanlage an. So gewaltig, dass die Kerzen mit einem Schlag ausgehen. Natürlich: Kertasníkir, der Kerzenschnorrer. Jetzt reicht's, denke ich und sammele die Sachen zusammen, die ich unbedingt mitnehmen muss. Nur weg hier. Ich steige in den nächsten Flieger, egal wohin. Meinetwegen verbringe ich die Weihnachtstage im Flughafen von Reykjavik. Hier, in meinem eigenen Haus, hält es mich keine Stunde länger.

Leider habe ich die Rechnung ohne die Weihnachtsmänner gemacht. Ich stehe schon an der Haustür, den gepackten Rollkoffer an der Hand, da sehe ich kleine Funken über den Türgriff springen. Die Elektrofalle für Einbrecher hat sich aktiviert. Sie soll verhindern, dass Einbrecher, die es geschafft haben, ins Haus einzudringen, wieder hinausgelangen. Sobald sich die Diebe den Türen oder Fenstern nähern, erhalten sie einen Stromschlag. Dummerweise sitze ich jetzt selber in der Falle.

Kein Zweifel, man will mich umbringen. Die Gewissheit, so beunruhigend sie ist, hat auch etwas Motivierendes. Wenn ich schon sterben muss, dann will ich nicht kampflos abtreten. Ich werde mich wehren, ein oder zwei meiner Gegner in den Tod mitnehmen, falls sie es wagen, mir Auge in Auge gegenüberzutreten. Mit einem extrascharfen Sushimesser verbarrikadiere ich mich in der Küche. Und warte. Stunde um Stunde.

Irgendwann in der Nacht muss ich eingeschlafen sein. Als ich aufwache, sickert graues Tageslicht durch die Küchenfenster. Das Sushimesser in der Hand, kontrolliere ich die Räume. Im Haus hat sich nichts verändert. Vorsichtig nähere ich mich der Haustür, werfe einen Metallkugelschreiber gegen die Klinke. Anscheinend hat sich die Elektrofalle abgeschaltet. Trotzdem gehe ich auf Nummer sicher und benutze zum Öffnen einen gebogenen Holzlöffel.

Es klappt. Ich renne hinaus, schmeiße den Koffer in den Porsche und rase davon, ohne auch nur einen Blick zurückzuwerfen. Im Wartesaal des Flughafens, mit einem Ticket nach Oslo in der Tasche, glaube ich wirklich daran, den Weihnachtsmännern entkommen zu sein. Allmählich beruhigen sich mein Herzschlag und meine Atmung. Ich kann mich so banalen Dingen wie dem Aufladen meines Handys widmen. Und endlich mal wieder E-Mails lesen. Eine stammt von der Firma, die mein Haus gebaut hat. »Sollten derzeit Probleme bei Ihren Hausfunktionen auftreten, so bitten wir diese zu entschuldigen«, schreibt ein Direktionsassistent. »Versehentlich ist das virenverseuchte Online-Weihnachtsspiel ›Grýla und ihre Söhne‹ auf den Computer geladen worden, der Ihr Hausprogramm steuert. Von daher ist nicht auszuschließen, dass es bei einigen Servicetools zu Fehlverhalten kommt.«

Arnold Küsters

Kabine drei

»Fröhliche Weihnachten!«

»Fröhliche Weihnachten«, schickte sie dem dick vermummten Postboten hinterher und drehte den Brief in der Hand. Kein Absender. Das ausgewaschene Grau des Umschlags verhieß nichts Gutes.

»...sehe ich mich leider gezwungen...« Sie las nicht weiter und ließ das Schreiben sinken. Das war's also. Nach drei Jahren sollte zum 31. Dezember nun Schluss sein. Sie sah auf den Wandkalender. Musste der Brief ausgerechnet Heiligabend kommen?

»Arschloch!« Veronika zerknüllte das Schreiben und warf es wütend in Richtung Papierkorb. Aber der Papierball flog vorbei. Nicht einmal das klappte.

Veronika zog sich auf einen der hohen Barhocker vor dem schmalen Tresen. Sie wollte heulen, aber sie hatte nicht einmal mehr die Energie für ein paar lausige Tränen.

Wenn sie ehrlich war: Sie hatte das Ende kommen sehen. Schon seit dem Frühjahr. Das Geschäft ging von Monat zu Monat immer schlechter. Niemand mehr wollte auf die Sonnenbank. Zumindest nicht auf ihre. Nicht im Frühjahr, nicht im Sommer, kaum noch im Herbst und schon gar nicht mehr Ende Dezember.

Seit drei Monaten war sie mit der Miete für das kleine Sonnenstudio im Verzug.

Sie sah sich um, als läge irgendwo, versteckt zwischen den Palmen, dem weißen Sand und dem blauem Himmel, die Lösung ihrer Probleme. Ganz zu Anfang hatten ihre Kunden noch behauptet, die Fototapete sei so echt, man könne glatt das Rauschen der Brandung hören. Und das mitten in Breyell. Wer brauche da noch die Malediven?

Und jetzt? Wie sollte es weitergehen?

Von irgendwas muss der Mensch doch leben, und bei mir sind es die Bänke, hatte sie ihrer Tante erzählt, um von ihr das Startkapital zu bekommen. Das Geld hatte sie am Ende dann doch nicht gekriegt, die Tante war inzwischen tot, und zu allem Überfluss funktionierte in Veronikas Wohnung seit Tagen die Heizung nicht. Schöne Bescherung, hatte sie am Morgen gedacht. Und an Klaus hatte sie gedacht. Der war zwar nicht tot, aber schon länger nicht mehr bei ihr gewesen. Er würde ihr den Heizkörper sicher reparieren können. Hatte sie gedacht. Der Anrufbeantworter von Klaus verkündete allerdings die fröhliche Nachricht, dass er »mit Julia über Weihnachten und Neujahr den Schnee genießen« würde. Offenbar war Julia seine Neue. Schade, die war auch noch nicht tot.

Das Wohnzimmer kalt, das Studio gekündigt, kaum noch Bares im Geldbeutel: die besten Voraussetzungen, sich Weihnachten und das Jahresende noch einmal so richtig schön zu machen. Veronika konnte nicht einmal mehr lachen.

Hör auf, dich zu bemitleiden. Bist an allem selber schuld, du dumme Kuh. Warum musstest du dich auch unbedingt in diesem Kaff mit einem Sonnenstudio selbstständig machen? Sie hätte auf ihre Tante hören sollen! Aber sie hatte damals nur Augen für Klaus gehabt – na ja, für seinen Hintern. Und die Wohnung über ihrem künftigen Geschäft war immerhin billig und groß.

Veronika seufzte. Es half alles nichts, sie würde die Kabinen kontrollieren, sauber machen, abschließen und versuchen, irgendwo noch ein paar Flaschen Wein zu kaufen. Die drei Flaschen Prosecco im Kühlschrank hinter dem Tresen erschienen ihr nicht im Geringsten ausreichend für die kommenden Tage. Na ja, die Feiertage würde sie schon noch überleben. Und dann konnte man weitersehen. Irgendwas ging immer.

Du bist eine Kämpfernatur, mein Engel, hatte ihre Mutter immer gesagt. Bei dem Gedanken zog sich Veronikas Herz zusammen. War alles lange her: Weihnachten im Dorf, das gelbe Licht der Lichterketten auf dem Schnee, die Stille in den Straßen. Sie konnte sich kaum noch erinnern. Kämpfernatur! Das war sie gewesen, bis das mit dem Knie passiert war. Seither mochte sie nicht einmal mehr Fußball im Fernsehen anschauen.

Sie wusste nicht, wie lange sie auf dem Hocker an der Anmeldung gesessen hatte. Sie musste eingenickt sein. Draußen wurde es dunkel. Schneeflocken trieben schräg an ihrer Ladentür vorbei. Gähnend stand sie auf, warf einen Blick auf den Papierball neben dem Abfalleimer und ging in das kleine Hinterzimmer. Sie hielt einen Augenblick inne, als glaubte sie noch an den Hauch einer Chance, dann zog sie den Eimer, die blauen Gummihandschuhe und die Putzmittel aus dem Spind. Dabei gab es in Wahrheit nichts zu reinigen, sie hatte auch an diesem Tag keine Kundschaft gehabt. Aber das Putzen würde sie eine Weile ablenken.

In der Tür zur Kabine drei blieb sie wie angewurzelt stehen. Zuerst sah sie nur Federn. Weiße Federn, angeleuchtet vom diffusen Licht der dünnen Sonnenbankröhren. Es sah aus, als sei ein übergroßer Schwan zwischen Bank und Klappe eingeklemmt.

Veronika zögerte, doch dann siegte die Neugier. Was

war das für ein seltsames Federvieh? Ein großer, leise und gleichmäßig schnarchender Schwan auf Sonnenbank Nummer drei? Dass sie bei seinem Anblick an ein gebratenes halbes Hähnchen denken musste, lag wohl daran, dass sie Hunger hatte.

»Hallo?« Veronika trat einen Schritt näher.

Nichts.

Sie trat vorsichtig noch näher. Ihr zweites Hallo klang eine Spur bestimmter.

Der Schwan rührte sich immer noch nicht.

»Hallo!« Veronika klopfte mit dem Schrubberstiel gegen die dünne Kabinenwand. Was folgte, waren lediglich ein unregelmäßiges Schnarchen und ein leichtes Schmatzen.

Entschlossen hob sie den Deckel der Bank an.

Es war kein Schwanenvogel. Vor ihr lag eine Frau mit langen blonden Haaren, in einem weißen dünnen Kleid mit großen weißen Flügeln am Rücken.

»He, Sie!« Veronika stupste den schnarchenden Weihnachtsengel unsanft mit der Hand an, die bereits in einem Gummihandschuh steckte. Wie kam dieses dünne blonde Feder-Etwas auf ihre Sonnenbank?

»He, Christkind! Aufstehen.« Veronika hatte keine Lust, länger als nötig im Geschäft zu bleiben.

Die Unbekannte öffnete erst das eine, dann das andere Auge und setzte sich langsam auf. Ihr Haar war genauso zerzaust wie ihre Flügelfedern, und auch ihr Kleid hatte schon glattere Zeiten erlebt. Gebeugt, weil ihre Flügel gegen die Deckel der Bank drückten, blieb sie sitzen.

»Wie sind Sie hier hereingekommen?«

Die Unbekannte zuckte mit den Schultern, dabei gerieten ihre Federn ins Zittern.

»Sie haben gedöst, und da habe ich Sie nicht stören wollen.«

Das Christkind gähnte ungeniert mit offenem Mund.

»Ihre Zeit ist rum. Bitte gehen Sie.«

»Jetzt sage ich Ihnen mal was: Meine Zeit fängt gerade erst an. Ich bin das Christkind.« Die Unbekannte gähnte erneut. Ihr Versuch, dabei zu lächeln, scheiterte kläglich.

»Hören Sie, es ist Heiligabend, und ich möchte jetzt wirklich schließen.«

Diese Tussi in Blond machte Veronika nervös. Vielleicht lag es daran, dass sie ein derart derangiertes Christkind an Heiligabend am wenigsten erwartet hätte. Andererseits: irgendwie passend.

»Ist ja schon gut. Deine Klappkaribik ist auch nicht gerade bequem.« Die Blonde schüttelte den Kopf. »Wollte mich nur kurz ausruhen. Der Tag war schon anstrengend genug. Bin wohl eingeschlafen. Passiert mir immer.«

»Bitte.« Veronika deutete mit der Sprühflasche zur Tür. Klappkaribik! Was bildete sich dieser zerknautschte Rauschgoldengel eigentlich ein? »Auch ich habe ein Recht auf Heiligabend.«

Das Christkind musste sich quer durch die Kabinentür drücken, um mit seinen Flügeln überhaupt durchzupassen. »Schon gut. Und noch fröhliche Weihnachten!«

Das Christkind klang dabei alles andere als fröhlich.

Auf dem Weg zum Ausgang blieb es stehen und bückte sich, um den Papierball aufzuheben. Dabei stieß es mit seinen Flügeln gegen eine der künstlichen Palmen, auf der ein ebenso künstlicher Papagei saß. »Ups.«

»Lassen Sie das liegen!«

»Ich wollte nur nett sein.« Nun sah das blonde Christkind nicht nur zerzaust aus, sondern auch irritiert. »Ist doch Weihnachten.« Unschlüssig sah es den Papierball an.

»Weihnachten!«, echote Veronika.

Das Christkind blieb stehen und rückte mit einer schnellen Bewegung seiner Schultern die verrutschten Flügel wieder in Position und schniefte. »Weihnachten ist das Fest der Liebe.«

»Klar. Was sollst du auch anderes sagen.« Veronika sah nicht mehr ganz so resolut aus. Fest der Liebe! Der Satz hatte sie mitten ins Herz getroffen.

Die Frau im weißen Kleid sah Veronika neugierig an. »Kann ich Ihnen helfen?«

Erst jetzt bemerkte Veronika die klobigen Schuhe unter dem weißen Kleid. Das Blondchen kam mit Sicherheit von der Heilsarmee.

Veronika ließ Sprühflasche und Eimer sinken. »Weihnachten ist für 'n Arsch.«

Irritiert ließ das Christkind seine Schultern kreisen. Es sah aus, als wollte es davonfliegen. Dann grinste es. »Das ist ein interessanter Denkansatz.«

»Willst du einen Sekt?« Veronika ließ die Sprühflasche in den Eimer fallen und stellte ihn ab. Sie konnte auch später noch sauber machen. Oder gar nicht.

Der Engel streckte ihr die Hand entgegen. Es war eine blasse, schmale Hand. »Ich heiße Christine. Deutsch und Philosophie, sechstes Semester.«

»Ist dir nicht kalt?«

Keine Stunde später waren die drei kalt gestellten Flaschen Sekt bis auf einen Rest geleert. Die Passanten, die vereinzelt noch unterwegs gewesen waren, mussten mit dem Eindruck nach Hause zu ihrem Tannenbaum gegangen sein, dass Sonnenbänke an Heiligabend geheime Orte für ausgelassene Feiern sind.

»Und davon kann man wirklich leben?«, fragte Veronika wohl zum hundertsten Mal und eine Spur zu laut.

Und zum hundertsten Mal prustete Christine los. »Wenn jeden Tag Weihnachten wäre.« Sie unterdrückte ein Rülpsen. »Ist leicht verdientes Geld. Pakete abholen, klingeln, Gedicht oder Liedchen anhören – und ab zum nächsten Termin.«

»Nee, im Ernst. Das geht doch nur an Weihnachten. Wovon lebst du sonst so? Oder bist du auch Ostern unterwegs? Als Hase?« Veronika kicherte hysterisch und bekam langsam Kopfschmerzen. Die Kabinen würde sie nicht mehr putzen. Auf keinen Fall würde sie überhaupt noch einmal den Laden aufmachen.

»Wie gesagt: Deutsch und Philo. Magister. Jedes Jahr das Christkind und ab und zu ein kleiner Auftragsmord.«

Veronika setzte das Sektglas eine Spur zu heftig auf den Tresen ab. Mit einem Schlag war sie nüchtern.

»Wie bitte?«

»Quatsch. War 'n Witz. Muss jetzt gehen.« Christine stand von ihrem Hocker auf, ihre Flügel schaukelten verdächtig. »Die Scheißdinger sind einfach zu schwer.« Mit einem kräftigen Ruck brachte sie die Flügel wieder in Position.

»Nee, du kannst jetzt nicht so einfach verschwinden.« Veronika stand ebenfalls auf und wäre beinahe umgekippt. War wohl doch ein Glas zu viel. »Das musst du mir mal näher erklären.« Das Christkind ein Killer! Donnerwetter! Ihre Gedanken fuhren Karussell. Sie fasste sich an die Stirn und setzte sich vorsichtig.

»Das mit Deutsch und Philo?« Christine versuchte angestrengt ihre Federn in Form zu bringen.

Veronika winkte ab. »Nee, das andere. Du weißt schon.«

»War Quatsch. Ich bin doch das Christkinnnnddd!« Christine begann, sich im Kreis zu drehen. Dabei hob sie ihr Glas und prostete Veronika zu. »Huuuiii.«

»Hör auf, mir ist schon schlecht.« Nur mit Mühe konnte Veronika sich am Tresen festhalten. Das fehlte noch, dass ich in den Laden kotze! Immerhin war Heiligabend. Da kotzte man nicht auf den Teppich, schon gar nicht auf die eigene Sonnenbank. Denn noch war sie Mieterin dieses Scheißladens!

Christine blieb abrupt stehen. Sie sah auf einmal stocknüchtern aus. »Mein Vater ist ein echtes …«, der Rest ging übergangslos in Tränen unter.

Auch das noch, dachte Veronika. Ein heulendes Christkind! Das hatte ihr noch gefehlt! War wohl doch ein Prosecco zu viel. Hektisch suchte sie in der Tresenschublade nach einem Tempotaschentuch.

»Nichts kann ich ihm recht machen, immer nur nörgeln, für mein Leben hat er null Interesse. Mein Studium ist ihm egal. Wenn er mir im Monat wenigstens ein paar Euro überweisen würde! Ich bin ihm völlig egal.« Christines Flügel zuckten im Rhythmus der Sätze.

»Warte, ich hol dir ein Handtuch.«

Christine machte mit dem Glas eine auffordernde Bewegung. »Gib mir lieber noch einen Sekt. Ist eh alles egal. Ich habe jetzt Feierabend.« Sie schniefte ausgiebig.

»Sach ma, das mit dem Mord ist wirklich nur 'n Witz?«

»Sischer«, Christine rülpste laut. »Andererseits, manchmal könnte ich schon mal, äh, ich meine, zustechen.« Abrupt unterbrach sie ihr Schluchzen und grinste. »Als angehende Philosophin weiß ich aber, dass ich damit am Problem nix ändere, dass mein Alter nur der, gewissermaßen, nur der Behälter ist, den die Seele für die Zeit auf der Erde benutzt. Ähm, ja. So weit die Theorie.« Sie schielte auf den Rest Sekt. »Schieb mal die Pfütze rüber, mein Behälter hat Durst.«

Als Veronika die Flasche hob, blinzelte Christine schniefend in ihre Richtung. »Vergessen wir meinen Alten. Wen willst du killen?«

Veronika unterdrückte ein Aufstoßen. »Staatsfeind Nummer eins ist mein Vermieter. Der Arsch hat mich auf die Straße gesetzt. An Heiligabend! Stell dir vor! Der bräuchte dringend 'ne echte Weihnachtsüberraschung.« Nun war sie kurz davor, das heulende Elend zu sein.

»Sach, wo der wohnt, und er ist ein toter Mann.« Christine hob das Glas. »Nur ein toter Vermieter ist ein guter Vermieter. Sacht schon Mister Spock.« Sie hob die Hand und spreizte die Finger in der Mitte. Ihre Flügel begannen erneut verräterisch zu beben.

»Nee, lass man, ist ja alles reine Theorie. Nur Philosophie.« Veronika hatte das unbestimmte Gefühl, dass ihr Engel auf dem besten Weg war, völlig die Federn zu verlieren.

»Die Welt liebt mich nicht, dabei bin ich doch euer Christkind.«

»Warte. Du siehst furchtbar aus.« Veronika kicherte und kletterte umständlich von ihrem Hocker. Die Frau war ein echter Knaller. Andererseits, sie wollte nicht schuld sein, wenn der Engel an Heiligabend Amok lief.

Als sie vom Klo zurückkehrte, war Christine verschwunden. Ihr Glas stand auf dem Tresen, daneben lag der zerknüllte Brief ihres Vermieters. Veronika spürte, wie sich augenblicklich die Härchen auf ihren Armen aufstellten: Christine wird doch wohl nicht zu ihrem Kreuzzug aufgebrochen sein? Dazu ist sie viel zu blau, beruhigte sie sich gleich wieder. Außerdem ist heute Heiligabend. Genau.

Schade eigentlich, dass sie weg ist, dachte sie, hätte am Ende doch noch ein nettes Weihnachten werden können. Stattdessen lagen auf dem Tresen immer noch ihre Gummihandschuhe. Sollten sie dort liegen bleiben!

Sie stand auf. In Kabine drei brannte noch Licht. Als sie es löschen wollte, fiel ihr Blick auf eine kleine Feder, die unschuldig, weiß und einsam auf der Liegefläche der hochgeklappten Bank lag. Sie hob sie auf und pustete sie leicht an.

Warum konnte Weihnachten nicht mehr sein wie früher? Mit einem geschmückten Baum, Geschenken, mit Opa und Oma, Schnee und dem Duft von Apfelsinen? Veronika spürte, dass die Tränen in ihren Augen mehr wurden.

Christine. Noch jemand, der es nicht einfach hatte im Leben. Sie hatte das Gefühl, sie schon seit ewigen Zeiten zu kennen und nicht erst seit ein paar Stunden. Sie hätte wirklich gerne den Abend mit ihr verbracht, oben in der Wohnung. Sie hätten vielleicht zusammen eine Kleinigkeit kochen können. Sie hätten sich ein wenig wärmen können, an den Geschichten des anderen. Hier und da ein kleiner Auftragsmord! Unglaublich! Christine war wirklich verrückt.

Und nun stehe ich hier herum und weiß nicht, wohin! Sie schüttelte ihre Gedanken ab und löschte das Licht. Sie hatte bereits ihren Schlüssel in der Hand, als ihr das Schreiben wieder einfiel. Ihrem Vermieter hätte sie den ganz besonderen Besuch des Christkinds gewünscht.

Grimmig strich sie den Brief auf dem Tresen glatt und las noch einmal die entscheidenden Passagen. Der Typ war einfach unverschämt! Und vermutlich saß er jetzt fett zu Hause auf der Couch und wartete auf die Bescherung.

Entschlossen stand Veronika auf. Die kann er haben! Sie hatte keine Lust, ihre Wut mit nach Hause zu nehmen. Bevor sie ihren Laden abschloss, trank sie den Rest Prosecco direkt aus der Flasche.

Es war nicht weit zur Villa ihres Vermieters. Nur ein Stück die Straße hinauf, kurz vor dem ehemaligen Bahnhof, rechts. Trotzdem war es ein mühseliger Weg. Das

Schneetreiben hatte zugenommen, Straßen und Bürgersteige waren in den vergangenen Stunden nicht mehr geräumt worden.

Auf glatten Sohlen schlidderte sie ihrer Genugtuung entgegen. Sie würde ihrem Vermieter die Schlüssel vor die Füße werfen und das Kündigungsschreiben gleich hinterher. Sie musste rülpsen. Es gab keine Liebe mehr unter den Menschen. Weihnachten war nicht mehr als eine verkommene Verkaufsveranstaltung mit garantiertem Zoff unter dem Tannenbaum! Ein Komplott geschäftstüchtiger Psychiater, Werbeagenturen und Supermärkte, garniert mit Kunstschnee und blonden Christkindern.

Lächerlich!

Ups. Veronika wäre um ein Haar ausgerutscht. Sie konnte sich gerade noch auffangen. Dabei knirschte ihr Knie. Auch das noch! Vorsichtig setzte sie einen Fuß vor den anderen. Sie sah sich um, die Straße war leer. Sie war alleine mit dem Licht, das aus einigen Fenstern auf den Bürgersteig fiel und den Schnee gelb färbte. In ihrem Kopf drehte der Prosecco sämtliche Gedanken auf links. Das fehlte jetzt noch, dass sie verletzt vom Platz humpelte! Nix da! Nicht mit 32!

Sie biss die Zähne zusammen. Aber es half wenig. Sie wusste, dass sie die Feiertage mit einem Kühlpack auf dem Knie würde zubringen müssen. Veronika schnaubte verächtlich. Hauptsache, das Knie hielt, bis sie ihren Vermieter zur Sau gemacht und an der Tanke Wein zur Tiefkühlpizza besorgt hatte.

Schritt für Schritt kämpfte sie sich voran. Hin und wieder musste sie die Luft anhalten, zu viel Prosecco, zu viele Kreisligaspiele auf schlechten Fußballplätzen, zu viele Blutgrätschen, zu wenig Rücksicht auf den eigenen Körper. Es machte sie nur noch wütender, sich unter Schmerzen an den Hauswänden und Zäunen der Vorgärten vorantasten zu müssen. Dieser Arsch von Vermieter würde dafür büßen müssen. Sie fror. Bei jedem Schritt knirschte ihr Knie.

Endlich stand sie vor der schmiedeeisernen Gartenpforte, die den breiten Vorgarten der Villa von der Straße trennte. War ja klar: Das ganze Haus war hell erleuchtet, in allen Zimmern brannte Licht. Wahrscheinlich hatte er die Heizung voll aufgedreht. Er brauchte bestimmt nicht zu frieren! Er hatte ja die Kohle! Und saß jetzt mit seinem fetten Arsch am Wohnzimmertisch und steckte mit seinen Zähnen tief in der Gänsekeule.

Widerlich! Veronika fror noch stärker bei dem Gedanken an ihren unbekümmerten Vermieter. Dieses Schwein und seine scheinheilige Bescherung. Draußen froren die Menschen, und drinnen triefte das Fett der Weihnachtsgans auf die Teller!

Veronika zögerte einen Augenblick, raffte den Kragen ihrer Jacke zusammen und drückte dann entschlossen den Klingelknopf, der unterhalb des Auges der Überwachungskamera saß. Es dauerte einen Augenblick, bis der Türöffner summte.

Der vornehme Stuck der Gründerzeitvilla machte sie noch wütender. Vorbei an schneebedeckten Lebensbäumen, Azaleen und Rhododendren ging sie zum Eingang und stieg im Windfang die wenigen Stufen zur großen Eingangstür hinauf. Auch der Flur war erleuchtet. Sie drückte gegen die Tür, aber sie war verschlossen.

Sie wollte schon wieder umkehren, klingelte aber dann noch einmal. Sie hatte schon schwerere Spiele gewonnen, machte sie sich Mut. Und diese Rechnung wollte sie nicht unbeglichen lassen. Man stellte sie nicht so einfach vom Platz! Sie zog den Kopf zwischen die Schultern.

Als sie gerade erneut klingeln wollte, schwang die

schwere Holztür auf und gab den Blick frei auf einen großzügigen, mit weißem Marmor ausgekleideten Flur, von dessen Decke ein mehrflammiger Leuchter helles Licht auf die Wände warf.

Und auf den zerknautschten Engel. Die großen weißen Federn waren gesprenkelt und saßen schief auf seinem Rücken.

Der zerknüllte Brief auf ihrem Tresen! Christine musste ihn gelesen und sich die Adresse gemerkt haben!

»Veronika! Schön, dass du da bist. Komm rein. Du kommst gerade richtig.«

Um Gottes willen, dachte Veronika und wollte nicht glauben, was sie sah. Angestrengt blinzelte sie gegen das helle Licht.

Christine zeigte lächelnd mit dem langen Messer auf einen unbestimmten Punkt hinter sich. Mit der anderen Hand hielt sie Veronika eine Flasche Sekt entgegen. »Ich hab noch 'ne Pulle gefunden. Papa braucht die nicht mehr.«

Ihr weißes Kleid hatte dunkle Flecken, und von der Klinge tropfte es.

Sie sah an sich hinunter und kommentierte die Flecken mit einem gleichgültigen Schulterzucken. Dann bemerkte sie Veronikas Blick und grinste. »Ich habe gerade den Puter tranchiert. Es ist genug für uns alle da. Fröhliche Weihnachten!«

Ewald Arenz

Kinder, Kaffee, Kokain

Ich habe im Prinzip nichts gegen Kinder, sondern sogar selber welche. Das ist normalerweise kein Problem, denn es gibt zu den Kindern eine Mutter, und außerdem fühle ich mich durch die Reste meiner esoterisch-linksliberalen Erziehung auch zu gelegentlicher Mithilfe verpflichtet, wenn es etwa darum geht, diese Kinder an politisch korrekten Orten wie dem Kinderladen, der Yoga-für-Kinder-Gruppe oder der politischen Früherziehung abzugeben. Ich selbst gehe so lange ins Café. So kommt es zu keinen Interessenkonflikten. Denn ich bin zwar im Großen und Ganzen ein umgänglicher Mensch, führe aber meine Gelassenheit gegenüber dem Weltgetriebe auf den regelmäßigen und ausgiebigen Besuch verschiedener Kaffeehäuser in der Stadt zurück. Immer vorausgesetzt, das Café beinhaltet zum Zeitpunkt dieses Besuchs keine Kinder.

Jedes Mal, wenn ich ein Café betrete, in dem ein Kind wimmelt, drehe ich mich auf dem Absatz um und suche ein anderes auf, in dem ich weder bei meinem Kaffee noch bei der Lektüre der *taz* und der *Brigitte* gestört werde. Mein Wohlbefinden außerhalb der Wohnung hängt wesentlich davon ab, dass sich Menschen unter zweiundzwanzig Jahren mindestens zweihundert Meter von mir entfernt aufhalten.

Nun begab es sich allerdings an einem Samstag kurz vor

Heiligabend, als es in der Stadt tobte und klingelte, schwitzende Nikoläuse vor Angst schreiende Kinder mit Warengutscheinen verfolgten und hysterische Mütter sich nur mit Mühe zurückhalten konnten, die entsetzlich langsame Bedienung im Naturkostladen mit einem gezielten Hieb niederzustrecken, an so einem Adventssamstag begab es sich also, dass ich unter unklaren Umständen die Sorge für meine beiden Kinder übertragen bekommen hatte und nun mit wachsender Panik feststellte, dass es am Samstagmorgen keinen Ort gab, wo ich sie hätte unterbringen können. Der Kinderladen feierte zwar sein Weihnachtsfest, das aus Gründen politischer Korrektheit Wintersonnenwendfest hieß, aber sowohl Philly als auch Theo machten mich leicht ungehalten darauf aufmerksam, dass sie mittlerweile vierzehn und neun Jahre alt und die Zeiten des Kinderladens definitiv vorbei waren.

»Aha«, sagte ich etwas ratlos und ließ ihre Hände los, die ich bisher eisern festgehalten hatte. »CVJM?«, fragte ich auf gut Glück, »die Jungsozialisten oder die Pfadfinder vielleicht?«

»Vater«, sagte mein Sohn etwas von oben herab, »das hier war nicht unsere Idee. Mama hat gesagt, wir sollen mit dir gehen. Also gehen wir mit dir.«

»Ja«, sagte ich schwach, »ist ja eigentlich auch eine schöne Idee, so kurz vor Weihnachten mit der Familie und so... du kannst übrigens Heinrich zu mir sagen«, wandte ich mich abschließend an Theo.

»Mama hat gesagt, wir sollen mit dir ins Café«, sagte meine Tochter, »ich will einen Kakao! Heinrich!«, fügte sie hinzu.

Ich versuchte eine letzte Finte: »Wollt ihr beide nicht so lange ins Eiscafé, und ich hole euch nachher ab? Ihr dürft euch aussuchen, was ihr wollt«, lockte ich.

»Lebkuchenbecher mit Sahne vielleicht?«, fragte Theo zynisch. »Es ist Dezember.«

»Oder Spaghettistollen mit Himbeersoße?«, fragte nun auch Philly leicht verärgert, und ich gab auf.

»In Ordnung«, sagte ich, »aber benehmt euch anständig, ja? Leise sein. Ordentlich trinken.« – »Ordentlich trinken fände ich gut«, murrte Theo, als wir auf das Café zusteuerten, »aber ich kriege ja keinen Glühwein.«

Ich wurde rot, als wir das Café betraten. Die Blicke der Bedienungen und der Stammgäste brannten sich in meinen Rücken.

»Was bekommen denn die Kleinen?«, fragte die Bedienung, wie ich fand, mit einem allzu süffisanten Lächeln.

»Haben Sie Kokain?«, fragte Theo gelangweilt, und Philly sagte laut: »Hier riecht es komisch.«

Die ersten Köpfe drehten sich nach unserem Tisch um. Ich griff hastig nach dem *Focus*, den ich sonst nie las, und hielt ihn hoch, um mein Gesicht zu verbergen.

»Die Kinder kriegen zwei heiße Schokoladen«, flüsterte ich hastig, »und für mich wie immer.«

»Mit Schlagsahne?«, fragte die Bedienung nach.

»Nein«, sagte Theo, »mit Kokain. Und für meine Schwester mit Cannabis.«

»Hier riecht es so«, erklärte Philly inzwischen den umsitzenden Gästen, »wie damals bei uns, als wir die tote Maus erst nach zwei Wochen gefunden haben.«

Ich schwitzte Blut und Wasser.

»So sieht also ein Café aus«, sagte mein Sohn und sah sich interessiert um. »Hier wohnst du also.« Die Gäste lachten. Sie kannten mich.

»Sind das deine Kinder?«, fragte Kurt, der immer auf der Bank saß.

»Nein«, erklärte Philly mit lieblichem Lächeln, »wissen

Sie, wir wohnen im Heim, dürfen aber an Weihnachten zu einer Gastfamilie.«

»Wir können sie uns aber nicht aussuchen«, fügte Theo mit einem Achselzucken hinzu.

»Kinder«, knirschte ich, »Schluss jetzt!«

Sie starrten mich kurz an, aber dann gaben sie nach. Die Schokoladen kamen. Sie tranken. Der Kakao schien ihren Sarkasmus aufzulösen. Ich fragte mich, wo sie das herhatten. Nicht von mir, das stand fest. Aber jetzt, wo sie gesittet dasaßen und tranken, begann ich mich allmählich zu entspannen. Schließlich sah Theo auf und sagte:

»Ach, wir sollen dir noch was von Mama ausrichten, aber ich glaube, ich hab's vergessen.«

»Darf ich's sagen?«, quiekte Philly dazwischen. Ihr Bruder nickte großzügig. Ich las weiter und brummte etwas, das wie Zustimmung klang.

»Also, Mama lässt dir ausrichten«, begann Philly, »dass ... – äh, was war's?«, fragte sie ihren Bruder. Dem fiel es wieder ein: »Dass sie wieder schwanger ist. Und wir sollen nicht vor vier heimkommen.«

Seit diesem Tag gehe ich nur noch ins Café, wenn dort Leute mit Kindern sitzen. Ich finde es beruhigend zu sehen, dass auch die anderen leiden. Abgesehen davon hatten wir aber ein nettes Weihnachtsfest, weil auch der Sarkasmus meiner Kinder einer ordentlichen Bescherung nicht standhält. Ihr gemeinsames Geschenk an mich bestand in einem Pfund frisch gemahlenen Kaffees. Und ich war sogar dankbar.

Hippe Habasch

die bescherung

…und allüberall in den tannenspitzen, liest unbeholfen der
vater, sah ich goldene lichtlein blitzen.
mündungsfeuer, schreit das kind, peng, peng, peng,
und lässt den ferngesteuerten panzer richtung
weihnachtsbaum rollen.
und allüberall, wiederholt die mutter.
kawumm, paddapuff, kawumm, antwortet der panzer,
dessen rohr auf den engel ganz oben zielt.
macht hoch die tür, die tor macht weit, singen die
eltern.
erwischt, schreit das kind und greift nach dem
arztkoffer. dna-test, erklärt es dem jesus in der
vollautomatischen krippe und fährt ihm mit dem spatel
in den mund.
o gott, sagt die mutter, doch von josef?
weiß nicht, sagt das kind, is ja nur ein
grobidentifizierungsprogramm. name steht keiner da.
aber palästinenser isser.

Dietmar Bittrich

Im Weihnachtsmärchen

An einem milden Dezemberabend saß ich mit Konrad zwischen plappernden Kindern und aufgeschlossenen Eltern unter dem Barockhimmel des Stadttheaters. Die Wandleuchter waren mit Lametta behängt, Sterne leuchteten von gerafften Gardinenstoffen, und auf dem purpurnen Vorhang glitzerte ein Winterwald. Wir saßen in einem Konzert aus Rufen und Quengeleien und dem Klappen von Sitzen, das untermalt wurde vom Knistern einiger Hundert Bärchentüten und dem begleitenden raumfüllenden Schmatzen.

Ein Mann im Nikolauskostüm trat vor den Vorhang. »Der Intendant«, raunte die Mutter des kleinen Mädchens neben uns. »Er macht es immer so stimmungsvoll.« Der weihnachtliche Intendant erklärte den Kindern, es gehe nun geradewegs hinein in das Märchenzauberland. Und dieses Land sei so beschaffen, da verwandele sich immer ein Märchen in das nächste, wie durch Zauberhand. In der Zeitung hatte es nüchterner geheißen, es handele sich um eine Revue der beliebtesten Märchenszenen, um ein Best-of der Brüder Grimm. »Vieles werdet ihr erkennen«, versprach der Intendant. »Und diejenigen von euch, die alle Märchen erkennen, die also jedes Mal richtig raten, die bekommen am Ende eine Überraschung! Von mir! Vom Weihnachtsmann!«

Unsere Nachbarin nickte uns streng zu wie den Konkurrenten in einem sportlichen Wettbewerb. Der Vorhang öffnete sich. Wir sahen eine Prinzessin um einen Brunnen aus Pappmaschee hüpfen. Sie warf einen goldenen Ball in die Luft und gleich darauf in den Brunnen. »Oh! Mein goldener Ball! Ist er verloren?«

Sie rang die Hände und setzte sich auf den Brunnenrand. »Froschkönig!«, riefen die allerklügsten der kleinen Kinder, auch das Mädchen neben uns. Konrad nicht. Die Prinzessin nickte stumm und wrang ihr Taschentuch aus. Schon tauchte aus dem Brunnen ein beachtlicher Frosch empor. Statt einer goldenen Krone trug er eine rote Weihnachtsmütze, doch er versprach, den goldenen Ball zu holen, wenn die Prinzessin ihn nur heiraten wolle. Ja, sicher, doch, das wollte sie. Aber als er gleich darauf mit Gold im Maul wieder emportauchte, entriss sie ihm den Ball und lief davon.

»Nein, du musst ihn heiraten!«, riefen die Kinder. »Er ist ein Prinz!« Die Prinzessin hörte nicht. »Das ist ein Prinz!«, riefen die Kinder. Der dicke Frosch watschelte hinter ihr her. »Du musst ihn küssen!«, riefen die Kinder. Die Prinzessin starrte den Frosch an. An die Wand werfen konnte sie ihn nicht. Er war zu schwer. Also küsste sie ihn. Blitz und Donner, Nebelschwaden. Aber da stand kein Prinz. Der Frosch hatte sich in den Weihnachtsmann verwandelt! Die Kinder jubelten. Die Prinzessin schien ein wenig überrascht.

Unsere Nachbarin nickte uns zu. »Der Intendant hat immer diese lustigen Ideen.«

»Heute, Kinder, wird's was geben!«, versprach der Weihnachtsmann. »Aber was? Was, meine holde Prinzessin, möchtest du essen zu unserem Hochzeitsmahl? Karpfen? Gänsebraten? Milchzicklein?« Die Prinzessin wirkte ein wenig ratlos. Entweder war die Szene nicht genügend geprobt worden, oder der Dialog hätte anders ablaufen sollen. »Milchzicklein?«, wiederholte sie ungläubig.

»Na schön, in Ordnung, Milchzicklein«, bestätigte der Weihnachtsmann. »Das kann ich besorgen. Dazu muss ich allerdings in meinen Wolfspelz schlüpfen.« Den holte er unter Bravos und Beifall aus seinem Jutesack. »Ach, und zum Nachtisch?«, fragte er die Prinzessin, während er sich in das Wolfskostüm zwängte. »Kuchen vielleicht? Und ein wenig Wein?« Die Prinzessin nickte stumm. Ihr fiel nichts mehr ein. Doch das war auch nicht nötig. Es gab einen Ruck, die Bühne setzte sich in Bewegung, und der dicke Weihnachtswolf tappte schwerfällig an der Rampe auf und ab, während die Bühne sich drehte. Einige kleine Kinder mussten angesichts der räudigen Kreatur beruhigt werden.

Schon öffnete sich ein bescheidenes bäuerliches Zimmer. Der Wolf hob das Haupt und schnupperte. Die Tür sprang auf. »Rotkäppchen!«, rief Konrad etwas voreilig. Sieben Ziegen, von Kindern gespielt, hüpften zur Tür herein. »Der Wolf und die sieben Geißlein!«, rief das Mädchen neben uns. »Sie müssen Ihrem Sohn mehr vorlesen«, belehrte mich die Mutter.

Jetzt klopfte der Wolf an die Tür des Geißlein-Häuschens. »Oh, wer mag das sein?«, riefen die sieben Geißlein. »Hoffentlich nicht der große böse Wolf!«

»Ich bin's, eure liebe Mutter!«, rief eine beleidigend schlecht verstellte Männerstimme. »Oh, unsere liebe Mutter!«, riefen die Geißlein. »Nein! Nein!«, schrien die Kinder im Publikum. Die sieben Geißlein ließen sich nicht abhalten: »Schnell! Öffnen wir unserer Mutter die Tür!« – »Nein, es ist der Wolf!«, schrien die eifrigsten Kinder. »Der Weihnachtsmann!«, rief Konrad.

Die Mutter des kleinen Mädchens musterte mich ernst.

Zu spät stoben die Geißlein auseinander. Grimmig griff

sich der Wolf das erste und zog ihm einen Sack über den Kopf, schleifte das zweite hinter einem Stuhl hervor, das dritte unter dem Sofa. Jedes der sechs wurde gefangen und in einen Sack gesteckt. Einige Kinder im Publikum weinten und bekamen Schokolade zum Verschmieren der samtenen Sitze.

»Und das siebente?«, fragte der Wolf. »Hier wohnen doch sieben Geißlein? Bisher habe ich nur sechs!« Er trat an die Rampe: »Wisst ihr, wo das siebente ist?« Einige Kinder wollten sofort damit herausplatzen, doch die Eltern zischelten: »Scht!« Der Wolf klappte seine Schnauze über den Kopf, sodass Rauschebart und rote Mütze sichtbar wurden. »Ihr braucht keine Angst zu haben, ich bin's doch, der Weihnachtsmann! Na? Wo ist das siebente Geißlein?«

Ich konnte Konrad nicht bremsen: »In der Uhr! Es ist in die große Uhr gekrochen!« Er hatte recht, doch es war blamabel. »Petze!«, zischte das kleine Mädchen neben uns. Seine Mutter lächelte in spöttischem Mitleid. Der Wolf klappte zufrieden seine Schnauze herunter: »Danke, mein Junge!« Ging stracks zur Standuhr, öffnete sie und griff sich das siebente Geißlein. »So, ihr dürft wieder spielen!«, sagte er zu den anderen sechs und nahm ihnen die Säcke vom Kopf. »Dieses hier sieht am leckersten aus, das reicht für die Prinzessin und mich! Nun brauche ich nur noch Kuchen und Wein!« Mit dem siebenten Geißlein im Sack, unter Gekreisch der Kinder, begab er sich auf den Weg.

Hinter mir klirrte eine Flasche zu Boden. Ihr schäumender Inhalt umspülte meine Schuhe, bevor er die leichte Schräge abwärts zur Bühne rann. Dort trat ein Mädchen in Tracht auf. Es hatte dunkle Haare und ein blasses Gesicht und hätte gut einen giftigen Apfel essen können. Wohl deshalb und gestärkt durch die gute Zusammenarbeit mit dem Wolf, vermutete Konrad: »Schneewittchen!«

Grinsende Eltern vor uns drehten sich um, umsitzende Kinder krähten vor bösem Vergnügen. Die Mutter rückte ab, um nicht für unsere Verwandte gehalten zu werden. »Rotkäppchen!«, riefen alle, denn das Mädchen spazierte mit einem Korb in der Hand die Rampe entlang und pflückte unsichtbare Blumen. Ich beschloss, Konrad zum Fest ein leicht fassliches Märchenbuch zu schenken und es Punkt für Punkt mit ihm durchzugehen.

Der Wolf sprach Rotkäppchen an. Was es da im Korb habe? Kuchen und Wein? »Ah ja, perfekt.« Und wohin es gehen wolle? Zur Großmutter? »Aha. Danke!« Er trabte zufrieden weiter, der sich öffnenden Szene entgegen. Einige Kinder wollten aufs Klo. Die Eltern tuschelten, gerade jetzt werde es spannend. Wir sahen Großmutters Waldhaus von innen. Die alte Dame lag im Bett. Der Wolf klopfte an. Großmutter richtete sich schwächlich auf. »Bist du es, Rotkäppchen?« – »Richtig geraten«, sagte der Wolf und trat ein. Großmutter erschrak: »Aber Rotkäppchen, was hast du für große Ohren!« – »Das ist nur ein Kostüm«, sagte er und zog es aus. »Ich bin der Weihnachtsmann.«

Die Schauspielerin der Großmutter war auf dieses Stichwort nicht vorbereitet. »Aber was hast du für große Hände?«, fragte sie stur. – »Das ist nun mal so«, sagte er und stülpte ihr einen Sack über den Kopf. »Und jetzt Ruhe.«

Einige Kinder, angestachelt von ihren begleitenden Großeltern, protestierten vergeblich. Auch neben uns wurden Bedenken geäußert. Während die Großmutter sich kraftlos wehrte, steckte der Weihnachtsmann sie in den Wolfspelz, zog den Reißverschluss zu und legte diesen neu gefüllten Wolf ins Bett. Sie hustete bellend. »Ja, sehr gut!«, lobte er. »Das klingt echt.«

Nun trat Rotkäppchen ein. »Ei, Großmutter, was hast du für große Ohren!« – »Das kannst du dir sparen, sie kann dich nicht hören«, antwortete der Weihnachtsmann. – »Ei, Großmutter, was hast du für große Augen!« – »Sie kann dich auch nicht sehen«, sagte er. »Um es kurz zu machen: Ich bin am Haus vorbeigekommen und habe so ein Schnarchen gehört, da habe ich gedacht, Mensch, der Alten fehlt vielleicht was, und trete ein. Na, da liegt der Wolf im Bett und schnarcht. Ich denke: Hat der sie etwa gefressen? Und schneide ihm den Wams auf, und ja, tatsächlich, da ist die Großmutter drin! Hier!« Er zog den Reißverschluss des Wolfskostüms auf. »Bitte sehr: Sie lebt noch!«

Rotkäppchen stand sprachlos da. Zweifellos hatte die Darstellerin den Wortwechsel auf der Probe anders gelernt. Der Weihnachtsmann kam ihr zu Hilfe. »Du willst jetzt sicher wissen, wie du mir danken kannst«, vermutete er. Rotkäppchen nickte unsicher. »Dann gib mir einfach deinen Korb mit dem Kuchen und dem Wein«, fuhr er fort. »Das soll mir genug sein.« Kurz entschlossen nahm er ihr den Korb aus der Hand und verließ die Szene. »Ach, noch etwas«, rief er, während die Bühne sich zu drehen begann. »Wenn die Großmutter rausgeklettert ist, rate ich dir, den Bauch des Wolfs mit Wackersteinen zu füllen. Sonst frisst er euch am Ende doch!«

Der Weihnachtsmann trat an die Rampe. »Keine Angst, ihr lieben Kinder«, sagte er. »Jetzt habe ich mein Zicklein, ich habe meinen Kuchen, meinen Wein. Jetzt gehe ich zurück zur Prinzessin, auf mein Schloss, jetzt kehre ich heim.«

Doch das war nicht möglich. Das Schloss war überwuchert von üppigen Rosenhecken. Selbst an den Türmen rankten sich Blüten und Dornen empor. »Prinzessin!«, rief der Weihnachtsmann. Alles blieb still. »Prinzessin! Lass dein goldenes Haar herunter!« Die Mutter neben mir beugte sich flüsternd zu ihrer Tochter. »Rapunzel!«, kreischte das Mädchen. »Das ist nämlich nicht leicht«, erklärte mir die Mutter. Nun fielen auch andere ein. »Rapunzel! Rapunzel!«

Stattdessen betrat eine verschleierte Dame die Bühne. »Die Prinzessin hat sich an einer Spindel gestochen«, erläuterte sie. »Sie ist in einen tiefen Schlaf versunken. Dann wuchs die Hecke riesengroß. Du musst über die Dornen klettern und sie wieder wecken, durch einen Kuss.«

»Dornröschen!«, schrien alle, auch die allerkleinsten Kinder. Konrad nicht; er hatte sein Pulver verschossen. »Weck sie auf! Du musst sie wecken!«, riefen die Kinder. »Du musst rüberklettern!« Der Weihnachtsmann kratzte hier, schabte dort, nahm eine Rosenschere aus dem Mantel und piekte in die Pappe. »Tut mir leid«, gab er schließlich bekannt. »Das ist mir zu stachelig!« – Die Fee war nicht vertraut mit dieser Wendung. Sie sprach streng: »Aber du musst die Hecke überwinden! Wenn du es nicht tust, muss die Prinzessin hundert Jahre schlafen!« – »Es gibt ja noch andere Frauen«, meinte er zuversichtlich.

Die Unruhe im Publikum wuchs. Von den Müttern war Murren und Protest zu vernehmen. Die Fee wandte sich zum Souffleurkasten. Von dort kam nichts, oder sie konnte es nicht hören, weil die Kinder forderten, der Weihnachtsmann müsse sofort Dornröschen küssen.

Stattdessen trotteten auf seinen Wink hin sieben Zwerge aus den Kulissen. Sie trugen einen gläsernen Sarg. Darin lag ein blasses Mädchen mit schwarzem Haar.

»Das, mein Kleiner«, sprach die Mutter neben uns und beugte sich zu Konrad, »ist Schneewittchen. Sag mal deinem Papi, er soll dir das vorlesen.« Die Kinder riefen es schon. Die Zwerge setzten gerade umständlich zum vorgeschriebenen Straucheln an. »Vorsicht!«, rief der Weihnachtsmann. »Stolpert bloß nicht! Sonst wacht sie auf!«

»Das finde ich jetzt falsch«, sagte die Mutter des kleinen

Mädchens. »Irgendeine Prinzessin muss er doch heiraten.«
Es kam nicht dazu. »Husch, husch, zurück in eure Höhle«, befahl der Weihnachtsmann den Zwergen. »Und gebt bloß acht beim Tragen!«

Vergeblich winkte Schneewittchen aus ihrem beschlagenen Glaskasten. Umsonst kreischten die Kinder. Von der anderen Seite humpelte schon eine Hexe herein. Verwirrte Bühnenhelfer schickten jetzt das verfügbare Personal auf die Bühne. »Ah, meine liebe Frau!«, sprach der Weihnachtsmann. »Mit ihr will ich ein Pfefferkuchenhaus backen. Vielleicht können wir ein paar hungrige Kinder anlocken!«

Er hatte kaum noch Rückhalt im Publikum. Etliche Eltern machten Anstalten aufzubrechen. Er hielt es für angebracht, sich direkt an die Kinder zu wenden. »Erst warmen Pfefferkuchen, dann ein kühles Bier!«, sagte er. »Denn heute back ich, morgen brau ich, übermorgen hole ich das Christkind ab. Ach, wie gut, dass niemand weiß, wie ich heiß!«

»Weihnachtsmann?«, wisperte Konrad unsicher. »Rumpelstilzchen!«, riefen die anderen Kinder. »Ja, liebe Kinder«, sprach der Weihnachtsmann. »Jetzt, zum Schluss, spiele ich für euch das Rumpelstilzchen. Denn ich verfüge über Zauberkraft. Ich kann Gold zu Stroh spinnen. Und nun kommt die Überraschung für euch, aber nur für die, die richtig geraten haben!« Das kleine Mädchen neben uns rutschte aufgeregt auf dem Sitz hin und her.

»Für euch, die ihr richtig geraten habt, spinne ich Gold zu Stroh. Bittet also eure Eltern um alles Gold, das sie tragen. Ich nehme Armreifen, Broschen, Uhren, Halsketten. Bringt es mir auf die Bühne. Aus diesem Gold zaubere ich speziell für euch reines trockenes Stroh! Echtes Weihnachtsmannstroh! Kommt, bringt es her zu mir!«

Die Kinder redeten aufgeregt auf die Eltern ein. Handgemenge entstand. Das kleine Mädchen neben uns zerrte an Armreif und Kette der Mutter. Vor uns, hinter uns, überall wanden sich Eltern wie unter einer Bande kindlicher Gangster. »Ich nehme auch Autoschlüssel!«, rief der Weihnachtsmann in den Aufruhr. »Das ist zu viel«, ächzte die Mutter neben uns außer Atem. »Das geht zu weit.« Die meisten Eltern hatten sich von den Plätzen erhoben und fuchtelten, als wollten sie Ungeziefer abschütteln. Die Kinder schrien nach Schlüsseln und Gold. Zufrieden und mildtätig, so herzensgut, wie nur ein Weihnachtsmann aussehen kann, betrachtete der Anstifter von der Bühne aus das unermessliche Gemenge und Gewirr und Gezeter.

Da betrat ein unscheinbarer Herr im Sakko die Bühne. Beruhigend, wenn auch erfolglos hob er die Hände und setzte an, etwas zu erklären, das unterging in Protest und Getümmel.

Die Mutter neben uns starrte auf die Bühne. »Das«, sagte sie verwundert und gab ihrem handgreiflichen Kind eine Ohrfeige, »ist der Intendant!«

Dann ging alles sehr schnell. Bühnenhelfer schleppten einen meterlangen blonden Zopf herein, Rapunzels Haar. Das schnappte sich der Weihnachtsmann und warf es dem Intendanten zu. Der wollte fangen, griff in die Luft und rutschte aus. Alle liefen zusammen, um ihm aufzuhelfen. Nur der Weihnachtsmann nicht. Der zog sich rasch und diskret in die Kulissen zurück.

»Ich dachte, der Intendant hat mitgespielt«, staunte die Mutter. »Ich dachte, er hatte die Hauptrolle. Aber dann war das wohl...« Sie dachte nach.

»Der Weihnachtsmann«, sagte Konrad.

Und diesmal hatte er recht.

Milena Moser

Saure Trauben

Ich war wieder mal ganz schön gereizt. Mit einem säuerlichen »Exgüsee!« schob ich mich an der Traube vorbei, die sich vor dem Eingang des Lebensmittelladens gebildet hatte. Männer, Frauen, Einkaufstüten, Kinderwagen. Dabei bewegte ich mich mit voller Absicht sehr umständlich, als bildete diese Menschenansammlung ein unumschiffbares Hindernis zwischen mir und dem Eingang zum Laden. Und als sei dieser Laden, in dem ich kurz vor Kursbeginn noch eine Flasche Kaffeerahm kaufen wollte, eine Rettungsboje in wild aufschäumender See. Als sei es eine Mission von übergeordneter Wichtigkeit, von nationaler Bedeutung, dass ich ihn ohne Verzögerung erreichte. Vermutlich schnaubte ich auch laut durch die Nase.

Was müssen die auch hier herumstehen, sehen sie denn nicht, dass sie den Eingang versperren, die meinen wohl, wir hätten alle nichts Besseres zu tun, als geduldig in der Kälte zu warten, bis sie fertig geplaudert oder sich wenigstens einen halben Meter weiterbewegt haben?

Überhaupt, bin ich die Einzige, die es heute eilig hat? Ist Advent etwa nur für mich ein Synonym für Endspurt? Muss niemand vor den Feiertagen noch alles erledigen, was das ganze Jahr nicht zum Erledigtwerden drängte? Und was dann plötzlich, kurz vor Jahresende, wie eine Lawine von Unerledigtem über einem zusammenschlägt.

Ich versuche immer, den Dezember relativ frei zu halten. Weil ich weiß, dass dieser Monat sein eigenes, ganz und gar unberechenbares Temperament hat. Irgendetwas ist im Dezember immer. Weihnachtsessen, Geschäftsaperos, Nachbarschaftstreffen, Geburtstage ... Und dann das: Überall bleiben die Leute stehen, mitten auf der Straße, vor der Tür der Bäckerei, auf dem Perron zwischen zwei fahrenden Zügen. Sie rotten sich hinter der Kasse zusammen, ihre Einkäufe stauen sich auf dem Fließband, sie lungern an der Kioskauslage herum, obwohl sie ihre Zeitschrift längst bezahlt haben, ihre Schachtel Zigaretten. Und sie begrüßen sich, als hätten sie sich lange nicht gesehen, als hätten sie nur aufeinander gewartet:

»Ja so etwas, ja hallo, was machst du denn hier?«

Blöde Frage, denke ich und trete von einem Fuß auf den anderen, das siehst du doch, sie kauft sich eine Zeitschrift, sie wartet auf den Zug, sie muss noch Brot besorgen oder vier Kerzen kaufen. Genau wie du. Wir machen alle dasselbe. Wir rennen den Tagen hinterher, die sich vor unseren Füßen auflösen, zerfallen in nichts.

Oder wir würden rennen, wenn wir nicht alle paar Meter aufgehalten würden von einer solchen Traube.

»Ja, nein! Dass ich dich hier treffe! Wie geht es dir? Machst wohl auch deine Weihnachtseinkäufe, wie? Ich hab halt alles schon im Sommer gemacht, da ist es am billigsten, Ausverkauf, weißt du. Dafür hab ich jetzt Zeit.«

Aber ich nicht! »Exgüsee!«

»Exgüsee!« ist ja keinesfalls eine Entschuldigung, »Exgüsee!« ist ein Ausdruck größter Selbstgerechtigkeit, er trieft vor Ironie und erwartet im Gegenteil vom so Angesprochenen allermindestens ein Zusammenzucken, eine Habachtstellung, ein Sich-Entschuldigen. »Exgüsee!« ist nichts als eine jugendfreie und in Familienzeitschriften abdruckbare Übersetzung von allen hässlichen Fluchwörtern und Beschimpfungen, die ich kenne. »Exgüsee!«, sage ich nur, wenn ich keinen mehr mag.

Am wenigsten mich.

»Exgüsee, Frau Moser, Sie sind doch nur neidisch. Weil Sie keine Zeit haben, um stehen zu bleiben und zu plaudern.«

Das ist allerdings wahr. Kaffeerahm? Kurs? Dezember? Ich bleibe stehen.

»Und, wie geht es so?«

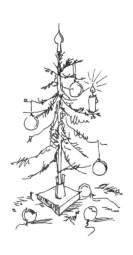

Michal Viewegh

Da wird schon was dran sein, an diesen Weihnachten

Es wurde schnell dunkel. *Vier Uhr nachmittags und dunkel wie im Bärenarsch – was habt ihr denn alle an diesen Weihnachten gefressen?*, wiederholte Ernesto im Geiste den tschechischen Satz, den er an dem Nachmittag aufgeschnappt hatte. Das machte er gerne, manchmal sagte er solche Sätze sogar halblaut auf. In beide Richtungen der Masaryk-Straße strömten pausenlos Unmengen von Menschen. Lauter Regenschirme, Päckchen, Kartons und Plastiktüten. Er brauchte sich nur kurz die Gesichter anzuschauen, und bald hatte er eine komplette Skala von Emotionen zusammen: Sie reichte von Freude über Nervosität und gereizte Stimmung bis hin zu reiner Wut. *Ich krieg von diesen Weihnachten bald 'nen Rappel.* Diesmal kam ihm Weihnachten mehr als sonst wie ein absurdes Theaterstück vor. War auch kein Wunder. Er gab sich zum wiederholten Mal einen Ruck, damit er endlich bezahlte und in den Vorweihnachtstrubel aufbrach, und bestellte dann doch noch einen Grappa. Wie jedes Jahr hatte er das Besorgen von Weihnachtsgeschenken auf den Nachmittag des dreiundzwanzigsten Dezember aufgeschoben, was einiges über sein Selbstbewusstsein aussagte: Dass ihn sein Einfallsreichtum, seine Empathie (den Geschmack seiner Freundin traf er jedenfalls besser als ihr Gatte) und seine

Entschlussfreudigkeit etwa im Stich lassen könnten, diesen Gedanken ließ er gar nicht aufkommen. Früher hatte er sich vor dem Einkaufen in sein Lieblingscafé gesetzt und ohne Eile einen Espresso und einen Grappa getrunken – nur dieses Jahr saß er schon seit mehr als zwei Stunden fest und hatte immer noch keine Lust aufzubrechen.

Es war viel zu gemütlich hier. So viel Licht und Wärme, dachte Ernesto. Es war wie im Sommer, da unterlag man auch schnell der Illusion, dass die Welt gut sei. Dunkelheit und Frost sind aufrichtiger. Er dachte an seinen Vater, der im Oktober gestorben war, drei Monate nach seiner Diagnose. Als Ernesto das letzte Mal nach Hause gekommen war, erkannte ihn der Vater nicht mehr. Ernesto bereitete für die Mutter und seine Schwestern Martinis zu und ging spazieren. Mutter kletterte beschwipst über das Gitter von Vaters Krankenbett, rollte sich neben ihm zusammen und schlief ein, den Kopf auf das schmutzige Kissen gebettet. Ernesto sagte sich immer wieder, würde er wirklich zahlen wollen, würde ihn keiner daran hindern können – weder die beiden Landsleute, die soeben das Café betraten und ihn mit Handschlag begrüßten, noch die einsame kurzhaarige Brünette am Nebentisch. Sie war nicht sein Typ, aber sie hatte etwas. *Fascino silenzioso e inascoltato*. Eine stille, unbemerkte Anmut, übersetzte er schlagfertig. Der Regen wurde stärker, das Café füllte sich. Unter den widerlichen Sportjacken, die von den Garderobenhaken hingen (in einem kurzen Anflug von Stolz dachte Ernesto, dass er als einziger der anwesenden Männer einen guten Wintermantel besaß), stapelte sich bereits ein ganzer Haufen Kartons mit Elektrogeräten. Mikrowelle, DVD-Player, Toaster. Mit Vaters Tod hatten für ihn die meisten materiellen Dinge ihren Sinn verloren. Zum ersten Mal ließ er den Gedanken zu, nicht rechtzeitig ein Weihnachtsgeschenk für Renata zu besorgen. Das verunsicherte ihn. Renata und er hatten gleich morgen am Vormittag eine heimliche Verabredung. Ihr Gesicht tauchte vor ihm auf, verzerrt vor Enttäuschung und Wut. Die Vorstellung dauerte nur den Bruchteil einer Sekunde, dann kehrte der vertraute Gesichtsausdruck auf Renatas Antlitz zurück, aber das Bild ließ ihn trotzdem verstimmt zurück. So kannte er sie gar nicht. Er bestellte sich einen dritten Grappa, wühlte in Erinnerungen und fischte nach weiteren Beweisen dafür, wie egoistisch Renata ihre Beziehung für sich nutzte.

Inzwischen wurde unter stürmischem Lachen ein ausgepackter *Schwiegermuttertoaster* durch das Café gereicht, dessen angetrunkener Besitzer ihn unbedingt seinen Tischgenossen vorführen musste. Als das Gerät bei der Brünetten ankam, drehte sie sich zunächst weg, dann nahm sie es doch an und reichte es mit düsterem Blick an Ernesto weiter.

»Darf ich Sie zu einem Drink einladen?«, fragte er, als der Toaster endlich seinen Ausgangspunkt wieder erreicht hatte, und zeigte auf sein leeres Glas.

»Nein, danke.«

Offenbar wollte er nicht gleich aufgeben. Er schätzte sie auf Anfang dreißig ein, vielleicht ein paar Jahre älter.

»Sie sollten nicht missverstehen. Sie kommen mir traurig vor, das ist alles.«

Nach elf Jahren in Brünn sprach er praktisch ohne Akzent, aber diesmal verstärkte er ihn leicht und baute sogar einen kleinen Fehler ein. Er hoffte, sie würde fragen, wo er herkomme, und ihm dadurch ermöglichen, auf gewohnte Weise die Konversation zu eröffnen: Kindheit in der Toskana, das jüngste von drei Kindern, eine Klassenfahrt nach Prag, zu der er sich am Tag der Abreise angemeldet hatte, seine erste Liebe, die Universität von Pisa, die späteren

Reisen nach Tschechien. Und so weiter. Er war sich selber zuwider.

»Traurig? Weil ich nicht über den Schwiegermuttertoaster gelacht habe?«

Sie sah ihn trotzig an, aber etwas in Ernestos Gesicht schien sie zu besänftigen.

»Ich bin müde«, sagte sie fast entschuldigend. »Todmüde.«

Die Kellnerin ließ ein Glas vom Tablett fallen, es zerschellte am Boden. Die Brünette schloss etwas theatralisch die Augen.

»Dann lassen Sie uns über Ihre Trauer und die tödliche Müdigkeit reden«, schlug Ernesto ruhig vor.

Er konnte Situationen gut einschätzen. Er wartete ab. Sein Handy leuchtete auf. Ernesto warf ihm einen schnellen Blick zu.

»Das ist ein gutes Thema«, sagte er.

Das Display wurde wieder dunkel.

»Gut«, stimmte sie missmutig zu. »Unter einer Bedingung: Wir stellen uns nicht vor.«

Ernesto nickte.

»Und wir schieben die Tische nicht zusammen.«

Er hob die Arme hoch zum Zeichen, dass er sich ihren Bedingungen fügte. Und er freute sich gleichzeitig auf den Moment, wenn aus den Ärmeln seines Jacketts die weißen Manschetten seines Hemds hervorlugen würden. Ein kleines ästhetisches Detail. Dafür hatte er schon immer eine Schwäche gehabt.

»Noch andere Bedingungen?«

Wenn sie sich hören wollten, mussten sie sich nach vorne lehnen. Es war unbequem und amüsant.

»Ja. Sie halten sich ans Thema.«

Die Kellnerin fragte, ob sie noch einen Wunsch hätten.

Obwohl sie weiterhin jeder für sich alleine saßen, wurden sie für sie bereits zum Paar. Ernesto spürte ihre stillschweigende Missbilligung.

»Was nehmen Sie?«, fragte er.

»Ist mir egal.«

»Zwei Martinis, bitte.«

Die Kellnerin verschwand. Das Café füllte sich bis an die Decke mit Musik, und Ernesto stellte sich kurz vor, die bunten Inseln aus Regenschirmen über der Masarykova würden im gleichen Rhythmus schweben.

»Sie können anfangen«, eröffnete sie ohne echtes Interesse, »zeigen Sie, dass Sie berechtigt sind, über Traurigkeit zu sprechen.« Dabei schüttelte sie den Kopf.

»Mein Vater ist vor einem Monat gestorben«, sagte er, ohne zu zögern. »Ich weiß, das gibt mir einen ungerechten, wenn nicht geradezu billigen Vorsprung.«

Sie sah ihn misstrauisch an.

»Es ist fast genauso unfair wie ein Ass im Ärmel«, gab Ernesto zu.

»Ihr Tschechisch wird immer besser«, bemerkte sie bissig, »so schnelle Fortschritte hat man selten.«

»Ich bin sprachbegabt.«

Sie schwiegen beide kurz.

»Fahren Sie fort.«

»Meine Familie lebt in der Toskana. Keine Angst, das hängt mit dem Thema zusammen. Meine Großmutter, Vaters Mutter, lebt noch. Sie ist kerngesund. Das nächste Jahr wird sie schwarz tragen, genauso wie meine Mutter und meine Schwestern. Und ich werde weiterhin in den Caféhäusern von Brünn hocken, tausend Kilometer weit weg.«

Sie zuckte die Achseln. Eine solche Offenheit wird nur durch eine gegenseitige Gleichgültigkeit möglich, dachte er. Durch Grappa und Gleichgültigkeit.

»Außer Ihnen habe ich von Vaters Tod niemandem erzählt.«

Er stellt seine Trauer zur Schau, sagte er im Geiste auf Tschechisch. Aber es stimmte, er hatte nicht einmal Renata davon erzählt. Etwas brannte. Er drehte sich um und sah eine Rauchwolke. Aus dem Toaster auf dem Tisch gegenüber sprang ein angebranntes Portemonnaie.

»Was machen Sie überhaupt hier?«, fragte sie, nachdem sich das Gelächter wieder gelegt hatte.

»Halten wir uns an das Thema.«

Sie lächelte zum ersten Mal. Die Kellnerin öffnete mit saurer Miene die Fenster, kühle Nässe wehte in den Raum hinein.

»Was macht Sie so müde?«

»Verheiratete Männer. Einer vor allem.« Überraschenderweise fühlte er sich unangenehm berührt.

»Er ist nicht gekommen«, sie verzog das Gesicht. »War nicht rechtzeitig mit Staubsaugen und Geschenke-Einpacken fertig.«

»Ich wiederum bin mit einer Verheirateten zusammen«, gab Ernesto zu Protokoll.

Sie schnaubte.

»Ich bin schon daran gewöhnt. Das ist mein dritter Verheirateter. Scheinbar ziehe ich die an.«

Er nickte zustimmend.

»Er ist Chirurg. Ich rufe ihn nicht an, ich darf nur schreiben. Ich stelle keine Ansprüche, ich habe Verständnis für alles. Ich bin die ideale Geliebte.«

Die Kellnerin stellte die beiden Martinis auf die Tische. Ernesto forschte im Gesicht seiner Nachbarin nach Anzeichen, ob sie in ihrem Leben vorwiegend glücklich oder unglücklich war. Das hätte er früher nie gemacht. Die Brünette hob das Glas und prostete ihm mit ernster Miene zu.

»Aber es ist doch Weihnachten, verdammt noch mal!«, rief sie.

So einsam hatte er sich nicht einmal vor elf Jahren gefühlt, als er aus Italien gekommen war. Er verstand nicht, warum der heutige Tag eine solche Wendung genommen hatte. Das Leben im Schnelldurchlauf, fiel ihm ein.

»Ja, in solchen Fällen ist Weihnachten doof«, stimmte er zu.

»Zu Weihnachten wird einem alles viel klarer.«

Er dachte an seinen Vater.

»Heiligabend verbringe ich natürlich bei meinen Eltern«, fuhr sie fort. »Wir tun, als wäre alles in bester Ordnung. Ich probiere den Kartoffelsalat, und Vater sagt: Wir wollen doch auf die Mama warten mit dem Abendessen, oder?«

Im Radio ertönte ›Merry Christmas‹. Sie lachten.

»Ich krieg von diesen Weihnachten bald 'nen Rappel«, sagte Ernesto.

»Sie glauben auch nicht ganz an Christi Geburt, oder?«

»Nein.«

»Ich auch nicht. Manchmal möchte ich das schon, aber ... Es geht nicht. Ich schaffe es einfach nicht.«

»Neither do I«, warf er automatisch und unverbindlich ein.

»*Die Weihnachtskrippe!*«, sagte sie betont spöttisch. »Finden Sie das nicht kindisch? All die Figuren?«

Sie berührte ganz leicht seine Hand. Er machte eine zustimmende und amüsierte Miene, aber er war enttäuscht. Es ging ihm zu schnell. Ihre Anmut war nicht still. Der Zauber war verflogen.

»Nicht mal den Schuhschrank haben sie mir zusammengebaut«, sagte sie nach einer Weile. »Ikea, kennen Sie ja ... Jeder der drei Verheirateten hatte es versprochen. Aber als sie den Haufen von Schrauben gesehen hatten, haben sie schnell das Thema gewechselt.«

Vergeblichkeit, dachte er. Nichts als Vergeblichkeit.

»Seit zwei Jahren steht dieser Karton bei mir im Flur. Mein Leben ist ein nicht zusammengeschraubter Schuhschrank.«

Sie klang leicht betrunken.

»Zahlen!«, rief er der Kellnerin zu.

Er trommelte mit den Fingerkuppen auf den Tisch, damit er den Augenblick der Entschlossenheit nicht wieder verstreichen ließ. Vielleicht kaufte er wenigstens ein Parfüm. Die Brünette sah ihn pikiert an. Sie richtete sich auf. Er verabschiedete sich, winkte seinen Landsmännern zu, zog den Mantel an und trat auf die Straße. Ein Regenschirm wäre gut gewesen, dachte er. Noch bevor er sich überlegte, welche Richtung er einschlagen wollte, riss ihn die dahinströmende Menge einfach mit. Manche Läden schlossen bereits. Er sah in das nächste beleuchtete Schaufenster und rempelte dabei ein etwa fünfjähriges Kind an.

»Pass doch auf, du Idiot!«, schrie die Mutter.

Er entschuldigte sich. Es fröstelte ihn, aber er ließ trotzig seinen Mantel offen. Er hätte zu Weihnachten nach Hause fahren sollen, es war ein Fehler gewesen, hierzubleiben. Jetzt war es aber zu spät. Er steuerte einen Hauseingang an, um sich unterzustellen, und blieb ratlos stehen. *Wer einen Grund zum Leben hat, erträgt fast jedes Wie*, dachte er sarkastisch. Er umrundete den Block und kehrte ins Café zurück. Sie bemerkte ihn fast sofort. Sein Gesicht war nass. Er zuckte die Schultern.

»Ciao.«

Sie zeigte auf den Platz neben ihr.

»Da wird schon was dran sein, an diesen Weihnachten«, sagte sie nach einer Weile.

Ingvar Ambjørnsen

Ein anderer Stern

Lester rief gegen zehn Uhr an. Es war der 23. Dezember, und die Straßen von Oslo waren vom Schnee geradezu überwuchert. Vom Fjord her wehte ein heftiger Wind, er peitschte die Kristalle in die kleinsten Ritzen und schuf draußen vor dem Haus eine Märchenlandschaft. Ich hatte vor dem Fenster im Sessel gesessen und Rotwein getrunken. Ich näherte mich offenbar der zweiten Kindheit, denn ich freute mich fast wie ein kleiner Junge über das Schneegestöber. Ich sah gern zu, wie der Torweg des Nachbarhauses langsam verschwand, wie er von dieser schönen weißen Masse verhüllt wurde. Ich war allein und verspürte weihnachtlichen Frieden. Der Holzofen pfiff und knackte vor sich hin, als die Feuchtigkeit der Birkenscheite durch Flöten im Holz hinausgepresst wurde.

Ich wollte eigentlich gar nicht ans Telefon gehen, aber dann fiel mir ein, dass ich in einer anderen Stadt ja noch ein gebrechliches altes Mütterchen hatte.

Und wie gesagt, es war Lester. Er hielt den Zeitpunkt für gekommen, einen oder zwei Weihnachtssterne einzuwerfen. Und zu meiner Überraschung stimmte ich zu. Dann zog ich mich an und machte mich auf den Weg.

Die Stadt war wie ausgestorben. Nur aus den Kneipen waren Lärm und Gelächter zu hören. Lester wohnte unten am Fluss in einer der alten Bruchbuden, hier war der

Schnee nicht geräumt worden, ich sank fast bis ans Knie ein. Bei Lester bürstete ich mir den ärgsten Schnee ab, ehe ich das Treppenhaus betrat. Seine Wohnungstür im ersten Stock war angelehnt, ich hörte ihn in der Küche herumfuhrwerken.

»Du hast sicher wieder in deinem Sessel gehockt, das kann ich mir ja denken!« Er machte gerade einen riesigen Picknickkorb bereit. Die Brote bedeckten den ganzen Tisch, und er schnitt lange gelbe Scheiben vom Käse.

»Ja«, sagte ich.

»Dieser Sessel wird dich eines Tages noch verschlingen. Ich bin nicht der Einzige, der sich Sorgen um dich macht.«

Ich setzte mich auf den Brennholzkasten.

»Dieses Wetter ist wirklich ein Geschenk«, sagte Lester. »Und der Wald steht ja auch immer noch an Ort und Stelle.«

Ich versuchte ihm klarzumachen, dass er verrückt sei.

»Kümmer du dich um den Tee«, sagte er. »Das Wasser kocht schon.« Er türmte die Brote aufeinander und wickelte sie in Papier. Danach gossen wir Tee in zwei Zwei-Liter-Thermosflaschen.

»Ich bin nicht für eine Expedition zum Nordpol angezogen«, sagte ich.

»Nein«, sagte Lester. »Das weiß ich auch.«

Ich hätte mich eigentlich nicht wundern dürfen. Ich kannte ihn doch schon so lange. Lester war ein Mann der Gegenstände. Seine Wohnung quoll von Möbeln und Lampen, Messingleuchtern, Bildern, Wandteppichen und Nippes nur so über. In seinem Schlafzimmer stand ein Kleiderschrank von der Größe meines eigenen Wohnzimmers. Aber als er mich zu diesem Schrank führte und zwei italienische Fliegermonturen aus dem Zweiten Weltkrieg herauszog, war ich doch ein wenig baff. Ich hatte noch nie eine italienische Fliegermontur gesehen. Sie waren am

Stück genäht, und ein Reißverschluss zog sich vom Schritt bis zum Hals hoch. Die Kapuze konnte man sich über die Augen ziehen und zusammenschnüren. Die Anzüge waren überall gefüttert, und das Imprägniermittel hatte sie steif werden lassen. Als ich meinen angezogen hatte, sah ich aus wie das Michelin-Männchen. Auch die Stiefel waren etwas Besonderes. Gefüttert, aus dickem Leder, das Lester mit Schweinefett eingeschmiert hatte. Sie reichten mir bis ans Knie, und wenn man das Hosenbein darüberzog und am Spann verschnürte, war man eigentlich gerüstet für die Polfahrt, von der ich gesprochen hatte. Ein norwegischer Schneesturm war da wirklich kein Problem mehr. Ich half Lester in seine Kluft. Dann nahmen wir uns jeder einen Rucksack und watschelten aus der Küche. Das Gehen war gar nicht leicht. Die Arme wurden vom Leib weggedrückt, und der Cowboygang kam ganz von selbst.

Lester zog zwei rote Sterne hervor. Sie waren winzigklein, wie sie da auf seiner schweißnassen Hand funkelten. Ich kannte diese Sterne schon und hatte keine Probleme mehr damit. Es war starkes LSD, aber auch ein bisschen speedig, und deshalb war es nicht so schwer, die Kontrolle zu behalten. Wir schluckten jeder unseren Stern, luden uns die Rucksäcke auf und gingen.

Das Wetter war inzwischen der reine Wahnwitz. Wir mussten uns gegen den Wind legen, und ab und zu drohten die Windstöße, uns umzuwehen. Trotzdem fühlte ich mich hinter meinem imprägnierten Schild warm und behaglich. Auf halbem Weg in die Innenstadt blieb Lester stehen und ließ seinen Rucksack fallen. Er wühlte eine Weile darin herum und brachte zwei Brillen zum Vorschein, die offenbar mit zur Ausrüstung gehörten. Wir sahen jetzt wirklich aus wie zwei italienische Flieger aus dem Zweiten Weltkrieg. Uns fehlte nur noch das Flugzeug. Ich hatte sogar zwei Winkel auf dem Ärmel und irgendeine Auszeichnung über der linken Brusttasche.

Wir erwischten gerade noch die allerletzte Bahn nach Tryvann. Immer, wenn neue Fahrgäste zustiegen, glaubte jemand an Halluzinationen. Wir erhoben uns langsam über die Stadt. Oslos Lichter flackerten unter uns im Schneemeer. Zwischen den schweren Bäumen sahen wir die erleuchteten Fenster von Villen, die wir nicht erkennen konnten. Die alten Wagen glitten zurück, in Richtung Zivilisation. Oslo ist eine seltsame Hauptstadt. Von der Börse und dem Königsschloss aus braucht man eine Viertelstunde, um die Wildnis zu erreichen. Hier oben war kein Haus zu sehen, hier gab es nur dunklen Wald und weißen Schnee. Als wir die ersten Schritte in dieses geheimnisvolle Feenreich setzten, spürte ich, dass das LSD sich wie ein warmes, elektrisches Zittern in mir ausbreitete. Es gab hier keine Wege, wir wanderten zwischen den Tannen weiter, und der weiße Schnee reichte uns bis zu den Oberschenkeln. Der Kontrast zwischen dem schwarzen Wald und dem weißen Schnee war überwältigend. Wir bewegten uns durch einen Schwarz-Weiß-Film. Die Farben waren tot, und das flößte uns eine tiefe Ruhe ein. Wir sagten nichts, das war nicht nötig und außerdem unmöglich. Der Wind hätte unsere Worte ins Nichts gefegt, ehe sie die Ohren des anderen erreicht hätten. Und ich fand das gut so. Es war gut, durch diese wortlose Landschaft aus freundlichen Tannen und peitschendem Schnee zu gehen. Die Vorstellung, dass ich noch vor wenigen Stunden im Sessel gesessen und Rotwein getrunken hatte, war einfach absurd. Ich gehörte hierher. Ich war ein Teil einer gewaltigen Landschaft, ein Urwesen. Es atmete, ich atmete in ihm, es atmete in mir. Als wir tiefer in den Wald kamen, reichte der Schnee uns bis an die Brust, wir ließen uns fallen, sanken, tauchten im

Weißen unter. Ich wurde zu einer Puppe, zu einer in einer Schale eingekapselten Flüssigkeit; bald würde ich als etwas Neues, etwas anderes wieder zum Vorschein kommen. Ich hatte alle Jahre, die jetzt hinter mir lagen, restlos satt, die Jahre im Larvenstadium, die Zeit, die ich mit sinnlosem Gelaber vergeudet hatte.

Nach über zwei Stunden erreichten wir einen vom Schnee geräumten Waldweg. Wir wischten den Schnee von unseren Fliegeranzügen und wanderten weiter ins Nichts hinein. Wir hatten keine Ahnung, wo wir waren, wussten nur, dass wir uns um einiges vom sozialdemokratischen Kontrollsystem entfernt hatten, in dem zwei und zwei normalerweise genau vier ergaben. Schließlich machten wir eine Pause und aßen jeder ein Brot. Es schmeckte... ich kann es nicht beschreiben, aber ich wusste, dass ich zum ersten Mal wirkliches *Brot* im Mund hatte. Ich spürte, wie die Nahrung meinen Körper erfüllte, während ich kaute und schluckte.

Wir gingen weiter. Es war schon fast fünf Uhr morgens, und der Zufall führte uns in Richtung Zivilisation. Der Waldweg wurde zum Wohnweg, plötzlich fanden wir uns zwischen den lukrativsten Grundstücken ganz oben am Holmenkollåsen wieder. Eine Villa nach der anderen tauchte aus dem Schneegestöber auf; sie sahen aus wie riesige UFOs, wie Millionärsbehausungen von einem anderen Planeten. Die gelben Lampen über Einfahrten und Eingängen tanzten vor unseren Augen, pulsierten, wuchsen, zogen sich zusammen. Die Schneekanten befanden sich über unseren Köpfen, ich hatte das Gefühl, durch einen glitzernden Tunnel zu gehen.

Hier, dachte Lester. Er sagte das nicht, da bin ich mir ganz sicher. Und in diesem Moment merkte ich, wie müde ich war. Hinter uns lag eine gewaltige physische Anstrengung, und meine Beine wollten nicht mehr. Die Säure hämmerte auf unser Bewusstsein ein, ich sah mich selber von außen, ich sah, dass meine Batterien fast leer waren, dass meine Aura sich in meinen Körper zurückzog. Ich konnte nicht mehr. Ich wollte nur noch bis nach Neujahr schlafen.

Lester ließ seinen Rucksack fallen und zog den Klappspaten aus Leichtmetall heraus. Es kam mir ganz natürlich vor, das weiß ich noch. Wie alle anderen Norweger hatten wir das mit der Muttermilch in uns aufgenommen. Probleme im Schneemeer? Eingraben. Rechtzeitig eingraben. Lester machte sich über die Schneekante her, ich half mit den Händen nach. Er schnitt Blöcke aus dem festen Schnee und legte sie auf die Seite, später sollte daraus die Außenwand werden. Danach gruben wir uns ein und machten in einem scharfen Winkel nach rechts weiter.

Es war eine andere Welt. Ein anderer Stern. Wir lagen nebeneinander auf Lesters Isomatte. Die runde Höhlendecke über uns erinnerte mich an die Gebärmutter, aus der ich gekommen war. Es war nicht kalt. Wir hatten eine Kerze angezündet und betrachteten die Flamme und die Schatten, die an den glatten Wänden spielten. Die Wärme, die wir selbst und die Kerze produzierten, bezog Wände und Decke mit einer dünnen Eisschicht, einer feinen Glasur. Es war einfach unfassbar, dass wir in einer der vornehmsten Villenstraßen Oslos in einer Höhle lagen. Draußen war es noch dunkel, ab und zu aber kam ein Auto vorbei. Wenn ein Wagen die vermauerte Tür, wo die Schneeschicht am dünnsten war, passierte, dann warfen die Scheinwerfer ein warmes Licht in unser Haus, dieses Licht war fast schon physisch, wir konnten die Hände hineinhalten und uns Wärme holen.

Lester hatte noch zwei Trips, die warfen wir ein. Und dann schliefen wir, seltsamerweise.

Ich hatte so etwas noch nie erlebt: unter LSD aufzuwachen. Es ist ein ganz unbeschreiblicher Zustand, weil man sich nicht mehr daran erinnern kann, was man eigentlich genommen hat. Wenn man unter solchen Bedingungen in einer Schneehöhle aufwacht, wird man unwillkürlich eins mit dieser Höhle, sie ist ein Teil von uns, ist es immer schon gewesen. Seit endloser Zeit war ich, zusammen mit der merkwürdigen Gestalt neben mir, nun schon hier. Hier bin ich in meiner eigentlichen Urform, der Höhlenmann, der Embryo; die gedämpften Geräusche von draußen, die Lichter, die über die runde Decke schweifen, wenn draußen in der Fremde jemand vorüberfährt, von allem weiß ich nichts mehr. Ich habe keine Lust, noch einmal geboren zu werden, ich kann mich an den Lärm- und Lichtschock vom letzten Mal nur zu gut erinnern, an das grelle Unbehagen des physischen Daseins in Zeit und Raum.

Auch Lester wachte auf. Er sagte irgendetwas, ich weiß nicht mehr, was, jedenfalls war es grün und rosa. Er zündete die Kerze wieder an, und ich warf einen Blick auf meine Uhr. Es war eine witzige Uhr. Wenn ich den linken Arm hin und her bewegte, dann hing das grüne Licht der selbstleuchtenden Zeiger an dünnen Fäden. Aus irgendeinem Grund zeigte die Uhr zehn nach fünf. Das sagte mir nicht viel. Ich hatte keine Ahnung, ob ich wirklich fast zwölf Stunden geschlafen haben konnte – und das auf dem Holmenkollåsen, in einer Schneehöhle am Straßenrand. Ich lebte nur noch im Augenblick, kannte weder Moral noch Ideen, Zweifel oder Glauben. Ich war hier. In dem, was ich war. Die Wand war glatt, es war schön, mit der Hand darüber zu streichen. Dieses Kalte, Nasse hatte etwas Wollüstiges. Ab und zu hörten wir draußen Stimmen. Sie näherten sich und entfernten sich wieder. Ich verstand kein Wort, lag aber gern im Halbdunkel und lauschte auf die Melodie der Sprache.

Die Zeit verging. Oder die Zeit stand. Ich weiß es nicht. Wir befanden uns in diesem Vakuum. Die Kerze brannte. Wir hörten unseren Atem. Unsere Herzschläge. Und dann: schwere Spatenstiche. Jemand grub im Schneehaufen herum, und zwar vom Villengarten aus.

»Hallo? Ist da jemand?«

Plötzlich konnte ich die Sprache wieder verstehen. Ich wäre fast in Tränen ausgebrochen, es tat weh, dass die blinde Melodie der Wörter nicht mehr zu hören war. Mein Bild von mir als Höhlenmann, als Embryo, brach in Stücke.

»Hallo?«

Wir gaben keine Antwort. Wir saßen ganz still im Schein unserer Kerze da.

Es war die Stimme eines Erwachsenen. Er fluchte und buddelte.

Der Durchbruch fand genau in dem Winkel zwischen dem engen Gang und der eigentlichen Höhle statt. Wir sahen ganz kurz den blanken Spaten, dann brach die Wand ein, und wir konnten die Winternacht sehen. Im Garten standen drei Menschen bis zu den Knien im Schnee. Ein Mann, eine Frau und ein kleines Mädchen von fünf oder sechs Jahren. Der Mann stützte sich auf den Spaten und sah uns an, und dabei schüttelte er die ganze Zeit mit dem Kopf.

»Ich glaub es nicht«, sagte er. »Ich glaub es einfach nicht!«

»Herrgott!«, sagte die Frau.

Das Kind fing an zu weinen.

Ich konnte sie verstehen. Das muss ich wirklich zugeben. Ich konnte das weinende Kind verstehen, die Frau, die den Herrn anrief, und den Mann, der nicht glauben konnte, was er da sah. Zwei italienische Flieger aus dem Zweiten Weltkrieg im eigenen Garten zu finden ist nicht gerade Alltagskost. Schon gar nicht, wenn die Flieger in einer Schneehöhle sitzen. Aber andererseits – wer erwartet am Heiligen Abend schon Alltagskost?

»Keine Panik«, sagte Lester. »Wir wollten ohnehin gerade gehen.«

Der Mann wollte wissen, wer wir waren, und wir erklärten das, so gut das ging, obwohl ich gar nicht so sicher war. Wer ist man eigentlich?

»Habt ihr hier übernachtet?«, fragte die Frau.

Doch, das hatten wir.

Das Kind weinte und weinte.

»Aber, aber«, sagte der Vater und fuhr seiner Tochter durch den Schopf. Und zu uns sagte er: »Helene hat euch gefunden. Sie hat den Lichtschein im Schnee entdeckt.«

»Tausend Dank, Helene«, sagte Lester. »Erinnerst du dich an die Geschichte von den drei Weisen, die dem Licht des Sterns gefolgt sind?«

Sie nickte schluchzend.

»Es ist Heiligabend«, sagte sie Frau. Dann fasste sie Mut und ließ sich in tiefes christliches Wasser fallen. »Ich lasse euch nicht mit leerem Magen weg. Der Truthahn liegt schon im Backofen.«

Der Mann machte ein verlegenes Gesicht, erhob aber keinen Einspruch.

»Hier oben passiert so wenig«, sagte die Frau. »Alles steht still. Das ...« Sie hatte viel und schnell getrunken, und die Hand, die den Truthahn zerlegte, war nicht ganz ruhig. Der gedeckte Tisch schwamm in Farben; ich hielt mich an einem Weinglas fest. In einer Zimmerecke pulsierten die elektrischen Kerzen und Glaskugeln am Weihnachtsbaum. Die junge Dame hatte ihre Angst an den Nagel gehängt und trank Limonade, während sie uns neugierig musterte. Wir hatten die italienischen Fliegeranzüge abgelegt, kamen aber trotzdem von einem fremden Planeten.

»Nirgendwo passiert viel«, sagte Lester. »Es schneit, der Wind weht. Ab und zu ist Weihnachten.«

»Prost!«, sagte der Mann.

Wir tranken uns zu. Es war guter Wein aus dem eigenen Keller.

»Ich muss schon sagen«, sagte der Mann. »Wenn ich das im Büro erzähle! Dass ihr ...« Er lachte glücklich.

Wir aßen. Der Truthahn blieb mir im Hals stecken. Die brennenden Kerzen auf dem Tisch erinnerten mich aus irgendeinem Grund an Christus.

»Was für eine Vorstellung«, sagte die Frau nachdenklich, »dass ihr die ganze Nacht da draußen gelegen habt.«

»Ja«, sagte ich. »Und ihr hier drinnen. Die Welt ist schon seltsam.«

»Nachher gehen wir um den Weihnachtsbaum«, sagte das Kind. »Und singen alle Lieder.«

»Darauf kannst du dich verlassen«, sagte Lester.

Wir gingen um den Weihnachtsbaum. Wir sangen alle Lieder. Die Frau wurde immer betrunkener, aber sie war gut erzogen und nahm sich zusammen.

Dann kam die Bescherung. Das Geräusch von knisterndem Papier. Die Farben. Rotes, grünes und blaues Knistern in meinem Gehirn. Der Hausherr hatte auf unerklärliche Weise zwei Flaschen Jahrgangswein unter den Weihnachtsbaum geschmuggelt. Ich war gerührt, mir kamen die Tränen, Lester dagegen baute schon mit den neuen Legosteinen der Kleinen eine mittelalterliche Burg. Ich ging auf den Flur und schnitt die Auszeichnungen von meiner Fliegerkluft. Und gab sie dem Mann, dem ich dabei erklärte, dass er jetzt ein neues Hobby habe. Mein Messer gab ich der Kleinen, die inzwischen zu Lesters bester Freundin und Bauherrin geworden war. Ich hätte der Frau gern meinen Silberring gegeben, aber sie hatte sich schon zurückgezogen, ich konnte sie vor mir sehen, irgendwo in dieser riesigen Villa quer über dem Doppelbett.

Der Mann und ich redeten dann noch einige Stunden aneinander vorbei und arbeiteten uns durch seinen Weinkeller. Bei jedem Glas wurde ich nüchterner, das LSD war auf dem Rückmarsch. Lester war noch immer hoch oben und weit weg in seiner eigenen Bauwelt. Er war jetzt mit dem Ostturm beschäftigt und schüttelte die ganze Zeit irrwitzige Burgmärchen aus dem Ärmel. Die Kleine hörte mit großen Ohren und offenem Mund zu.

Schließlich konnte ich nicht mehr. Der Mann hatte ein gutes Herz, aber eine soziale Intelligenz, die ihn ausschließlich um französische Weingüter und einen verhältnismäßig uninteressanten Job als Importeur von Autos der Luxusklasse kreisen ließ. Als er dann einen sitzen hatte, kam die Phase der Selbstvorwürfe, er wollte mir zu verstehen geben, dass er seinen Lebensentwurf bereute. Zum Teufel mit dem Materiellen! Zum Teufel mit Status, Stress und falschen Freunden. Früher war er ein guter Zeichner gewesen. Jetzt wollte er wieder damit anfangen. Er wollte den Job hinschmeißen und für seine Kunst leben. Er wollte ganz einfach so sein wie Lester und ich, er hielt uns ganz selbstverständlich für Künstler, schließlich hatten wir so lange Haare und wandelten außerdem mitten in der Nacht in italienischen Fliegeranzügen aus dem Zweiten Weltkrieg durch die Gegend.

Ich verabschiedete mich. Ich kann Millionäre, die im Suff in Selbsthass schwelgen, einfach nicht ausstehen. Lester musste ich aufgeben: Er war wieder zum kleinen Jungen geworden und würde das für den Rest der Nacht wohl auch bleiben.

Draußen war es ganz still. Sternenklar, klirrende Kälte. Ich freute mich auf den langen Spaziergang in die Stadt. Als ich an unserer Schneehöhle vorbeikam, sah ich, dass die Kerze wieder brannte.

Sie saß ganz still da, in Lesters Fliegermontur, mit einer Flasche Sherry in der Hand. Ihre Lippen bewegten sich ununterbrochen. Ich konnte kein Wort verstehen, aber nachher habe ich mir vorgestellt, dass sie sich erzählen wollte, wie sie in Wirklichkeit hieß.

Benno Hurt

Saure Zipfel und anderes Unweihnachtliches

Die Idee zu meiner Weihnachtsgeschichte verdanke ich einem Schreiben meines Verlegers, das mich am 29. Dezember erreichte. »Sehr geehrter Autor«, schrieb mir damals mein Verleger, »Sie kennen das Fest, das Ereignis, das uns von der frühen Kindheit bis ins Alter begleitet und das die meisten von uns immer wieder berührt, bewegt und beschäftigt – Weihnachten. Die Künste«, hieß es weiter, »brachten und bringen dem Fest Huldigungen in vielfacher Weise dar.«

Zwei Wochen nach Erhalt des Briefs rief ich im Verlag an, um zu erfahren, an welche Huldigungen der Verleger gedacht hatte.

»Sie wohnen in Regensburg, einer wunderschönen Stadt. Schreiben Sie doch etwas mit lokalem Bezug.«

»Saure Zipfel und Regensburger Domspatzen!« – Vorletztes Weihnachten kam mir sofort in den Sinn ...

Tatsächlich war dieses Weihnachtsfest auf wunderbare Weise gelungen gewesen. Mein unehelicher Sohn Max aus Münster hatte nach Jahren am Heiligen Abend den Weg zu seinem Vater gefunden, und aus demselben Zug war am Hauptbahnhof Regensburg, ohne dass sie voneinander wussten, Grit aus Hannover, Irmis Tochter aus erster Ehe, gestiegen. Von einer schicksalhaften Hand, die es gut mit uns meinte, zusammengeführt, standen wir am 24. Dezember vor dem zimmerhohen Baum und blickten mit feucht schimmernden Augen zu den Kerzen auf, deren Flammen im Luftzug der etwas undichten Fenster flackerten. Der süßliche Duft von Wachs vermählte sich mit dem herben der Tannennadeln. Die Regensburger Domspatzen sangen, und bei Sauren Zipfeln, an festlicher Tafel gereicht, war es nicht nur der Frankenwein, der uns die Zunge löste. Davon wollte ich im Weihnachtsbuch im Detail erzählen.

Das diesjährige Weihnachten lag erst wenige Tage hinter Irmi und mir. Noch am Heiligen Abend hatte ich mir geschworen, es ersatzlos aus meinem Gedächtnis zu streichen. Die verbleibenden Urlaubstage hatte ich genutzt, das letztjährige Weihnachten in allen Einzelheiten, die es zu einem glücklichen Familienfest gemacht hatten, zu rekonstruieren. Am Küchentisch sitzend, genehmigte ich mir eine Tasse Punsch nach der anderen, die beiden Weihnachtserfahrungen durften sich auf keinen Fall vermischen.

Meine Erzählungen existieren, bevor ich sie in den PC tippe, auf Zetteln. Stichpunktartig, zuweilen in halben, selbst für mich kaum entzifferbaren Sätzen. Diese Zettel sammle ich in einem Zigarrenkistchen und lege dieses in eine Schublade meines Schreibtisches. Mit den Zetteln lege ich aber auch meine Ideen ab, die sich dann nicht mehr in meinem Kopf befinden. Vielleicht braucht mein Kopf, ähnlich der Festplatte eines Computers, diese Entlastung, um neue Gedanken entwickeln zu können. Was auf einen Zettel übertragen ist, wird zeitgleich im Kopf gelöscht.

Die vielen feinsäuberlich beschriebenen Zettel wogen

mich in den kommenden Wochen in der Sicherheit, meine Erinnerungen jederzeit wieder aktivieren zu können. Einsendeschluss für die Weihnachtsgeschichte war der 30. September. Bis dahin ließe sich angesichts der Fülle des gesammelten Materials das, was zu erzählen war, auch im Frühling oder im Sommer zu Papier bringen.

Auch wenn das letztjährige Weihnachten Irmi und mir stilles Glück beschert hatte und seinen Namen als Fest des Friedens verdiente, hatte ich meine Kritikfähigkeit nicht eingebüßt. Die fehlende Sinnhaftigkeit mancher Aktion, die sich Jahr für Jahr mit Weihnachten schmückt, wollte ich in meiner Erzählung nicht unterschlagen.

Liest man zum Beispiel ab Ende September die Zeitungen, gewinnt man die Überzeugung, dass sich pünktlich zum Heiligen Abend alle deutschen Wohnzimmer in Würstchenbuden verwandeln. Würstchen sind die Conditio sine qua non für die Heilige Nacht. Diese Würstchen hören auf die unterschiedlichsten Namen. So beklagen bestimmte Würstchen, obwohl in Regensburg fabriziert, mehr als sechs Jahrzehnte nach dem Ende des Zweiten Weltkriegs noch immer den Verlust ihrer Heimat. In jeder Stadt gibt es inzwischen einen Metzger, der sich auf die Erzeugung landsmannschaftlicher Weihnachtswurst spezialisiert hat. In landsmannschaftlicher Verbundenheit beißen zum Beispiel Tausende sudetendeutsche, altersbedingt meist falsche Zähne in der Heiligen Nacht in eine Wurst, die auf Heimat hört und nach Heimat schmeckt, bevor sich ihre Besitzer auf den schneeverwehten Weg zur Christmette machen. Von so einer Wurst war, ich bin ein Regensburger, auf meinen Zetteln nicht die Rede.

Aber wovon war auf ihnen die Rede?, fragte ich mich. Inzwischen war es nämlich Mai geworden, und eine erste Suche nach meinen Aufzeichnungen war ergebnislos verlaufen. Was kein Grund zur Beunruhigung war. Denn diese Suche hatte nur aus ein paar blinden Griffen in meine Schreibtischschubladen bestanden.

»Wenn du etwas vergessen hast, dann geh an den Ort zurück, an dem deine Erinnerung noch über das Vergessene verfügte«, sagt meine Frau Irmi immer. Vielleicht stürzen sich deshalb Vergessliche im Verein mit anderen Vergesslichen einen Abend vor dem Heiligen Abend in die eiskalte Donau, in der Hoffnung, das sorgfältig verstecke Weihnachtsgeschenk für ihre Lieben wiederzufinden.

Am 30. Januar hatte ich meine Aufzeichnungen abgeschlossen. Zu diesem Zeitpunkt hatte ich, um mit Irmi zu reden, mit Sicherheit noch über das zwischenzeitlich Vergessene, den Aufbewahrungsort meiner Zettelsammlung, verfügt. Ich hatte mich an das Sideboard im Wohnzimmer begeben, um, wie an allen Heiligen Abenden, als krönenden Abschluss meiner geleisteten Arbeit eine bestimmte Schallplatte aufzulegen. Zu gegebener Zeit, vielleicht schon in ein, zwei Wochen, sagte ich mir damals, würde ich nach den Zetteln greifen, sie aneinanderfügen, die Geschichte erstellte sich dann von allein.

Am 6. Mai nahm ich den Platz am Sideboard erneut ein, in der Absicht, meinem Erinnerungsvermögen auf die Sprünge zu helfen. Wieder griff ich bei dem Buchstaben R in meine Plattensammlung. ›Machet die Tore weit! Weihnachtsmusik mit den Regensburger Domspatzen. Eberhard Kraus, Orgel. Georg Ratzinger, Dirigent.‹ Wieder legte ich diese so viele Jahre alte und doch unversehrt gebliebene Platte auf, wieder zitterte der Tonarm zwischen meinem Daumen und Zeigefinger. In ›Stille Nacht, heilige Nacht‹ senkte sich andächtig die Nadel. Wieder schloss ich die Augen. »Stille Nacht, heilige Nacht« singt ein Teil des Chors, während der andere ein himmlisches »Gloria in excelsis Deo« darüberzieht, das süß ist und schmilzt, wie mein erstes italienisches Eis in einem silbern-metallischen Becher. In Wirklichkeit schmolz ich selber bei diesem Drunter und Drüber. Schneeflöckchenleicht, geschlechtslos die Stimmen, wie es sich für Weihnachten gehört, klang auch am 6. Mai aus Spatzenhälsen »Da uns schlägt die rettende Stund'«.

»Die singen übereinander. Das ist das Besondere«, hörte ich meine Frau Irmi aus der Küche rufen.

»Nicht durcheinander«, flüsterte ich andächtig.

Doch mir schlug nicht die rettende Stund': Dafür stieg mir der Duft von Sauren Zipfeln wieder in die Nase. Ich war gewillt, ihm zu folgen, vielleicht legte er ja die Spur, die zu meinen Zetteln führte.

Saure Zipfel sind, um mit meinem Verleger zu reden, ein Ereignis, das uns von der frühen Kindheit bis ins Alter begleitet und das uns immer wieder berührt, beschäftigt, bewegt. Nicht essigsauer sind die Zipfel, die ich meine. In Frankenwein, also fränkisch trocken, unter vier Gramm Restzucker, suhlen sie sich. In einem würzigen Müller-Thurgau oder einem milden Silvaner ergeben sie sich und verlieren ihre fettige Schwere dabei. Fein geschnittene Zwiebelringe bleiben nicht lange kantig und scharf im köchelnden Sud aus Bocksbeutelwein und Alter Liebe der alt eingesessenen Regensburger Essigfirma Hengstenberg. Von einem Dialog zwischen Bratwurst und veredeltem Gemüse wage ich zu sprechen. Einem Dialog, der unausgesprochen dem Kenner auf der Zunge zergeht. Der Verzehr des dermaßen verfeinerten Regensburger Grundnahrungsmittels Bratwurst begegnet selbst an einem Abend wie dem Heiligen Abend keinen Gourmet-Bedenken. Meiner lieben Frau Irmi war es vorbehalten, diesen Bewusstseinswandel in mir bewirkt zu haben. Im Schlepptau meiner Mutter schwor ich auf hart gekochte Eier, russisch mussten sie sein. »Lieber Maximilian«, flüsterte Irmi am ersten Heiligen Abend unserer Ehe und sah mir tief in die Augen, »glaube mir, ein Saurer Zipfel kann etwas sehr Schönes sein.« Und was, so stelle ich heute nach vielen Irmi-Jahren fest, ist besser geeignet, diesen fleischlichen Zipfelgenuss in einen höherwertigen, in einen körper- und kalorienlosen Aggregatzustand zu verwandeln als das ›Stille Nacht, heilige Nacht‹, gesungen von unseren Regensburger Domspatzen.

Ende Juni rief mich mein Verleger an, um zu erfahren, wie weit ich mit meiner Weihnachtsgeschichte gekommen sei. Den vorübergehenden Verlust meiner Aufzeichnungen verschweigend, teilte ich ihm mit, dass ich noch heißere Tage abwarten wolle. An dem voraussichtlich heißesten Tag des Sommers beabsichtige ich, mit der Weihnachtsgeschichte anzufangen, die ich schon plastisch vor Augen habe.

»Warum wollen Sie ausgerechnet an einem heißen Sommertag Ihre Weihnachtsgeschichte schreiben?«, fragte er mich erstaunt.

»Weil ich in der Hochsommerhitze meine Vorstellungskraft herausfordern und sie zu frostigen Bildern von Schnee und Eis zwingen will«, log ich ihn an.

Dieser Anruf machte mir Angst. Ich legte auf, ging zum Sideboard, versuchte mich zu konzentrieren, indem ich meinen Blick in den Garten hinaus richtete, gewillt, das, was ich verschwommen wahrnahm, nicht scharf zu stellen. Ich sah in ein Weiß, das mich an Schnee erinnerte, aber es war das Weiß des Sommerflieders. Wieder legte ich die Platte auf, wieder senkte sich der Saphir, mit einem leichten Kratzen setzte die Nadel auf. Dann hörte ich ein Läuten, ein

Läuten vor der Tür. Ich war auf dem richtigen Weg: Weihnachten vorletztes Jahr. Genau an dieser Stelle, in diesem Augenblick, hatte es damals geläutet, Irmi hatte geöffnet, und hereinspaziert kamen mein Sohn Max und Irmis Tochter Grit, vor unserer Haustür waren sie sich zum ersten Mal in ihrem Leben begegnet. Ich musste jetzt nur die Augen schließen, in der Dunkelkammer meines Gedächtnisses würden sich diese Weihnachtsbilder dann von allein entwickeln. Doch jetzt passierte genau das, was ich hatte vermeiden wollen: Das zuletzt erlebte Weihnachten gewann die Oberhand über das Familienfest. Denn auch da hatte es geklingelt. Die letzten Vorbereitungen für die Sauren Zipfel waren getroffen, die barockgeformten Messerbänkchen rechts neben die Teller mit Augsburger Fadenkreuz platziert, ich brauchte nur noch die Schallplatte aufzulegen.

Vor der Haustür standen nicht Max und Grit, sondern zu meiner Überraschung unser Nachbar Herr Bossmann. Von der Familie Bossmann wussten Irmi und ich bis zu diesem Zeitpunkt nur wenig. Herr Bossmann hat ein Unternehmen und fährt an Werktagen einen großen BMW, und an Feiertagen, wenn es das Wetter erlaubt, dreht er mit einem teuren Motorrad eine Runde. Und Frau Bossmann sehen wir gelegentlich in ihren schicken italienischen Sportwagen steigen. Die Beziehung zu unseren Nachbarn ist eine höfliche, aber auch distanziert, und ich hatte bisher den Eindruck, dass nicht nur Irmi und mir dies recht ist, sondern auch Herrn Bossmann und seiner Frau. Herr und Frau Bossmann kommen uns beim Grüßen immer zuvor. Am Steuer des BMW oder des Sportwagens winken sie Irmi und mir mit einer Herzlichkeit zu, dass für den Augenblick, wo ihr Luxusauto unserem Skoda begegnet, wir uns vorstellen können, noch heute Abend willkommene Gäste im Hause der Bossmann zu sein. Wahrscheinlich aber sehen Herr und Frau Bossmann in ihren Nachbarn ein älteres kinderlos gebliebenes Ehepaar, bei dem der Mann sich sein Einkommen mit dem Erfinden von Geschichten verdient.

Ob uns 21 Uhr recht wäre? Meine Antwort wartete Herr Bossmann nicht ab. Wohl einer spontanen weihnachtlichen Eingebung folgend, lud die Familie Bossmann das vermeintlich kinderlose Ehepaar Rösler zu sich ein.

Beim Durchschreiten des nachbarlichen Vorgartens, in dem bunte Kugeln, Ketten, schmale, lang gestreckte Rentiere, Weihnachtsmänner im schnellen Rhythmus eines an- und ausgehenden Lichts zuckten, fiel mir das Nervenleiden eines erfolglosen Schriftstellerkollegen wieder ein, den ich damals ab und zu in der Klinik besucht hatte. In diesem Vorgarten, den ich später als Vorgarten der Hölle bezeichnete, lebten allerlei Tiere in zwar unruhig flackernder, aber doch friedlicher Koexistenz mit Weihnachtsmännern, Engeln und anderen Heiligen. Kaum hatten wir das Innere des Hauses betreten, sehnten wir uns schon wieder hinaus in den blinkenden Vorgarten, war er doch wenigstens von einem reinigenden Wind durchstrichen. Im Haus stieg mir nämlich sogleich ein beißender Geruch in Augen und Nase, die beide, wie nach Absprache, zu laufen begannen. Essig ist ein saures Würz- und Frischhaltungsmittel. Wenn man nach dem Gehalt an Essigsäure Speise- oder Tafelessig mit fünf oder zehn Prozent, Weinessig mit sieben oder zehn Prozent an Säure definiert, so produzierte man im Innern des Nachbarhauses Essigessenz. Aber was, um Gottes willen, sollte damit gewürzt oder frisch gehalten werden? Etwa Saure Zipfel?

Eine Kochinsel mitten im Wohnzimmer, und auf einem Cerankochfeld ein überirdisch großer Topf, aus dem ätzend der Dampf stieg, der sich in den Nadeln eines tannengrünen

Christbaums festsetzte, an dem alles so künstlich war, dass es schadlos einer nachweihnachtlichen Reinigung durch Meister Propper unterzogen werden konnte. Hier, im Wohnzimmer des Nachbarhauses, schienen alle Vorbereitungen getroffen zu sein, dass dieser Abend unvergesslich sein sollte. Ein hoher Turm aus daumendicken Zwiebelringen teilte sich auf einem Teller seinen Platz mit einer solchen Menge hellhäutiger Würste, dass ich schon nach dem zweiten Dutzend des Zählens müde wurde. Lebende Krebse, Hummer, deren Bestimmung es ist, in siedendes Wasser geworfen zu werden, um als teure Delikatesse verspeist zu werden, sind schon aus Gründen der Solidarität mit allem, was sich beim Kochvorgang noch animalisch bewegt, niemals ein Objekt meiner Esslust gewesen. Obwohl als bewegungsloser Fleischteig in Därme gefüllt, erregten auch diese Würstchen angesichts des scharfen Dampfs, der ihnen, aus dem Kochtopf aufsteigend, drohte, mein Mitgefühl. Dabei war klar, dass diese Bratwürste nur deshalb in den beißenden Sud mitsamt den Zwiebelringen geworfen wurden, um Irmi und mir und unseren offensichtlich an scharfe Genüsse gewöhnten Gastgebern zum bestimmungsgemäßen Verzehr zu dienen. Der dermaßen im Nachbarhaus malträtierte Zipfel, analysierte ich später, ist die tiefste Wurst gewordene Verkennung, zu der der Begriff Saurer Zipfel herabsinken kann.

Wenn nun von zwei Nachbarhauskindern die Rede ist, so will ich keinesfalls einen Vergleich mit Max und Grit heraufbeschwören. Die beiden pubertären Bossmann-Geschwister, Bruder und Schwester, sind schließlich in anderen Verhältnissen aufgewachsen und haben Eltern, die zwanzig Jahre jünger sind als Irmi und ich. Ich habe die beiden Bossmann-Kinder aber in Verdacht, dafür verantwortlich zu sein, dass kein deutsches Wort aus den Lautsprechern drang, die verdeckt waren von all den Elchen, Rehen, Hasen, Weihnachtsmännern und Schlitten, die als Bonsaiausgaben im Hausinnern ihre ausgewachsenen Brüder und Schwestern im Vorgarten imitierten. ›Jingle Bell, Jingle Bell‹ und ›I'm Dreaming of a White Christmas‹ schallte es unaufhörlich aus den Boxen. Die Familie Bossmann fiel mit einem solchen Heißhunger über die Würstchen her, dass sie kein Augenmerk auf uns verschwendete. Kaute ich anfangs noch an einer Wurst, ging ich nach der zweiten dazu über, sie in möglichst großen Stücken zu schlucken. Einen Blick auf Irmi zu werfen wagte ich nicht. Über das sich an das Essen anschließende Auspacken der Geschenke, das endlos zu dauern schien, gerieten Irmi und ich in Vergessenheit...

Gegen Mitternacht schlüpfte die Nachbarhaustochter in ein enges schwarzes Kleid, als gelte es nicht Weihnachten, sondern eine okkulte Messe zu feiern. Noch erschloss sich mir der Sinn ihres Auftritts nicht, als sie mit auswuchtenden Hüften näher kam. Das Vorderteil ihres Schwarzen war weihnachtlich sittsam hoch bis zum Hals geschlossen. Die Lippen hatte die Bossmann-Tochter leicht geöffnet, wie in Magazinen, die anderen Sinnesfesten als dem Weihnachtsfest frönen. Ein Geruchsstrom kaum verdünnter Essigessenz floss aus ihrem Mund und betäubte meine Nase. Sie drehte sich schwungvoll herum, um mir ihren freien Rücken zu präsentieren. Erschrocken wich ich zurück: Der königliche Vogel Adler zierte, sich über Pobacken bis hin zu den Schulterblättern ausbreitend, den gesamten Rücken. Die ringsherum befiederten Krallen des Tieres standen über den Gesäßrundungen, die das enge Kleid nicht vollständig bedeckte. »Das hat ein kleines Vermögen gekostet«, stellte unser Gastgeber stolz fest. »Den Adler hat dein Vater bezahlt«, wandte sich Frau Bossmann an ihre Tochter. »Aber das Kleid ist von mir.« Worauf sich zuerst Mutter und Tochter und sodann Vater und Tochter in die Arme fielen.

Als Irmi und ich uns kurz nach Mitternacht verabschiedeten, wurden auch wir umarmt, von Herrn und Frau Bossmann und von den Bossmann-Kindern.

Noch immer am Sideboard stehend, schlug ich die Augen auf, um diese Erinnerungen abzuschütteln. Die Frage meines Verlegers »Warum an einem heißen Sommertag?« im Ohr, sah ich in den weiß blühenden Garten hinaus. »Weißt du, dass der Sommerflieder auf Lateinisch Buddleia heißt?« Irmi stand plötzlich neben mir.

Ich ließ Juli, August und auch September vergehen, ohne mich an den Ort zurückzubegeben, an dem meine Erinnerung noch über das Vergessene verfügt hatte. Was bringt mir eine Geschichte in einer Anthologie, tröstete ich mich, wenn schon, dann ein Roman.

P. S.: Am Vormittag des Heiligen Abends sind meine Aufzeichnungen übrigens wieder aufgetaucht. Irmi hat sie vom Speicher geholt, mit all dem Christbaumschmuck. Sie befanden sich in einem von zwei Zigarrenkistchen, die sich ähnelten. Das andere enthielt kleine gläserne Nikoläuse.

Ulrich Knellwolf

Drei Könige ihrer Branche

Im Osten waren sie aufgebrochen, die drei älteren Herren, Meister ihres Fachs, die Kings der Branche. Chasp fuhr im grünen Jaguar von seinem Weingut in der Bündner Herrschaft nach Zürich, Melk im roten Lamborghini von seinem Gestüt im Thurgau und Balz im cremefarbenen Rolls aus seiner schlossähnlichen Villa mit Rundsicht über den Bodensee. Seit über einem halben Jahrhundert kannten sie einander, seit Jahrzehnten arbeiteten sie zusammen, seit Jahren jedoch beschränkten sie sich auf eins, höchstens zwei ihrer Bravourstücke pro Jahr. Letztes Jahr der Raub im Hauptsitz der Nationalbank, der erst nach zwei Tagen bemerkt wurde, vorletztes Jahr die lautlose Entfernung der Holbein-Madonna in Solothurn und so fort, eine glänzende Perlenreihe. Der Coup in den Tagen vor Weihnachten war eine liebe, alte Tradition. Keiner von ihnen hätte ihn missen mögen.

»Ich fürchte, die schweizerischen Polizeicorps wären höchst beunruhigt, wenn er ausbliebe«, sagte lächelnd Melk, als sie am Vorabend unter den Augen von Varlins Mutter Zumsteg standesgemäß in der »Kronenhalle« speisten. Er logierte im Grand Hotel Dolder, Chasp im Hotel Baur au Lac, Balz im Hotel Eden, ebenfalls au Lac.

»Letztes Jahr haben sie in der Kurdenszene gesucht«, kicherte Balz in sich hinein.

»Vorletztes Jahr vermuteten sie Südostasiaten«, fügte Chasp nicht minder vergnügt hinzu.

Die Behörden auf eine falsche Fährte zur Herkunft der Täter zu locken war eine ihrer Spezialitäten. Dazu übten sie ausländische Akzente, verwendeten ausgesuchte Accessoirs und eigneten sich charakteristische Techniken an. »Ethnolook« nannten sie es unter sich. Dieses Jahr war Russenmafia angesagt. Im Visier hatten sie eins der berühmten Juweliergeschäfte an der Zürcher Bahnhofstraße.

»Alles bereit?«, fragte Melk in der »Kronenhalle« und roch an einem paradiesischen alten Cognac.

»Alles bereit«, bestätigten die beiden andern.

»Dann also toi, toi, toi für morgen.«

Melk, ganz der Herrenreiter in exquisiten englischen Stoffen, bestieg am Bellevue ein Taxi. Chasp, in erstklassigem bayerischem Lodengrün, schritt selbstzufrieden über die Quaibrücke, und Balz, Mailänder Herrenmode bevorzugend, sagte, er nehme bis zur übernächsten Station das Vierertram.

Es war gegen drei Uhr am folgenden Nachmittag, als der Lieferwagen der Sicherheitsfirma sich einen Weg durch die dichte Menge der vorweihnachtlich kauflustigen Fußgänger auf der Bahnhofstraße bahnte und direkt vor dem Juweliergeschäft stehen blieb. Heraus stiegen drei Männer in blauen Overalls mit aufgedrucktem Firmenlogo auf dem Rücken, mit blauen Mützen auf dem Kopf, und verfügten sich, Reparaturkoffer tragend, eilig ins Geschäft.

»Ihre Alarmanlage ist nicht in Ordnung«, sagte der erste der Männer in gebrochenem Hochdeutsch, aber in bestimmtem Ton zum Geschäftsführer und ließ sich ins Büro führen. Kaum schloss sich die Tür hinter ihnen, räumten die zwei andern wieselflink in kleine Jutesäcke zusammen, was in Schaufenstern und Vitrinen lag.

»Was tun Sie da?«, fragte eine Kundin empört. Die Verkäuferin drückte wortlos, wie sie es gelernt hatte, den Alarmknopf und hoffte auf die Polizei.

Das Ganze dauerte weniger als drei Minuten. Kein lautes Wort, kein Schuss, keinerlei Gewalt. Nur, dass der eine der Räuber mehrmals »Towarischtsch« zum andern sagte, registrierten die später vernommenen Zeugen. Dann kam der Geschäftsführer zurück, gefolgt vom ersten der drei Männer.

»Alles in Ordnung«, sagte dieser in seinem fremd klingenden Deutsch. »Muss ein Fehlalarm gewesen sein.«

Bei dem Stichwort »Fehlalarm« hasteten die drei Männer aus dem Geschäft und in den Lieferwagen.

»Was soll denn das?«, fragte ahnungslos der Geschäftsführer.

»Überfall!«, kreischte eine Kundin. Die Verkäuferin drückte immer noch auf den Alarmknopf und sah aus, als werde ihr jeden Augenblick schwarz vor den Augen.

»Haltet den Wagen an!«, schrie der Geschäftsführer, rannte hinaus und stellte sich vor das Auto. Doch am Steuer saß keiner, und der Wagen stand still. Als fünf Minuten später die Polizei eintraf und den Lieferwagen untersuchte, fand sie ihn leer, bis auf drei Overalls mit aufgedrucktem Firmenlogo, drei blaue Mützen, dazu eine russische Zeitung.

»Die Kerle haben die Verkleidung abgestreift und sind auf der andern Seite wieder hinaus. Offenbar Russen. Kann jemand brauchbare Angaben über ein Signalement machen?« Blaue Overalls mit Firmenlogo, blaue Mützen, Hochdeutsch mit Akzent, »Towarischtsch« und schwarze Schnauzbärte, lautete die einhellige Auskunft.

»Wissen Sie«, ergänzte eine Zeugin, »so wie Stalin einen hatte.«

»Ich sag's ja: Russen«, nickte der Polizist.

Derweil spazierten drei ältere Herren gemächlich durch die Bahnhofstraße, jeder mit der Tragetasche eines exklusiven Geschäfts in der Hand und darin ein paar Jutesäcklein. Der zweite der beiden Herren schien erkältet zu sein, denn er musste sich schnäuzen. Als er das Schnupftuch aus der Hosentasche zog, fiel ein dunkler Gegenstand auf die Straße. Nummer drei hinter ihm bückte sich danach und überholte den zweiten. »Vorsicht«, flüsterte er, »du hast deinen Russenschnauz verloren.«

Im Hotel St. Gotthard setzten sie sich wie zufällig an einen Tisch.

»Hat ja wieder wunderbar geklappt«, sagte Chasp. »Wenn ich's so überschlage, müssen es mindestens zwei Millionen sein.«

»Aber fünfzehn Sekunden, bis Overalls, Mützen und Schnäuze weg und die Mäntel an sind, ist zu lang. Wir müssen intensiver trainieren«, meckerte Melk.

»Wir sind nicht mehr die Jüngsten, solltest du bedenken«, erwiderte Balz.

»Was man in der Rekrutenschule gelernt hat, bleibt einem bis an sein Lebensende«, beharrte Melk.

»Gehen wir«, sagte Chasp. »Um acht Uhr Abendessen im Königstuhl. Der Tisch ist reserviert.«

Als hätten sie nichts miteinander zu tun, bummelten sie Richtung See. »Nimmt mich wunder, wie es vor dem Geschäft jetzt aussieht«, hatte Balz noch gesagt und den Juwelier gemeint. Auch der still triumphierende Spaziergang am Tatort vorbei war eine Gewohnheit, die sie nicht hätten missen mögen.

Auf der Höhe des Pestalozzi-Denkmals kam ihnen auf Motorrädern die Polizei entgegen. Melk, der zuvorderst ging, wandte sich um. Die zwei andern taten desgleichen.

Auch hinter ihnen war Polizei. Da verlor Melk die Nerven. Er stiefelte, so schnell es seine alten Knochen erlaubten, über die Wiese auf das Globus-Gebäude zu, gefolgt von Chasp und Balz. Vor dem Globus standen zwei Lastwagen, und am Eingang des Warenhauses hatte sich ein halbes Dutzend Nikoläuse aufgestellt. Die nahmen von den Leuten Päcklein und Pakete und Säcke entgegen. Melk streckte, als wolle er sie möglichst schnell loswerden, einem der Nikoläuse seine Tragetasche hin, Chasp und Balz ebenso. Der Nikolaus rief: »Als Schlussbouquet noch drei Tragetaschen mit vier, sechs, sieben, acht Nikolaussäcken. Besten Dank den edlen Spendern.«

Sie durften nicht rennen, wenn sie nicht auffallen wollten. Sie hörten eine Verkäuferin sagen: »Die Polizei gibt dem Transport das Geleit.« Da blieben sie stehen und sahen sich um. Sie lasen das große Transparent, das zwischen den Lastwagen aufgespannt war. »Weihnachtshilfe für Tschernobyl« stand in großen Buchstaben darauf. Unter dem Transparent hatte sich der schönste aller Nikoläuse aufgestellt: »Liebe Spender«, brüllte er ins Mikrofon, »wir danken Ihnen, dass Sie unserem Aufruf gefolgt sind und sich an der Weihnachtsaktion beteiligt haben. Sie haben uns über fünfhundert Päcklein und Nikolaussäcke gebracht. Wir werden dafür sorgen, dass sie an Weihnachten in den Händen der Leute von Tschernobyl sind. Wir danken Ihnen in ihrem Namen schon heute für Ihre Großzügigkeit. Und hiermit sage ich: Motoren anlassen und gute Fahrt!« Die Motoren brummten und, eskortiert von zwei Polizeimotorrädern vorne und hinten, setzten sich hupend und unter dem Applaus der Zuschauer die beiden Lastwagen in Bewegung. Melk, Chasp und Balz sahen zu, wie sie langsam in der Beatengasse verschwanden.

An diesem Abend, als drei ältere Herren im »Königstuhl«

nach dem Dessert einen Cognac schlürften und eine Monte Cristo anzündeten, sagte der eine: »Ich muss zugeben, dass mich noch keine einzige unserer Weihnachtsaktionen so befriedigt hat wie die heutige. Wahrhaft meisterlich. Wir sollten uns überlegen, ob wir in Zukunft nicht jedes Mal ... also, die Sache in diese Richtung, na ja, ihr wisst schon, was ich meine.«

Worauf die andern beiden nickten und glückliche Gesichter dazu machten.

Inger Frimansson

Prost und frohes Fest

Doktor Rosberg war ein alter Mann, so alt, dass er eigentlich gar keine Patienten mehr empfangen durfte, hatte Inga-Lisa gesagt.

»Aber was soll's«, hatte sie gelacht, so breit, dass fast die Schminke in ihrem Gesicht bröckelte. »Deshalb gehe ich ja zu ihm. Er gibt mir alles, was ich haben will, nur ein kleiner Vortrag, und schon holt er den Rezeptblock heraus.«

Inga-Lisa war ihre neue Bekannte in Hovsjö. Eine Frau in den Fünfzigern, frech und mit losem Mundwerk. Aber mit einem Herzen aus Gold. Sie hatten sich auf dem Heimweg aus dem Zentrum getroffen, der gleiche Bus, der gleiche Treppenaufgang.

»Verdammt noch mal, wohnst du etwa auch hier?«

Sie fluchte, dass es krachte. Und sie kannte jeden. Genau das, was Jannike fehlte.

Eines Abends, als sie beisammensaßen und in Inga-Lisas gemütlicher Küche zu zweit Whist spielten, erzählte sie ihr von Doktor Rosberg.

»Ich gehe schon seit vielen Jahren zu ihm. Er schreibt mir alles auf. Egal, was ich brauche. Er weiß, dass ich große Probleme mit dem Schlafen habe. Das sind die Schmerzen, das ist die Arthrose und die Fibromyalgie. So ist es bei alten Weibern. Und er gehört zu den wenigen Ärzten, die sich für Frauen einsetzen. Beim letzten Mal hat er mir etwas gegeben, das kann einen Stier umbringen … wenn man nicht vorsichtig ist.«

Sie ging nach Hause und dachte darüber nach. Einen Stier umbringen. Noch war ihr nichts klar, sie hatte keine Pläne oder so. Aber vielleicht war das der Anfang.

Jetzt stand sie vor seiner Praxis, und sie musste lange und fest auf die Klingel drücken, so lange, dass sie schon aufgeben wollte. Doch schließlich hörte sie unsichere Schritte da drinnen, und dann öffnete sich die Tür. Ein zerfurchtes, runzliges Männergesicht zeigte sich.

»Fräulein Linder? Sind Sie es?«

»Ja«, murmelte sie.

»Willkommen, Fräulein Linder. Bitte, treten Sie doch ein.«

Doktor Rosbergs Hände waren groß und so mager, dass es schien, als lägen die Adern auf der Haut. Der Gedanke, dass diese Hände ihren Körper berühren würden, gefiel ihr nicht. Aber sie musste es ertragen. Musste mitspielen.

»Guten Tag«, sagte sie und setzte eine Leidensmiene auf, während sie gleichzeitig den Atem schwer und angestrengt werden ließ.

»Setzen Sie sich bitte und warten Sie hier, ich rufe Sie gleich herein.« Er deutete auf eine Sitzgruppe und entfernte sich über den Flur.

Doktor Rosberg hatte seine Praxis in einem Teil einer großen Östermalmswohnung, schwere, samtbezogene Sessel, fleckige Teppiche. Soweit Inga-Lisa wusste, wohnte er allein dort. Von einer Frau Rosberg hatte sie nie gehört, auch hatte sie niemals eine Arzthelferin gesehen. Auf dem Sofa lag ein kleiner Hund mit einem Fell aus gehäkelten Seidenbändern. Seine Schnauze war fast abgerieben, schwarz aus abgewetztem Garn, das sich gelöst hatte. Sie stellte sich vor, dass Kinder ihn in den Arm genommen hatten, als Schutz gegen den Äthergeruch und die klirrenden metallischen Geräusche und die Laute, die aus dem Behandlungszimmer drangen.

Sie hängte ihren Kunstpelz auf und löste den langen, gestreiften Schal, den sie um den Kopf geschlungen und der ihre Ohren gewärmt hatte. Der Winter war bereits Ende November mit mehreren Zentimetern Schnee gekommen, der ungewöhnlicherweise nicht wieder geschmolzen, sondern wie auf einer Weihnachtspostkarte liegen geblieben war. Sicher saßen die anderen jetzt bei der Arbeit zusammen und unterhielten sich über den Schnee, gemütlich am Kaffeetisch. Das war der Höhepunkt des Tages, wenn sich alle in dem engen kleinen Frühstückszimmer versammelten. Zwei Kerzen würden brennen, denn Sonntag war der zweite Advent gewesen. Sylvia hatte sicher wie üblich Torfmoos besorgt und Kerzen gekauft. Sie war im Keller gewesen und hatte all die elektrischen Kerzenleuchter und die rote Weihnachtsdecke geholt, die den ganzen Dezember und noch bis in den Januar hinein auf dem Tisch liegen würde, bis jemand, meistens Evy, sie mit nach Hause nahm und in die Waschmaschine steckte. Sicher hatten sie außerdem Pfefferkuchen und einen Safrankranz gekauft, sie konnte förmlich das Knacken der kleinen Hagelzuckerkörner hören, wenn sie in der Kochnische unter den Füßen zertreten wurden. Wie sorgfältig man auch versuchte, den Kranz zu schneiden und auf die Platte zu legen, so fielen doch immer ein paar Krümel auf den Boden. Manchmal klebte jemand einen wütenden Zettel an die Spüle: »Deine Mama arbeitet hier nicht. Mach selbst sauber!« Das half meistens für eine Weile.

Jannike ließ sich in einen der Sessel sinken und griff nach einer Zeitschrift. Es waren Wochenzeitschriften, allerdings mindestens fünfzehn Jahre alt und vollkommen zerfleddert. Sie schaute sich die Fotos von Prominenten mit altmodischen Kleidern und Frisuren an. Vo-ku-hi-la und Schulterpolster. Es sah bescheuert aus. Nach kurzer Zeit hörte sie, wie die Tür zum Behandlungsraum geöffnet wurde. Der alte Mann räusperte sich.

»Fräulein Linder, Sie sind an der Reihe.«

Als wäre das Wartezimmer voll mit Patienten!

Er war auf den Stuhl hinter dem riesigen altersschwachen Schreibtisch geglitten. Papiere und Akten lagen stapelweise darauf und verdeckten ihn fast, er musste sich vorbeugen, um sie sehen zu können. Links von ihm, auf einem kleineren Tisch, stand ein verstaubtes Skelett aus Plastik oder Knochen. Die bloßen Zähne grinsten sie an. Ein Schauder durchfuhr sie.

»Nun, Fräulein Linder, was führt Sie zu mir?«

»Ja ... ich habe Ihren Namen von einer guten Freundin, Inga-Lisa.« Plötzlich fiel ihr nicht mehr der Nachname der Freundin ein, was sie ärgerte.

Der Mann nahm einen Stapel Papier aus einer Hängemappe, die auf dem Schreibtisch lag. Sie konnte Notizen erkennen, mit zittriger, steiler Schrift geschrieben. Da fing sie an zu weinen. Warum, wusste sie nicht, die Tränen kamen einfach, brachen wie eine heftige Verzweiflung aus ihr heraus. Peinlich berührt hob sie die Hand vor den Mund.

Seine Augen waren auf sie gerichtet, die Tränensäcke waren schlaff und dick, als könnten die Augäpfel jeden Moment herausfallen. Sie suchte nach einem Taschentuch.

»Ich habe so schreckliche Schmerzen«, flüsterte sie. Er betrachtete sie besorgt.

»Wo tut es denn weh?«

»Hier ... und hier. Am ganzen Körper.«

»Hm.« Er blätterte wieder in seinen Papieren. »Waren Sie damit schon mal beim Arzt?«

»Nein.«

»Warum nicht?«

»Ich dachte ... ich dachte, das gehört irgendwie dazu.«

»Gehört dazu?«

»Ja, meine Mutter hat es und meine Tante und meine Großmutter auch. Die haben mir gesagt, dass es dazugehört, dass Frauen das nun mal kriegen. Irgendwas mit Fibro ... Es hat keinen Sinn, haben sie mir gesagt, die Ärzte interessiert das sowieso nicht. Aber dann habe ich Inga-Lisa kennengelernt. Wir sind Nachbarinnen. Sie hat mir von Ihnen erzählt, Doktor Rosberg, wie nett und einfühlsam Sie sind. Und dass Sie nicht wollen, dass Menschen sich quälen.«

Er legte die Papiere hin und schaute aus dem Fenster. Seine Nasenflügel zuckten ein wenig.

»Ich muss Sie untersuchen. Das verstehen Sie sicher.«

»Ja ... natürlich.«

»Ich kann nicht mir nichts, dir nichts ein Rezept ausschreiben, ohne zu wissen, was ich tue.«

»Nein, natürlich nicht.«

»Ich bin ein alter Mann, ich werde bald meine Praxis schließen.«

»Aha ... ja«, murmelte sie. »Wie schade.«

Er ließ seine knochigen Finger knacken.

»Ja. Das ist schade. Aber früher oder später geht das Leben zu Ende.«

Er bat sie, sich bis auf die Unterwäsche auszuziehen und auf die Liege zu legen. Das Schutzpapier war zerknittert und zerrissen. Sie sah, dass es das letzte Stück auf der Rolle war. Sie schauderte, zog sich aber aus, wie er gesagt hatte, und legte sich dann hin. Er hatte sich währenddessen umgedreht, stand da und fummelte am Skelett. Schnipste gegen die Arme, dass es klapperte.

»Sind Sie fertig, Fräulein Linder?«, fragte er nach einer Weile. Sie lag auf dem Rücken, auf ihrem Bauch bildete sich Gänsehaut.

»Ja.«

»Dann komme ich.«

Sie wandte ihren Blick an die hohe Decke, hoch dort oben hing eine Lampe an einem Kabel. Sie sah Fäden und ein Spinnennetz, das schaukelte. Der Arzt beugte sich jetzt über sie. Er hatte ein Stethoskop, das er hart auf ihre Brust drückte, und horchte.

»Hm«, murmelte er. Er fasste ihren Körper mit seinen kalten, glatten Händen an, er drückte, quetschte und zwickte. So nah war er, dass sie die groben Haare sah, die ihm aus den Ohren und den Nasenlöchern wuchsen. Er roch leicht nach Aceton. Sie spürte einen diffusen Schwindel.

»Ja«, sagte er. »Schmerzen sind keine schöne Sache. Sie verdunkeln einem das ganze Leben.«

Sie nickte vorsichtig. Die Tränen begannen wieder zu laufen, die Wangen hinunter, bis zum Haaransatz. Er tätschelte ihr den Kopf. Seine faltigen Wangen hingen.

»Beruhigen Sie sich, mein Fräulein. Beruhigen Sie sich. Wir kriegen das schon hin.«

Er ging an den Schreibtisch, während sie sich wieder anzog. Plötzlich wurde sie unsicher. Wenn er sie nun durchschaut hatte.

Aber das hatte er nicht.

»Ich werde Ihnen ein Rezept über ein Mittel ausstellen, das heißt Dextromordifen. Gleichzeitig, und das ist sehr wichtig, gleichzeitig muss ich Sie über die Risiken informieren.«

»Und die wären?«

»Eigentlich ist das Medikament zu stark, um so eine Behandlung einzuleiten. Aber bei Ihnen liegt die Krankheit in der Familie, schon seit Generationen, wenn ich recht verstanden habe. Ich werde Ihnen eine Radikalkur verabreichen.«

Jannike hielt den Atem an.

»Aber ich möchte auf jeden Fall, dass Sie die nötige Sorgfalt und Vorsicht walten lassen.«

Sie begriff nicht ganz, was er sagte, nickte trotzdem.

Es lag etwas Wachsames in seinem trüben Blick, als er ihr das Rezept reichte.

»Haben Sie einen Führerschein?«, fragte er.

Sie schüttelte den Kopf.

»Man darf nämlich nicht Auto fahren, wenn man dieses Medikament nimmt. Das ist verboten.«

»Ich verstehe.«

Er starrte sie an, schien direkt durch sie hindurchzusehen.

»Und Alkohol?«

»Wie bitte?«

»Nur ein zehntel Glas Alkohol zu so einer Kapsel kann zu Atemstillstand führen. Übrigens: kann nicht nur, sondern tut es. Verstehen Sie, was ich sage? Zu einem akut lebensbedrohlichen Zustand. Zunächst merkt der Patient nichts. Aber nach ungefähr dreißig Minuten ... Und dann ist es meistens zu spät. Das ist fast genauso heimtückisch wie die Pilzgifte. Nur es geht schneller. Viel schneller.«

Er verstummte und schaute zum Fenster.

Jannike schluckte.

»Ich verstehe. Es würde mir im Traum nicht einfallen ... Ich bin nicht so für starke Sachen, wissen Sie.«

Ein Lächeln zeigte sich auf seinen schmalen Lippen.

»Das ist vernünftig. Und dann noch etwas anderes. Haben Sie Kinder?«

»Nein«, flüsterte sie.

»Auch keinen Kontakt zu Kindern? In der Familie oder mit Nachbarskindern beispielsweise?«

»Wieso?«, brachte sie heraus.

»Verschließen Sie die Tabletten. Lassen Sie nie ein Kind daran. Sie haben nämlich einen Geschmack, der nicht ganz unangenehm ist.«

Sie nahm die Vorortbahn nach Södertälje. Als Artur sie verlassen hatte, hatte sie auch ihren Wohnort verloren. Oder genau genommen seinen, wenn man spitzfindig sein wollte. Ihr Wohnrecht in Tantolunden. Eine Zweizimmerwohnung mit atemberaubender Aussicht. Er hatte sie mehr oder weniger rausgeschmissen. Jannike war zu ihrer Mutter gefahren und hatte dort für ein paar Tage Unterschlupf gefunden, aber sie waren einander auf die Nerven gegangen. Und es war die Mutter gewesen, die den Untermietsvertrag für die Einzimmerwohnung in Södertälje besorgt hatte.

»Wie alt bist du, Jannike? Sechsunddreißig, oder? Wirst du denn nie groß genug, um auf eigenen Beinen zu stehen?«

Jannike wusste, dass ihre Mutter im Grunde genommen froh war, dass es mit Artur zu Ende war. Er war Moslem, und nicht nur das, sondern auch noch schwarz. Sie hatte Probleme mit allem, was anders war.

Jannike betrachtete die verschneiten Vororte und erinnerte sich, wie sie sich das erste Mal getroffen hatten, ihre Mutter und Artur. Diese plötzliche Aggressivität: »Willst du sie auch noch zwingen, eine Burka zu tragen?« Artur hatte geschwiegen, er war ein friedfertiger Mann. Das meiste schluckte er, aber am Ende platzte ihm doch der Kragen. Er stellte seine Kaffeetasse so hart auf den Tisch, dass der Henkel abbrach. Großmutter Karins Kaffeeservice, das mit Efeu.

Sie musste hinter ihm her ins Treppenhaus laufen, ganz bis auf die Straße. Bitten und betteln.

»Sei nicht böse, sie kann manchmal so plump sein. Aber sie hat es nicht so gemeint.«

Doch sie wusste selbst, dass das nicht stimmte. Ihre Mutter hatte jedes Wort genau so gemeint, wie sie es gesagt hatte. Und ihr selbst blieb nichts anderes übrig, als sich zu entscheiden. Entweder Artur oder ihre Mutter.

Sie entschied sich für Artur. Er war lieb zu ihr und kümmerte sich um sie, tröstete sie, wenn sie traurig war. Er war außerdem gut im Bett, sie hatte es vorher noch mit niemandem so schön gehabt wie mit Artur. Und als sie ihren Job verlor, zumindest in der ersten Zeit, verwöhnte er sie. Brachte Süßigkeiten mit, wenn er nach Hause kam. Verwöhnte sie. Nahm Kontakt mit der Gewerkschaft auf und fragte, ob es tatsächlich nach dem schwedischen Arbeitsrecht erlaubt sei, einen gewissenhaften Menschen zu feuern. Ohne jeden Grund.

Es kam zu einer Gerichtsverhandlung. Wobei natürlich herauskam, warum sie nicht hatte bleiben dürfen. Die alte Hexe Gunhild und ihre Lügen. Artur und sie auf der einen Seite, Gunhild auf der anderen, und in der Mitte saß der Schlichter. Die Hexe Gunhild nahm ihre hässliche, altmodische Brille ab. Ihre Hände zitterten, das war deutlich zu sehen. Man konnte sich wirklich fragen, wer denn hier wohl Alkoholprobleme hatte.

»Ihre Freundin war in den letzten Monaten so gut wie jeden Tag angetrunken, wir haben Geduld gehabt, sehr viel Geduld. Aber jetzt ... können wir es nicht länger hinnehmen.«

Jannike hörte, wie Artur nach Luft schnappte.

»Entschuldigung, aber ich glaube, Sie fahren hier mit der Unwahrheit.« Für einen Einwanderer sprach er gut Schwedisch, nur manchmal machte er Fehler. In diesem Augenblick wünschte sie, er möge schweigen und sich nicht einmischen.

»Aha. Und was meinen die Arbeitskollegen dazu?« Der Schlichter spielte mit einem Flaschenöffner. Er erschien müde und uninteressiert.

Gunhild, die Hexe, die ihre Chefin gewesen war, öffnete daraufhin ihre Aktentasche und zog ein zusammengerolltes Papier heraus.

»Hier!«, sagte sie. Mit langsamen Bewegungen, den Blick die ganze Zeit auf Jannike gerichtet, schob sie das Gummiband von der Papierrolle. Das Papier war voll mit Unterschriften. Zehn Stück. Ihre Arbeitskolleginnen. Sogar Marja, die sie so gern gemocht hatte. Die ihre Vertraute gewesen war.

Der Zug fuhr in den Bahnhof von Södertälje ein. Jannike stand auf und stieg aus. Sie warf sich den Rucksack auf den Rücken und dachte an das, was sie in der Apotheke Scheele abgeholt hatte, zwei Packungen mit insgesamt hundert Tabletten. Ihr wurde heiß, und es pochte in ihrer Brust. Alles würde gut werden. Bald brauchte sie nicht länger zu leiden.

Ihre Wohnung lag im Erdgeschoss, und wegen der niedrigen Fenster hatte sie die Gardinen die ganze Zeit zugezogen. Manchmal liefen Kinder vorbei und klopften an die Fensterscheibe, manchmal warfen sie mit Dreck und Matsch. Es hatte keinen Sinn, mit ihnen zu schimpfen. Das Beste war, so zu tun, als hätte man es gar nicht bemerkt. Es standen vier, fünf Kinder vor dem Eingang. Sie gingen nicht zur Seite, als sie näher kam. Eines von ihnen streckte ihr die Zunge raus. Sie dachte an die Tabletten, deren Geschmack »nicht ganz unangenehm ist«. Sie zwängte sich durch die

Kinderhorde und öffnete die Haustür. Ihr war es ein wenig schwindlig.

In der Wohnung musste sie sich erst einmal hinlegen. Ihr Herz schlug wie verrückt, und der Schweiß trat ihr aus allen Poren. Sie schloss die Augen und stöhnte. Nach einer Weile erhob sie sich und ging in die Küche. Schenkte sich ein Glas Rum ein, leerte es. Endlich wurde es ruhig um sie herum. Doch die Bilder kamen zurück, die Bilder von dem Termin bei der Gewerkschaft.

Ausgedehnter Alkoholmissbrauch am Arbeitsplatz. Da hatte nichts geholfen. Weder Zurechtweisungen noch Warnungen oder vertrauliche Gespräche mit der Hexe von Chefin. Artur wurde während des Termins immer stiller, immer kühler, sie bekam Angst.

Am Abend, als sie nach Hause gekommen waren, musste er zur Arbeit gehen. Er saß am Fahrkartenschalter an der U-Bahn in Gamla stan, einem der schwierigsten Punkte in der Stadt. Die Skinheads hatten dort draußen auf dem Hubschrauberlandeplatz ihren Treffpunkt. Manchmal bekamen sie Lust, anderen das Leben schwer zu machen. Trotz seiner Hautfarbe war er blass um die Lippen, als er sich ihr zuwandte.

»Ich will, dass du weg bist, wenn ich nach Hause komme.«

»Was? Was sagst du da?«

»Pack deine Sachen und verschwinde!«

»Aber Artur, du kannst doch nicht...«

Er hob die Hand, und einen Moment lang glaubte sie, er wollte sie schlagen.

»Du hast mich angelogen. Was du gemacht hast, ist schlimmer, als wenn du mir untreu gewesen wärst.«

»Aber die lügen doch!«, schrie sie. »Diese verdammte Hexe Gunhild, sie ist an allem schuld, du musst mir glauben, ich liebe dich.«

Sein Gesicht war angespannt und verschlossen.

»Und der Namensliste?«, fragte er kurz.

Die Liste, dachte sie, aber das war nicht lustig, manchmal ärgerte sie ihn und lachte, wenn er etwas falsch sagte. Dann lachte er auch immer, und anschließend warf er sie aufs Bett. »Dir werde ich's zeigen, mich zu korrigieren.«

Er sah aus wie ein Fremder, wie er dort in seiner SL-Uniform stand. Sie hatte ihn darin immer sexy gefunden, aber jetzt gab es solche Gefühle nicht mehr, nur noch Verzweiflung.

»Sie selbst hat die Namen aufgeschrieben, sie hasst mich. Ich bin eine Bedrohung für sie, weil ich viel jünger bin. Sie kann mich nicht ausstehen.«

Er griff nach seiner Schultertasche. Der Zeichenblock ragte heraus, wenn nichts los war, zeichnete er oft.

»Jetzt reicht es, Jannike.« Die gleichen Worte, die diese Gunhild ihr an den Kopf geworfen hatte, am letzten Tag bei der Arbeit. »Du weißt, worüber wir früher gesprochen haben, du und ich. Es reicht jetzt.«

Sie hatte angefangen zu lachen, ein künstliches, gurgelndes Lachen. »Und was meinst du genau damit?«

Gunhild hatte rote Flecken auf den Wangen gehabt. »Stell dich nicht dümmer, als du bist.«

»Das tue ich nicht. Ich verstehe nicht, was du sagst, du siehst Dinge, die es gar nicht gibt. Du denkst dir etwas aus. Eine Mythomanin, ja, das bist du.«

Sie war stolz auf dieses Wort, sie hatte es genau an der richtigen Stelle anbringen können.

»Wir können die anderen dazuholen, wenn dir das lieber ist. Eine Personalversammlung einberufen. Aber ich fürchte, das wird nicht besonders lustig für dich.«

Sie hatte sich vollkommen ausgeschaltet gefühlt. Das Lachen war wie mit einer Schere abgeschnitten worden.

»Soll ich dir mal was sagen?«, rief sie und schlug die Handflächen zusammen. »Hier im Haus gibt es nichts, was jemals besonders lustig war. Nie! Und wie du sicher weißt, ist es die Chefin, die den Ton angibt.«

Dann war sie gegangen.

Die Apothekentüte lag auf der Arbeitsplatte in der Küche. Das Schwindelgefühl war vorüber. Sie nahm beide Packungen heraus und betrachtete sie. Die grellroten Dreiecke, die Gefahr bedeuteten. Dextromordifen. Sie sprach das Wort laut aus, mit deutlichen Lippenbewegungen. Vorsichtig öffnete sie eine Schachtel und zog eine Blisterpackung mit kleinen länglichen rosa Kapseln hervor.

Im Ganzen zu schlucken, las sie.

Sie holte zwei Trinkgläser aus dem Regal. Die Mutter hatte ihr ihre alten, etwas abgestoßenen geschenkt. Sie hatte sie schon wegwerfen wollen, doch als Jannike umzog, kamen sie gerade recht. In das eine Glas goss sie heißes Wasser. In das andere einen Schuss Rum. Als sie zwei Tabletten aus ihrer Folie herausdrückte, wurde ihr Mund ein wenig trocken, das war alles. Eine Tablette in jedes Glas, ein Löffel zum Umrühren. Eine Weile warten, zwei Minuten, zehn.

Yes!

Sie schrie es laut in der Küche: YES! Es klappte. Die Tabletten waren vollkommen aufgelöst, sowohl im Wasserglas als auch im Rum. Es war keine Spur mehr von ihnen zu sehen, nicht einmal von ihrer Hülle.

Natürlich mussten sie sich auflösen, dachte sie, wie sollten sie sonst vom Körper aufgenommen werden?

In dieser Nacht schlief sie zum ersten Mal, seit sie umgezogen war, gut. Sie träumte, dass sie flog, dass Artur und sie über das Stadtzentrum von Stockholm kreisten, beide in weißen Hemden. Es war ein Gefühl von Anmut.

Ein paar Tage nachdem er sie hinausgeworfen hatte, war sie nach Gamla stan gegangen und hatte am Fahrkartenschalter Ausschau nach ihm gehalten. Sie hatte ihn nicht entdecken können und dann einen jungen Typen gefragt, der dort saß:

»Entschuldigung, wissen Sie, wann Artur Dienst hat?«

Er hatte ihr einen kühlen Blick zugeworfen.

»Da müssen Sie ihn schon selbst fragen.«

Sie war überrascht. Es verschlug ihr die Sprache.

»Sie stehen im Weg«, sagte er. »Wollen Sie nun eine Fahrkarte oder nicht?«

Sie hatte Lust gehabt, die Glasscheibe einzuschlagen, das Häuschen zu packen und umzukippen. Hatte Artur seine Arbeitskollegen geimpft?

»Wenn da so eine magere Braut kommt und nach mir fragt, sagt ihr nichts.«

War es so gewesen?

Ihre Wut richtete sich einen Moment lang gegen Artur, der immer noch in ihrem Kopf herumspukte, doch dann richtete sie sich wieder gegen ihren alten Arbeitsplatz. Gunhild und die ehemaligen Arbeitskollegen. Die Namensliste. Einen Stift in der Hand, schnelle, schnörkelige Bewegungen. Alles ganz heimlich, um sie wegzukriegen.

Es schmerzte, daran zu denken. Sogar Marja also. Ihr Name hatte auch dort gestanden, als Letzter auf der Liste, als hätte sie am längsten gezögert, zum Schluss aber dann doch unterschrieben. Marja Hammendal. Marja, mit der sie ab und zu ins Kino gegangen war. Marja, die sich in ihrem Zimmer ausgeheult hatte, wenn sie Streit mit ihrem Mann hatte.

Sie hatte sich dann jedes Mal ruhig und mütterlich gefühlt. Hatte Marjas Hand gehalten, nach Papiertaschentüchern gesucht.

»Das geht vorbei«, hatte sie getröstet. »Heute Abend verträgt ihr euch wieder.«

Marja, die am Ende immer angefangen hatte zu lachen. »Du bist so lieb und klug, eine richtige Freundin, was würde ich nur ohne dich tun.«

Sogar Marja.

Viermal war sie zur U-Bahn-Station Gamla stan gegangen. Artur war nie dort gewesen. Er hatte um Versetzung gebeten. Systematisch klapperte sie sämtliche städtischen Haltestellen ab. Die Methode war nicht sicher, weil sie nicht wusste, wann er Schicht hatte. Doch zum Schluss fand sie ihn. Das war an der Rådmansgatan, um fünf vor halb drei an einem Nachmittag. Bereits an der Treppe erkannte sie, dass er es war. Sie wartete eine Weile, bis es leer in der Halle war. Dann trat sie vor und zeigte sich.

Sein schönes, schönes Gesicht, sein Mund. Die Augen, die sie mit so viel Zärtlichkeit betrachtet hatten. Aber nicht jetzt. Nicht mehr.

»Wohin möchtest du fahren?«

Als hätte er sie noch nie zuvor gesehen.

»Aber Artur, Schatz ... Ich bin es doch.«

Sie hatten sie alle im Stich gelassen. Sie verlassen. Mit einem Ruck hob sie eines der beiden Gläser und leerte es im Waschbecken aus. Machte es mit dem zweiten ebenso. Spülte beide mit viel Wasser aus.

Da klingelte es an der Tür. Erst wollte sie gar nicht aufmachen. Aber dann kam ihr der wahnsinnige Gedanke, es könnte ja Artur sein.

Aber er war es nicht. Es war Inga-Lisa. Sie trug einen schwarzen Pullover mit Rollkragen, der ihr Gesicht älter und faltiger erscheinen ließ. Ihre Augenlider glänzten seltsam grünmetallic. Sie ähnelte einer Schlange oder einer Eidechse.

»Hallo, meine Liebe. Du bist ja zu Hause!«

Jannike trat zur Seite und ließ sie hereinkommen.

»Ich wollte nur mal hören, wie es gelaufen ist. War er nett zu dir, der Onkel Doktor?«

»Ja. Ich habe das Gleiche gekriegt wie du. Dextromordifen.«

»Prima. Dann wird es dir bald besser gehen.«

»Ja.«

»Ich wollte nur fragen, ob du eine Tasse Kaffee mit mir trinken willst. Ich habe gerade welchen aufgesetzt.«

Jannike nickte zustimmend. In der Wohnung der Freundin sah es aus, als wäre ein Tornado durchgezogen. Überall standen Kartons mit Weihnachtsdekoration, Kerzenhaltern, Wichteln, Strohsternen und Knallbonbons. Einer der Kartons quoll von Lametta verschiedener Farben über.

Jannike machte sich auf der Sofakante ein wenig Platz. »Was treibst du denn?«, fragte sie.

»Ich räume nur ein bisschen auf. Man hat so viel Mist. Und ich werde bestimmt in meinem ganzen Leben kein Bullerbü-Weihnachten mehr feiern.« Sie hob einen angemalten Keramikweihnachtsmann mit knallroten Wangen hoch. Hielt ihn Jannike hin.

»Hast du so etwas Hässliches schon einmal gesehen?«

Jannike lächelte unsicher.

»Den habe ich von meiner Schwiegermutter gekriegt. Vor hundertachtzehn Jahren. Und ich habe alles aufbewahrt. Aber jetzt kommt es weg.«

»Was? Willst du es wegwerfen?«

»Nun ja, ich habe gedacht, die Kinder wollten das. Aber von wegen. Von denen höre ich ja sowieso nie etwas. Kann mich kaum erinnern, dass ich mal Kinder geboren habe.«

Jannike hatte das schon häufiger gehört. Inga-Lisa hatte erwachsene Kinder, einen Sohn und eine Tochter. Aber die schienen den Kontakt zu ihrer Mutter nicht an erste Stelle zu setzen.

Inga-Lisa kniff die Lippen zusammen.

»Na, ist auch egal. Ich will dich nicht mit dem Mist langweilen. Ich bringe den Plunder in den Müllkeller runter. Dann bin ich ihn los. Oder willst du etwas davon haben?«

Hinterher dachte sie, dass das zu dem Plan gehört hatte. Als hätte ein göttlicher Regisseur oben auf seiner Wolke gesessen und mit einem knochigen Finger gezeigt. Tu das. Tu das. Während Inga-Lisa Kaffee servierte und eine Zigarette nach der anderen rauchte, kramte Jannike in den Kartons herum. Sie fand einige Dinge, die sie gut gebrauchen konnte. Kleinere Teile, die nicht schwer mitzunehmen sein würden. Und das Beste: Sie fand ein Lucia-Kostüm, das genau passte, sowie eine Lichterkrone. Inga-Lisa wurde von ihrem Eifer mitgerissen und holte eine neue Batterie. Sie drückte Jannike die Krone auf den Kopf und drehte an einer der Kerzen.

»Ja. Funktioniert.«

»Darf ich das alles mitnehmen? Wirklich?«

»Aber natürlich, meine Liebe. Alles, was du nicht nimmst, landet im Müll.«

Sie fragte nicht, wozu Jannike die Sachen haben wollte. In der Beziehung war sie prima, eine richtige Freundin. Im Gegensatz zu Marja und den anderen.

Früh am Lucia-Tag bereitete sie den Punsch vor. Sie wärmte ihn in einem Topf, den sie von Inga-Lisa geliehen hatte, und goss ihn dann in eine große Thermoskanne. Auch die hatte sie sich ausgeliehen. Sie sah aus wie eine der Thermoskannen, die sie im Büro gehabt hatten. Einmal hatte sie herumgealbert und Augen darauf gemalt, sodass sie aussah wie ein verrückter Pinguin. Gunhild hatte das natürlich nicht geschätzt. »Wir haben gleich Geschäftsführersitzung, spinnst du.« Als ob die von der Geschäftsführung nicht auch mal etwas zu lachen brauchten.

Am Wochenende hatte sie das Lucia-Kostüm gewaschen und gebügelt und auch das rote Band, das dazugehörte. Welches das Blut der heiligen Lucia symbolisieren sollte. Sie faltete es vorsichtig zusammen und packte alles in eine Papiertüte. In eine andere Tüte legte sie die zehn kleinen Julklapp-Geschenke. Das waren Dinge, die sie von Inga-Lisa bekommen hatte, nichts Besonderes, aber immerhin. Wichtel, Kerzenhalter, Strohsterne. Sie hatte sich wirklich Mühe gegeben, und es waren hübsche kleine Päckchen mit geringeltem Band und Etiketten geworden, auf die sie die zehn Namen geschrieben hatte.

Fröhliche Weihnachten von Jannike. Und Entschuldigung.

Die Thermoskanne mit dem Punsch stellte sie in ihren Rucksack und stopfte sie mit Handtüchern fest, damit sie nicht umkippte und vielleicht leckte.

Als sie später in der Vorortbahn saß, war ihr, als wäre sie eine der anderen, eine von all denen, die auf dem Weg zur Arbeit waren. Müde, käsige Gesichter, der Boden voll mit Matsch. Die Temperatur lag am Morgen dieses Lucia-Tages um die null Grad, und es schneite leicht. Sie besorgte sich eine Zeitung, und da sie an der Endstation einstieg, bekam sie einen Sitzplatz. Sie blätterte ein wenig in der Zeitung, während ein paar Jugendliche mit Lametta im Haar herumlärmten, sie hatten die ganze Nacht über gefeiert. Sie lächelte ihnen zu. Sie selbst war vollkommen nüchtern.

Der Türcode war immer noch der gleiche, Gott sei Dank. Sie nahm den Fahrstuhl bis zum obersten Stock und ging die kleine Treppe hoch, die zum Dachboden führte. Hier oben hinter dem Abstellraum zog sie sich um. Als sie von der Bahn herging, hatte sie vor Kälte gezittert. Jetzt fror sie nicht mehr. Sie stopfte ihren Mantel in eine der Tüten und schob sie an die Wand. Dann band sie sich das rote Band um die Taille und drückte sich die Lichterkrone auf das frisch gewaschene Haar. In der Glasscheibe zum Fahrstuhl sah sie ein Bild von sich. Sie drehte an einer der Kerzen, und die Krone leuchtete. Bis jetzt war alles nach Plan verlaufen. Sie räusperte sich und summte leise.

»Kerzenlicht strömt durchs Haus. Es treibt das Dunkel aus...«

Dann ging sie langsam die Treppen hinunter.

Ein Buchsbaumkranz hing über der Tür zu ihrem ehemaligen Arbeitsplatz. Der Geruch nach Katzenpisse war penetrant. So war es auch letztes Jahr gewesen. Dass sie nie dazulernten, dass sie nicht stattdessen Preiselbeerzweige nahmen. Die rochen jedenfalls nicht.

Es war Viertel vor neun. Jannike griff fester um die Thermoskanne und klingelte.

Marja öffnete. Eine Spur von Unruhe huschte über ihr Gesicht.

»Wer... was? Bist du das?«

»Psst!« Jannike legte sich einen Finger auf den Mund. »Ich geh gleich wieder, ich will nur...« Sie zeigte die Tüte mit den kleinen Päckchen.

»Ich wollte euch alle um Entschuldigung bitten«, murmelte sie, und es gelang ihr, ihre Stimme so belegt und reumütig klingen zu lassen, wie sie geplant hatte. »Ich habe auch Punsch mitgebracht. Liebste Marja, kannst du mir helfen, bist du so gut?«

Marjas schlechtes Gewissen. Es leuchtete meilenweit. Das kam ihr gerade recht. So war es Marja, die zu den anderen ging und sie ins Konferenzzimmer holte. Alle waren da, alle zehn, das war nicht üblich, aber gerade an diesem Tag war es so, alles spielte ihr in die Hände. Und es war auch Marja, die in die Teeküche ging und zehn Tassen holte.

Jannike war ruhig und aufrecht. Sie blieb eine Weile auf der Schwelle zum Konferenzzimmer stehen, sah, wie sie alle dort saßen, ihre ehemaligen Arbeitskolleginnen. Gunhild mit einem schroffen, wachsamen Gesichtsausdruck, Sylvia mit neuer Frisur. Evy, dicker als sonst, ihr Atem rasselte, wenn sie Luft holte. Jemand hatte ein Teelicht und die beiden Adventskerzen im Kerzenhalter angezündet. Es roch nach Staub und Papier.

Jannike hatte geplant, eine kurze Rede zu halten, doch dazu kam es nicht. Was auch gut war. Vielleicht war es so noch effektvoller. Sie ging von Stuhl zu Stuhl und schenkte Punsch ein, ohne zu zittern oder etwas zu verschütten.

»Prost und fröhliche Weihnachten«, sagte sie und sah, wie sie die Tassen hoben und leerten. Sie schmatzten und lächelten ihr vorsichtig zu. Marja sagte:

»Aber liebe Jannike, willst du nicht auch ein bisschen Punsch mittrinken?«

Ohne zu zögern, schaute sie in Marjas Augen.

»Ich habe aufgehört«, sagte sie ruhig.

Dann holte sie die Päckchen heraus, verteilte eins nach dem anderen.

»Richtig schöne Weihnachten wünsche ich euch«, sagte sie, und mit der leeren Thermoskanne im Arm schritt sie feierlich aus dem Büro.

Erich Kästner

Interview mit dem Weihnachtsmann
Eine vorweihnachtliche Betrachtung

Es hatte schon wieder geklingelt. Das neunte Mal im Verlauf der letzten Stunde! Heute hatten, so schien es, die Liebhaber von Klingelknöpfen Ausgang. Mürrisch rollte ich mich türwärts und öffnete.

Wer, glauben Sie, stand draußen? Sankt Nikolaus persönlich! In seiner bekannten historischen Ausrüstung. »Oh«, sagte ich. »Der eilige Nikolaus!« »Der heilige, wenn ich bitten darf. Mit h!« Es klang ein wenig pikiert. »Als Junge habe ich Sie immer den eiligen Nikolaus genannt. Ich fand's plausibler.« »Sie waren das?« »Erinnern Sie sich denn noch daran?« »Natürlich! Ein kleiner hübscher Bengel waren Sie damals!«

»Klein bin ich immer noch.« »Und nun wohnen Sie also hier.« »Ganz recht.« Wir lächelten resigniert und dachten an vergangene Zeiten.

»Bleiben Sie noch ein bißchen!« bat ich. »Trinken Sie noch eine Tasse Kaffee mit mir!« Er tat mir, offen gestanden, leid.

Was soll ich Ihnen sagen? Er blieb. Er ließ sich herbei. Erst putzte er sich am Türvorleger die Stiefel sauber, dann stellte er den Sack neben die Garderobe, hängte die Rute an einen der Haken, und schließlich trank er mit mir in der Wohnstube Kaffee.

»Zigarre gefällig?« »Das schlag ich nicht ab.« Ich holte die Kiste. Er bediente sich. Ich gab ihm Feuer. Dann zog er sich mit Hilfe des linken den rechten Stiefel aus und atmete erleichtert auf. »Es ist wegen der Plattfußeinlage. Sie drückt niederträchtig.« »Sie Ärmster! Bei Ihrem Beruf!« »Es gibt weniger Arbeit als früher. Das kommt meinen Füßen zupaß. Die falschen Nikoläuse schießen wie die Pilze aus dem Boden.«

»Eines Tages werden die Kinder glauben, daß es Sie, den echten, überhaupt nicht mehr gibt.« »Auch wahr! Die Kerls schädigen meinen Beruf! Die meisten von denen, die sich einen Pelz anziehen, einen Bart umhängen und mich kopieren, haben nicht das mindeste Talent! Es sind Stümper!« »Weil wir gerade von Ihrem Beruf sprechen«, sagte ich, »hätte ich eine Frage an Sie, die mich schon seit meiner Kindheit beschäftigt. Damals traute ich mich nicht. Heute schon eher. Denn ich bin Journalist geworden.« »Macht nichts«, meinte er und goß sich Kaffee zu. »Was wollen Sie seit Ihrer Kindheit von mir wissen?«

»Also«, begann ich zögernd, »bei Ihrem Beruf handelt es sich doch eigentlich um eine Art ambulanten Saisongewerbes, nicht? Im Dezember haben Sie eine Menge Arbeit. Es drängt sich alles auf ein paar Wochen zusammen. Man könnte von einem Stoßgeschäft reden. Und nun ...« »Hm?« »Und nun wüßte ich brennend gern, was Sie im übrigen Jahr tun!«

Der gute alte Nikolaus sah mich einigermaßen verdutzt an. Es machte fast den Eindruck, als habe ihm noch niemand die so naheliegende Frage gestellt. »Wenn Sie sich nicht darüber äußern wollen ...« »Doch, doch«, brummte er. »Warum denn nicht?« Er trank einen Schluck Kaffee und paffte einen Rauchring. »Der November ist natürlich mit der Materialbeschaffung mehr als ausgefüllt. In manchen Ländern gibt's plötzlich keine Schokolade. Niemand weiß wieso. Oder die Äpfel werden von den Bauern zurückgehalten. Und dann das Theater an den Zollgrenzen. Und die vielen Transportpapiere. Wenn das so weitergeht, muß ich nächstens den Oktober noch dazunehmen. Bis jetzt benutze ich den Oktober eigentlich dazu, mir in stiller Zurückgezogenheit den Bart wachsen zu lassen.«

»Sie tragen den Bart nur im Winter?« »Selbstverständlich. Ich kann doch nicht das ganze Jahr als Weihnachtsmann herumrennen. Dachten Sie, ich behielte auch den Pelz an? Und schleppte 365 Tage den Sack und die Rute durch die Gegend? Na also. – Im Januar mache ich dann die Bilanz. Es ist schrecklich. Weihnachten wird von Jahrhundert zu Jahrhundert teurer!« »Versteht sich.« »Dann lese ich die Dezemberpost. Vor allem die Kinderbriefe. Es hält kolossal auf, ist aber nötig. Sonst verliert man den Kontakt mit der Kundschaft.« »Klar.« »Anfang Februar lasse ich mir den Bart abnehmen.«

In diesem Moment läutete es wieder an der Flurtür. »Entschuldigen Sie mich, bitte?« Er nickte. Draußen vor der Tür stand ein Hausierer mit schreiend bunten Ansichtskarten und erzählte mir eine sehr lange und sehr traurige Geschichte, deren ersten Teil ich mir tapfer und mit zusammen-»gebissenen« Ohren anhörte. Dann gab ich ihm das Kleingeld, das ich lose bei mir trug, und wir wünschten einander auch weiterhin alles Gute. Obwohl ich mich standhaft weigerte, drängte er mir als Gegengeschenk ein halbes Dutzend der schrecklichen Karten auf. Er sei, sagte er, schließlich kein Bettler. Ich achtete seinen schönen Stolz und gab nach. Endlich ging er.

Als ich ins Wohnzimmer zurückkam, zog Nikolaus gerade ächzend den rechten Stiefel an. »Ich muß weiter«, meinte er, »es hilft nichts. Was haben Sie denn da in der Hand?« »Postkarten. Ein Hausierer zwang sie mir auf.« »Geben Sie her. Ich weiß Abnehmer. Besten Dank für Ihre Gastfreundschaft. Wenn ich nicht der Weihnachtsmann wäre, könnte ich Sie beneiden.«

Wir gingen in den Flur, wo er seine Utensilien aufnahm. »Schade«, sagte ich. »Sie sind mir noch einen Teil Ihres Jahreslaufs schuldig.« Er zuckte die Achseln. »Viel ist im Grunde nicht zu erzählen. Im Februar kümmere ich mich um den Kinderfasching. Später ziehe ich auf Frühjahrsmärkten umher. Mit Luftballons und billigem mechanischen Spielzeug. Im Sommer bin ich Bademeister und gebe Schwimmunterricht. Manchmal verkaufe ich auch Eiswaffeln in den Straßen. Ja, und dann kommt schon wieder der Herbst – und nun muß ich wirklich gehen.«

Wir schüttelten uns die Hand. Ich sah ihm vom Fenster aus nach. Er stapfte mit großen, hastigen Schritten durch den Schnee. An der Ecke Ungerstraße wartete ein Mann auf ihn. Er sah wie der Hausierer aus, wie der redselige mit den blöden Ansichtskarten. Sie bogen gemeinsam um die Ecke. Oder hatte ich mich getäuscht? Eine Viertelstunde danach klingelte es schon wieder. Diesmal erschien der Laufbursche des Delikatessengeschäftes Zimmermann Söhne. Ein angenehmer Besuch! Ich wollte bezahlen, fand aber die Brieftasche nicht gleich. »Das hat ja Zeit, Herr Doktor«, meinte der Bote väterlich. »Ich möchte wetten, daß sie auf dem Schreibtisch gelegen hat!« sagte ich. »Nun gut, ich begleiche die Rechnung morgen. Aber warten Sie noch, ich bring Ihnen eine gute Zigarre!« Die Kiste mit den Zigarren fand ich auch nicht gleich. Das heißt, später fand ich sie ebensowenig. Die Zigarren nicht. Die Brieftasche auch nicht. Das silberne Zigarettenetui war auch nicht zu finden. Und die Manschettenknöpfe mit den großen Mondsteinen und die Frackperlen waren weder an ihrem Platz noch sonstwo. Jedenfalls nicht in meiner Wohnung.

Ich konnte mir gar nicht erklären, wohin das alles geraten sein mochte. Es wurde trotzdem ein stiller hübscher Abend. Es klingelte niemand mehr. Wirklich, ein gelungener Abend. Nur irgend etwas fehlte mir. Aber was? Eine Zigarre? Natürlich! Glücklicherweise war das goldene Feuerzeug auch nicht mehr da. Denn das muß ich, obwohl ich ein ruhiger Mensch bin, bekennen: Feuer zu haben, aber nichts zum Rauchen im Haus, das könnte mir den ganzen Abend verderben!

Hippe Habasch

alle jahre wieder

ich muss gestehen, unsere versuche, ein klassisches weihnachtsfest zu feiern, scheitern jahr für jahr am unvermögen einzelner familienmitglieder.

war vor einem jahr der bei dunkelheit aus dem wald entwendete tannenbaum anlass allgemeinen weihnachtlichen unfriedens – onkel eberhard hatte den zugegebenermaßen spindeldürren vertreter seiner art kambodschaner genannt und löste damit eine grundsatzdiskussion über globalisierung aus – schienen wir dieses mal für das fest bestens gerüstet. wir hatten beschlossen, das ganze vom ursprung her anzugehen, die weihnachtsgeschichte nachzuspielen. voller vorfreude begann vater eine krippe in originalgröße zusammen zu zimmern. maxi besorgte heu und stroh beim bauern im nachbardorf. für die hasen, log er. opa holte seine laubsäge aus kinderzeiten vom speicher und sägte einen beeindruckenden stern mit schweif, den er goldfarben anmalte. oma nähte seltsame gewänder und mutter riss betttücher in lange streifen. um das kind zu wickeln, wie sie mit kennerstimme anmerkte. ich war, weil ich den religionsunterricht angeblich noch am besten im kopf hatte, mit dem schreiben von dialogen beauftragt. das einzige, worüber wir uns bis heiligabend nicht einigen konnten, war die verteilung der rollen. eine halbe stunde vor unserem großen auftritt kamen wir überein, sie auszulosen. während onkel eberhard feuerzangenbowle einschenkte – gewisse zugeständnisse an die neuzeit, so seine worte, seien einfach unumgänglich – und ich darauf hinwies, dass es langsam zeit würde, sich in die texte einzulesen, maulte maxi, weil er alles, nur nicht der olle josef sein wolle. vater murrte über die esel-rolle und opa sah sich als absolute fehlbesetzung von jesus. mutters versuch, als maria sanftmut zu verströmen, endete nach einem blick auf die gans im ofen. wir fangen jetzt an, sagte sie, stopfte sich ein kissen unter den umhang und setzte sich auf vaters rücken. herrrrreinspaziert, schrie onkel eberhard, der herbergsvater, herrrrrreinspaziert, meine damen und herren. wenn er jetzt anfängt, sagte oma leise zu mir, wie damals bei der weihnachtsfeier in der schule die dame ohne unterleib anzukündigen, hau ich ihm eine runter. onkel eberhard verstummte, weil mutter zu stöhnen anfing. das kind, rief sie. dass das mal ganz klar ist, sagte maxi, es ist nicht von mir. von mir auch nicht, sagte der esel. mutter quiekte und ich stieß opa an. los, worauf wartest du noch, fragte ich. er nahm einen großen schluck aus seinem glas und legte sich in die krippe. schau, uns ist der heiland gebor'n, murmelte mutter. der hat ja falten ohne ende, sagte maxi, den kann ich so nicht akzeptieren. herrrrreinspaziert, schrie onkel eberhard und oma und ich schritten durch die tür – die heiligen drei könige. wir nickten mutter und maxi hoheitsvoll zu, tätschelten opas wangen und legten ihm unser silberbesteck und den wintermärchentee in die hände. was für ein schönes kind, sagte oma, aber ich verkünde euch, sein odem ist schon in diesem zarten alter mit rotwein und rum angereichert. der messias errötete, verlangte aber trotzdem nach seinem glas. wir prosteten uns zu und tranken. und wir sangen *süßer die glocken nie klingen, stille nacht* und *we are the champions* – bis die gans zu riechen begann.

klassische feste sind eben einfach nicht unser ding.

Jaromir Konecny

Der freie Wille der Kneipenphilosophen

Die alte Linde ächzt unter Zentnern Schnee. Eine Schar Kinder schiebt ihre Schlitten die Straße hinauf, zur Kapelle des heiligen Johann, um eine Viertelstunde später wieder nach unten zu rasen, bis zum eingefrorenen Fluss. Hier streut man erst, wenn die Kinder den ersten Schönschnee zu Eis gefahren haben. Sogar ein Schellenschlitten kündigt sich mit seinem Läuten an. Hoffentlich rückt nicht wieder mal der Großvater Frost aus Russland an, um das Jesuskind aus der Stillen Nacht zu prügeln. Nein! Jetzt waltet der Winter in Mähren, nicht der Prager Frühling! Keiner nimmt dir dein Weihnachtsglück! Deine neue Heimat Deutschland liegt weit weg – München hockt auf dem Gipfel der gezuckerten Zugspitze. Du bist zu Hause! Durch das Fenster deiner alten Stammkneipe beguckst du die Schönheit der mährischen Weihnacht und erweiterst dein Bewusstsein mit Bier der Marke Radegast – nach einem Slawengott benannt. In Mähren ist jedes Glas Bier eine Opfergabe an Gott! Ja! Hier sind auch Götter Biertrinker, saufen öffentlich und aus Freude und nicht heimlich und vor lauter Frust über ihre Schäfchen wie der Gott der Katholiken, zu dem die Leute in Mähren auch gehören. Dass unser katholischer Gott hin und wieder besoffen irgendwo herumliegt, ist wohl klar – sonst ist manches in der Welt nicht zu erklären. Heiliger Abend am Vormittag in Mähren!

Eine vermummte Gestalt stürmte die Kneipe. Der Steinmetz Alfons. Er griff sich von der Wirtin ein Bier und hockte sich zu uns. »Ich trink nur das eine!«, sagte er. »Muss meiner Alten den Karpfen bringen. Sonst verdrischt sie mich wieder!«

»Du hast doch deinen freien Willen, Mann!«, sagte Pepa. »Von dem redest du ständig. Hau deiner Alten einfach aufs Maul, wenn sie dir wieder mal brutal kommt!«

»Sie ist stärker als ich«, sagte Alfons. »Ich bin durchs Denken geschwächt. Den freien Willen gibt's sowieso nicht mehr! Den haben die Gehirnforscher abgeschafft. Sie haben gemessen, dass der Mensch handelt, bevor er denkt. Du bist nicht der Schmied deines Schicksals. Dein Leben ist eine irre Aneinanderkettung von unglücklichen Zufällen, die du dir in der Kneipe zu etwas Schönem dichten musst! Den Heiligen Abend vor einem Jahr hatte ich bis ins Detail geplant: mit Ruhe und Frieden und mit selbst gebranntem Sliwowitz am Abend und einem Karpfen im Bauch, nach dem es sich schön philosophieren lässt. Stattdessen hat's Terror gegeben!«

Die Wirtin stellte frische Biere vor uns. »Ich muss gleich nach Hause!«, sagte Alfons. »Sonst tobt meine Frau wieder!«

»Soll ich das Bier dann wieder wegnehmen?«, fragte die Wirtin, doch Alfons riss es ihr aus der Hand und setzte das Glas an. Er wischte sich den Bierschaum von der Oberlippe und legte los: »Letztes Jahr hat meine Alte mich gleich in der Früh zum Metzger geschickt, den Karpfen zu holen. Ich wollte eigentlich Sliwowitz schmecken! Stattdessen musste ich in die Kälte! Wo war da mein freier Wille geblieben, verdammt? Nach dem Willen meiner Alten hab ich mein Mofa gesattelt und fuhr los. Leider waren die frischen Karpfen bei unserem Metzger aus. Ich rufe meine Alte an, ob ich einen eingefrorenen Fisch bringen könnte, aber nein, sie will einen frischen. ›Wir werden doch keinen Karpfen aus der Gefriertruhe essen!‹, kreischte sie. ›Warum hast du den Karpfen nicht früher gekauft? Den haben wir doch jedes Jahr ein paar Tage in der Badewanne.‹

›Weil ich meine Badewanne nicht mehr mit Fischen teilen will!‹, sagte ich, hockte mich aufs Mofa und fuhr nach Ostrava. Saukalt! Ich hatte nur das Hemd unter dem Mantel, hatte ja gedacht, dass ich gleich wieder daheim bin. Genau hinter den Lücken zwischen den Knöpfen meines Mantels befanden sich aber auch die Lücken zwischen den Hemdknöpfen und drunter kein Unterhemd. So raste ich auf meinem Mofa, der eisige Wind blies mir entgegen und geißelte durch diese Lücken meine nackte Haut. Ich hielt an und zog mir den Mantel mit der Rückseite nach vorne an, also mit den Knöpfen nach hinten. Gleich war mir wärmer. In Krmelin stand vor der Bäckerei eine Schlange, daneben eine Menge Leute ums Bäckereifenster herum, sie schlürften Glühwein aus ihren dampfenden Tassen. Der Teufel hat mir zugeflüstert: ›Halte an und trink eine heiße Tasse Wein‹, doch der freie Wille meiner Alten, der bei mir im Hirn eine kleine Sendeanstalt hat und nonstop sendet, sagte mir: ›Fahr weiter, sonst gibt's Schläge!‹ Auch mein freier Wille mischte sich ein: ›Bleib standhaft‹, sagte er mir, ›gleich trinkst du zu Hause Sliwowitz!‹ Ich fuhr also weiter! In Ostrava kaufte ich den Karpfen und bretterte auf dem Mofa zurück. Es schneite wie verrückt. Und wieder Krmelin und die Bäckerei. Ich wollte auch jetzt auf dem Rückweg dem Glühwein widerstehen, mein freier Wille bildete zusammen mit dem freien Willen meiner Alten eine unbeugsame Front gegen die Einflüsterungen des Teufels – ich blicke nur schnell zu dem Bäckereifenster rüber, ob die Glühweintassen immer noch so hübsch dampfen, gucke zurück auf die Straße, zucke dabei UNGEWOLLT nur ein bisschen mit dem Lenker, und der frische Schnee auf dem Asphalt wird zur Todesfalle. Das Mofa rutscht aus! Das Vorderrad dreht eine Pirouette um 180 Grad, der Impuls von 40 Kilometern pro Stunde wirkt plötzlich gegen mich, ich fliege über den verdrehten Lenker, schlage Saltos und lande auf dem Rücken im großen Schneebett am Rand der Straße: Ein frisch aufgeschütteltes Bett – weich wie in Daunen lande ich und liege. Schön! Hoch fliegen und ... liegen! Auf dem Rücken in den Schneeflocken, sie fallen dir in den Mund, bedecken deine Augenlider, als streuten Götter Blütenblätter weißer Rosen auf den Körper der toten Schneekönigin! Liegen bleiben ist die vornehmste Äußerung des freien Willens eines Mannes! Bald würde der Schnee über mir einen Grabhügel bilden: Hier liegt Alfons, dessen freier Wille nie so richtig wusste, was er wollte – doch schon eilten die Glühweintrinker von der Bäckerei zu mir. Keiner hob mich aber hoch! Sie blieben vor mir stehen und beglotzten mich mit Schreck in den Augen! Wie ich da in meinem Mantel lag, den ich wegen des eisigen Windes mit der Rückseite nach vorne angezogen hatte. ›Schaut!‹, sagte plötzlich eine Frau. ›Er muss sich das Genick gebrochen haben. Sein Gesicht ist verkehrt rum!‹ Das sagte sie und fiel auch gleich in Ohnmacht.

Ich stand auf, um sie zu beruhigen. ›Auch seine Füße sind verkehrt rum!‹, kreischte ein Kind, und eine andere Frau wurde ohnmächtig. Ich schritt auf die Leute zu, und sie liefen vor mir davon. ›Ich hab mir nur den Mantel mit der Rückseite nach vorne angezogen!‹, brüllte ich. ›Wegen des eisigen Windes!‹«

Die Wirtin brachte neues Bier. »Ich muss gleich heim!«, sagte Alfons. »Meine Alte wartet auf den frischen Karpfen!«

»Dann hast du doch alles gut überstanden!«, sagte ich.

»Die Geschichte ist noch nicht zu Ende!«, sagte Alfons. »Die Leute in Krmelin wollten mich einfach nicht gehen lassen. ›Du musst ein paar Tassen Glühwein trinken!‹, riefen sie. ›Damit wir uns von dem Schock erholen!‹ Konnte ich das ablehnen? Das wäre doch unhöflich gewesen! Mein Mofa war sowieso hin. Nach etwa zwei Stunden war mir dank dem Glühwein warm genug, und so wanderte ich über den Hügel zu Fuß nach Hause. Meine Alte war schon ziemlich ungehalten wegen des langen Wartens. Sie riss mir die Tüte aus der Hand, und als ihr meine Glühweinfahne entgegenschlug, wurde sie noch wütender. ›Vier Stunden warst du weg!‹, kreischte sie. ›Du Nichtsnutz, du!‹ Sie holte den Karpfen aus der Tüte. ›Der ist ja ganz eingefroren! Ich wollte einen frischen!‹ Vor lauter Wut schlug sie mit dem Karpfen gegen die Tischkante und machte dort eine Delle damit! Während meiner Glühwein-Reha und des langen Marsches über den Hügel war der Scheißfisch eingefroren. ›Du Versager, du!‹, schrie meine Frau. ›Jetzt ist wegen dir unser neuer Tisch kaputt!‹ Sie musste Dampf ablassen, wollte aber keine Möbel mehr beschädigen, so schwang sie den eingefrorenen Karpfen gegen mich wie eine Keule und hat mir damit eine Platzwunde am Kopf beigebracht. Der Schwager hat mich zum Nähen nach Ostrava in die Klinik gefahren. Auf dem Rückweg machten wir dann in Krmelin zusammen eine Glühweinpause, weil's der freie Wille meines Schwagers so wollte und die Medizin sowieso – der Schwager meinte, bei meinem Blutverlust müsse ich unbedingt Rotwein trinken, damit sich neue rote Blutkörperchen bilden können. Nach dem Glühwein mit Schwager war der Heilige Abend auf jeden Fall gelaufen.«

Der Steinmetz Alfons trank sein drittes Bier aus und drehte sich zur Wirtin. »Gib mir noch eins!«, sagte er. »Dann muss ich aber gleich heim! Sonst kriegt meine Alte wieder 'nen Kollaps.« Er guckte auf seine Uhr. »Auch heute konnte sich mein freier Wille irgendwie nicht durchsetzen. Die Kneipe stand uns im Wege!«

Nach dem vierten Bier stand Alfons aber tatsächlich auf. Durchs geöffnete Fenster konnte ich noch seine Schimpfkanonade draußen vor der Kneipe hören. »Verhurte Arbeit!«, brüllte er. »Jetzt ist der Karpfen wieder eingefroren. Ich hätte ihn doch in die Kneipe mitnehmen sollen!« Und dann tuckerte sein Mofa schon davon, nach Hause, wo auf Alfons und den eingefrorenen Weihnachtskarpfen sein freier Wille in der Kochschürze wartete.

Der freie Wille meines Kumpels Pepa und mein freier Wille bestellten noch ein Bier. Wir wollten einfach nichts mehr dem Zufall überlassen. Darauf haben wir uns geeinigt. Unsere Zufälle mussten durch unseren freien Willen in Gang gesetzt und gesteuert werden. Egal was die Gehirnforscher dazu sagten! Mit unseren Karpfen waren wir vom Metzger sowieso gleich und in voller Absicht in die Kneipe gegangen und hatten die armen Fische auch mit hereingenommen. Damit sie uns nicht einfroren. Jetzt beglotzten uns die Karpfen andächtig aus dem Wasser in ihren Plastiktüten und überlegten wohl, was heute am Heiligen Abend noch alles gegen ihren freien Willen passieren würde.

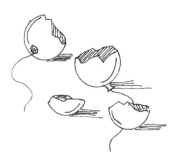

Hans Scheibner

Wer nimmt Oma?

Die Frage ist doch die: Wenn Herbert und Helga Oma Pinneberg Heiligabend zu sich nehmen, dann müssen Gerda und Michael mit den Kindern zu Oma Lüneburg fahren – denn die kann man ja Heiligabend auch nicht allein lassen. In diesem Falle müssten dann Herbert und Helga Oma Pinneberg am ersten Weihnachtstag zu Gerda und Michael bringen und Oma Lüneburg nachmittags zum Kaffee besuchen. Nun sagt Michael, das sei alles dummes Zeug, weil: Herbert und Helga könnten doch die beiden Omas alle beide Heiligabend nehmen und sie am ersten Weihnachtstag an Michael und Gerda weiterreichen. Dann wär das doch alles ein Abwaschen.

Aber Michael hat natürlich keine Ahnung, denn Oma Pinneberg und Oma Lüneburg zusammen: Das gibt ja Mord und Totschlag. Die haben sich doch nicht mal auf der Beerdigung von Onkel Kalli guten Tag gesagt. Alles noch wegen der Affäre von Opa Erni – also Oma Lüneburgs verstorbenem Mann – mit dieser Garderobenfrau vom Hansa-Theater. Oma Pinneberg hat doch damals gesagt, dass Oma Lüneburg selber schuld ist, wenn ihr Mann fremdgeht, weil sie mit ihrem Dünkel, da muss ja der beste Mann ... Aber das ist sowieso 'ne Geschichte für sich. Das Problem ist ja nun, dass Herbert sagt: Er will *einmal* in seinem Leben mit Helga, seiner Frau, allein Heiligabend feiern! »Einmal nur im Leben! Und gerade *weil* wir keine Kinder haben! Ist denn das zuviel verlangt!?« Da hat er mit Helga einen Riesenkrach gehabt. Die hat richtig geheult und hat gesagt: sie lässt ihre arme alte Mutter am Heiligen Abend nicht allein. Und auch nicht allein bei ihrem Bruder Michael, wo ihre Mutter nicht mal ein Glas Korn trinken darf! Und Weihnachten ist das Fest der Familie, hat Gerda geschluchzt, da gehören Eltern und Kinder zusammen. Und sie sei nun mal die Tochter ihrer Mutter! – »Das hab ich ja auch gar nicht bestritten!«, hat Herbert wieder dazwischengerufen. Und dann wieder Helga: Er sei es ja überhaupt gewesen, der keine Kinder gewollt habe. Und das rächt sich eben Heiligabend!

Na schön, Herbert hat dann eingelenkt und gesagt: »Dann nehmen wir eben Oma Pinneberg Heiligabend zu uns, und dafür nehmen Gerda und Michael Oma Lüneburg, und am ersten Weihnachtstag machen wir Oma-Tausch. Und damit die beiden sich nicht begegnen, fahr ich mit Oma Pinneberg zur selben Zeit von hier los, wie Michael mit Oma Lüneburg zu uns losfährt.«

Helga hat Gerda den Vorschlag am Telefon erklärt. Aber da war Gerda, also Michaels Frau, nun ganz außer sich. Ob sie vielleicht ein Altersheim wäre? Und was sie denn überhaupt mit Herberts Mutter zu tun hat, denn das ist ja nur ihre Stiefmutter. Und Michael hätte ja auch noch 'ne Mutter, und die müssen sie am zweiten Weihnachtstag in Maschen besuchen. Außerdem kommt am ersten noch ihre Freundin Susanne vorbei, die frisch geschieden ist, und die kann sie unmöglich ausladen, sonst nimmt die über Weihnachten noch Schlaftabletten. Und Herbert und Helga sollen sich überhaupt schämen, denn die haben ja ein Haus und könnten überhaupt alle Omas und dazu noch Onkel Otto aus'm Heim zu sich nehmen.

Na, Helga hat natürlich zurückgeschlagen: »Das ist eine Unverschämtheit! Wenn Gerda nicht so ein Luxusweibchen wäre und sich trotz der vielen Kinder mit Pelzen und Schmuck behängen würde, dann brauchten sie auch nicht mehr in dieser Genossenschaftswohnung zu hausen! Im Übrigen aber: Oma Lüneburg *will* ja unbedingt dahin, wo die Kinder sind, also zu Gerda und Michael! Wegen der strahlenden Kinderaugen, und das ist sowieso alles zum Verrücktwerden.«

Ja, das ist nun der Stand der Dinge, eineinhalb Wochen vor Weihnachten. Michael sagt: »Wenn man bedenkt, dass Oma Pinneberg ja schon völlig tüdelig ist und sowieso nicht mehr mitkriegt, wo sie eigentlich ist – ist das doch richtig ein gutes Zeichen für uns alle: dass wir uns so viele Gedanken um die Alten machen. Oder?«

Gerhard Polt

Nikolausi

SOHN Nikolausi...
VATER Hehehe, der Kleine, hehe, nein, das ist nicht Nikolausi, das ist Osterhasi, hehehe, hehe.
SOHN Nikolausi...
VATER Hehehe, nein, das ist nicht Nikolausi, weißt du, jetzt ist ja Frühling. Es ist ja jetzt nicht mehr Winter, hehehehe.
SOHN Nikolausi...
VATER He, nein, he, das ist Osterhasi, weißt du, Osterhasi mit den Ohrli, hehehe, der bringt Gaggi für das Bubele, hehehehe, jaja.
SOHN Nikolausi...
VATER He, nein, also, nein, weißt du, das handelt sich hier nicht um, äh, um Nikolausi, das ist Osterhasi, net, das ist ein Osterhasi, kein Nikolausi, gell?
SOHN Nikolausi...
VATER Ja, also, nein, jetzt hör doch mal zu, net, wenn ich's dir scho sag, das ist, es handelt sich hier nicht um ein Nikolausi, sondern um ein Osterhasi, net. Jetzt sieh das doch mal endlich ein.
SOHN Nikolausi...
VATER Ja, also, ja, Rotzbub frecher, ja, wie soll ich's dir denn noch erklären, also so was nein, gleich schmier ich dir eine, net.

SOHN   Nikolausi...
VATER Ja Herrschaftseitenmalefiz, jetzt widerspricht er ständig, net. Jetzt, jetzt hör doch amal zu, wenn ich schon sag, äh, äh, Nik... äh, O... äh, äh, das ist Osterhasi, net...
SOHN   Nikolausi...
VATER Naa, das ist kein Nikolausi, net, jetzt, also, wenn einer mal sich in einen Gedanken förmlich hineinverrennt, dann ist er ja wie vernagelt, net.
SOHN   Nikolausi
VATER *schreit* Ja, also, so, ja also, du Rotzbub, net, das ist ein Osterhasi, das ist kein Nikolausi, Osterhasi, verstanden, Osterhasi...
SOHN   Nikolausi...

Die Autoren

JUSSI ADLER-OLSEN, geboren 1950 in Kopenhagen, arbeitete in den verschiedensten Berufen, bevor er 1995 mit dem Schreiben von Romanen und Kriminalromanen begann. Seit der Veröffentlichung von ›Erbarmen‹ (dtv 21262, 2009), dem ersten Krimi um Carl Mørck und das Sonderdezernat Q, ist er Dauergast auf deutschen und internationalen Bestsellerlisten. Zuletzt erschien sein Roman ›Das Alphabethaus‹ (dtv 24894, 2012).
›Kredit für den Weihnachtsmann‹................................ 23
(Deutscher Taschenbuch Verlag GmbH & Co. KG, München 2011)

INGVAR AMBJØRNSEN, 1956 in Tønsberg (Südnorwegen) geboren, lernte Schriftsetzer, war Gärtner, Fabrikarbeiter und Pfleger in einer psychiatrischen Klinik, bevor er sich dem Schreiben widmete. Erster Erfolg in Deutschland mit dem Roman ›Weiße Nigger‹ (dt. 1992), später v. a. durch seine Romanvorlage für den Film ›Elling‹ (2001). Zuletzt erschien sein Roman ›Den Oridongo hinauf‹ (2012). Ambjørnsen ist mit der Übersetzerin Gabriele Haefs verheiratet und lebt in Hamburg. Mehr über den Autor unter www.ingvar-ambjoernsen.de
›Ein anderer Stern‹... 148
(Abdruck mit freundlicher Genehmigung des Autors. Deutsch von Gabriele Haefs.)

EWALD ARENZ, geboren 1965 in Nürnberg, studierte Anglistik, Amerikanistik und Geschichte und publiziert seit Beginn der Neunzigerjahre. Unter anderem erschienen die beiden erfolgreichen Romane ›Der Teezauberer‹ (dtv 13978) und ›Der Duft von Schokolade‹ (dtv 13808) und zuletzt ›Das Diamantenmädchen‹ (2011). Für sein literarisches Werk wurde er mehrfach ausgezeichnet. Er lebt mit seiner Familie in Fürth.
›Kinder, Kaffee, Kokain‹...................................... 123
(Abdruck mit freundlicher Genehmigung des ars vivendi Verlags, Cadolzburg. Aus: E. Arenz, Knecht Ruprecht packt aus, Cadolzburg 2009)

DIETMAR BITTRICH, 1958 als Kind Hamburger Auswanderer in Triest geboren, ist Autor und Herausgeber. 1999 erhielt er den Hamburger Satirepreis und verfasste Bestseller wie ›Das Gummibärchen-Orakel‹ (1996) und ›Böse Sprüche für jeden Tag‹ (dtv 20676, 2003). Mehr über den Autor unter: www.dietmarbittrich.de
›Im Weihnachtsmärchen‹ 128
(Abdruck mir freundlicher Genehmigung des Autors.)

WOLFGANG BRENNER, geboren 1954, lebt als Journalist, Autor und Drehbuchautor (›Tatort‹, ›Polizeiruf 110‹) in Berlin und im Hunsrück. Er wurde 2007 mit dem Berliner Krimipreis »Krimifuchs« ausgezeichnet. Seine Schmalenbach-Geschichten, die siebzehn Jahre in der ›Frankfurter Allgemeinen Sonntagszeitung‹ erschienen sind, haben Kultstatus.
›Der Adventskranz‹ 94
(Aus: W. Brenner, Elke versteht das. Deutscher Taschenbuch Verlag GmbH & Co. KG, München 2010)

OSMAN ENGIN, 1960 in der Türkei geboren, lebt seit 1973 in Deutschland. Der studierte Soziologe schreibt Satiren für Presse und Rundfunk. 2006 wurde er für seine Hörfunkbeiträge mit dem ARD-Medienpreis ausgezeichnet. Bei dtv sind u. a. seine Romane ›Kanaken-Gandhi‹ (20476), ›GötterRatte‹ (20708) und ›Tote essen keinen Döner‹ (21054) sowie mehrere Satire-Bände erschienen.
›Heiligabend ist Deutschland zu‹ 66
(Aus: O. Engin, Getürkt Weihnachten, Deutscher Taschenbuch Verlag GmbH & Co. KG, München 2006)

INGER FRIMANSSON, geboren 1944, zählt zu den bekanntesten Autorinnen Schwedens. Die gelernte Journalistin ist seit 1998 freie Autorin und schreibt neben Kinder- und Jugendbüchern und Gedichten hauptsächlich Kriminalromane. Für ›Gute Nacht, mein Geliebter‹ (dt. 2002) wurde sie mit dem schwedischen Krimipreis ausgezeichnet und begründete ihren Ruhm als »schwedische Minette Walters«. Sie lebt mit ihrer Familie in Kungholmen.
›Prost und frohes Fest‹ 177
(Abdruck mit freundlicher Genehmigung des Rowohlt Verlags, Reinbek bei Hamburg. Aus: Tödliche Bescherung, herausgegeben von Anne Bubenzer. Deutsch von Christel Hildebrandt. Reinbek 2007)

DANIEL GLATTAUER, geboren 1960 in Wien, ist Journalist und Autor. Sein 2006 erschienener E-Mail-Roman ›Gut gegen Nordwind‹ wurde ein Bestseller. Zuletzt erschien sein Roman ›Ewig dein‹ (2012).
›Die beliebtesten Weihnachtskrisen und die besten Anlässe für Streit‹ 48
(Abdruck mit freundlicher Genehmigung des Verlags Sanssouci im Carl Hanser Verlag, München. Aus: D. Glattauer, Der Karpfenstreit, Die schönsten Weihnachtskrisen, München 2010)

HIPPE HABASCH, geboren 1948 im Spessart, lebt im Westallgäu. Sie hat eine Ausbildung als Technische Zeichnerin absolviert und ist nach diversen Tätigkeiten zur schreibenden Zunft konvertiert. Versucht den Spagat zwischen Broterwerb (Journalismus) und Musenkuss. Letzte Buchveröffentlichung: »die liebe kam von links«, Kurzprosa, Edition SIGNAThUR, Schweiz, 2004. Preise: Ja.
›alle jahre wieder‹ 202
›die bescherung‹ 127
(Abdruck mit freundlicher Genehmigung der Autorin.)

DORA HELDT, 1961 auf Sylt geboren, ist gelernte Buchhändlerin, Verlagsvertreterin und Autorin. Mit ihren spritzig-unterhaltenden Romanen erobert sie regelmäßig sämtliche Bestsellerlisten. Die Romane ›Urlaub mit Papa‹ (dtv 21143, 2008) und ›Tante Inge haut ab‹ (dtv 21209, 2009) wurden auch verfilmt. Zuletzt erschien ›Bei Hitze ist es wenigstens nicht kalt‹ (dtv 24857, 2011). Dora Heldt lebt in Hamburg.
›Ein Weihnachtsjob‹ 7
(Abdruck mit freundlicher Genehmigung der Autorin.)

BENNO HURT, geboren 1941, studierte Jura und schlug die Richterlaufbahn ein. Schon früh veröffentlichte er Lyrik, Prosa und schrieb Theaterstücke. 2011 erschien sein Roman ›Im Nachtzug‹ (dtv 24828). Benno Hurt lebt in Regensburg.
›Saure Zipfel und anderes Unweihnachtliches‹ 160
(Erstveröffentlichung. Abdruck mit freundlicher Genehmigung des Autors.)

JESS JOCHIMSEN, 1970 geboren, lebt als Autor und Kabarettist in Freiburg. Seit 1992 tritt er auf allen bekannten deutschsprachigen Bühnen auf und erzählt dort meist lustige Geschichten, zeigt im-

mer schlimme Dias und singt oft traurige Lieder. Ausgezeichnet wurde er u. a. mit dem Kleinkunstpreis Baden-Württemberg 2011. Zuletzt erschien von ihm ›Krieg ich schulfrei, wenn du stirbst?‹ (dtv 34715, 2012).
›Draußen vom Walde komm' ich her‹ 75
(Aus: J. Jochimsen, Das Dosenmilch-Trauma, Deutscher Taschenbuch Verlag GmbH & Co. KG, München 2000)

ERICH KÄSTNER wurde 1899 in Dresden geboren und starb 1974 in München. Der Schriftsteller, Satiriker, Dramatiker und nicht zuletzt Autor der berühmten Kinderklassiker ›Das doppelte Lottchen‹, ›Das fliegende Klassenzimmer‹, ›Pünktchen und Anton‹ und ›Emil und die Detektive‹ wurde mit zahlreichen Preisen bedacht, u. a. mit dem Büchner-Preis und der Hans-Christian-Andersen-Medaille.
›Interview mit dem Weihnachtsmann‹ 197
(Abdruck mit freundlicher Genehmigung von Thomas Kästner. Aus: E. Kästner, Interview mit dem Weihnachtsmann, München 1998).

JÜRGEN KEHRER, geboren 1956 in Essen, lebt in Münster. Mit achtzehn Kriminalromanen und etlichen Drehbüchern für das ZDF ist er der geistige Vater des Buch- und Fernsehdetektivs Georg Wilsberg. Außerdem hat Jürgen Kehrer einige historische Kriminalromane sowie Sachbücher veröffentlicht. Nach dem Thriller ›Fürchte dich nicht!‹ (2011) erschien von ihm zuletzt eine ›Gebrauchsanweisung für Münster und das Münsterland‹ (2011). Mehr über den Autor unter www.Juergen-Kehrer.de
›Wurstklauer und Türschlitzschnüffler‹ 99
(Erstveröffentlichung. Abdruck mit freundlicher Genehmigung des Autors.)

ULRICH KNELLWOLF, geboren 1942, wuchs in Zürich und Olten auf. Nach seinem Theologiestudium und einer Promotion über Jeremias Gotthelf wirkt er seit 1969 als Pfarrer. Er veröffentlichte Romane, Kriminalromane und Erzählungen, zuletzt ›Die Erfindung der Schweizergeschichte im Löwen zu Olten‹ (2010).
›Drei Könige ihrer Branche‹ 171
(Abdruck mit freundlicher Genehmigung des Verlags Nagel & Kimche im Carl Hanser Verlag, München. Aus: U. Knellwolf, Der liebe Gott geht auf Reisen, München 2004)

JAROMIR KONECNY, geboren 1956 in Prag, ist promovierter Chemiker und einer der Pioniere des deutschen Poetry Slams. Er ist Mitbegründer und Mitglied der Münchner Lesebühne »Schwabinger Schaumschläger«. Mehr über den Autor unter www.jaromir-konecny.de
›Der freie Wille der Kneipenphilosophen‹ 204
(Abdruck mit freundlicher Genehmigung des Ariel Verlags, Riedstadt. Aus: J. Konecny, Fifi poppt den Elch, Riedstadt 2010)

ARNOLD KÜSTERS, geboren 1954, studierte unter anderem Anglistik, Amerikanistik, Pädagogik und Psychologie, ist Journalist, u. a. für WDR und ARD, und Schriftsteller. Privat liebt er den Blues und spielt in der Rockband STIXX. Er veröffentlichte mehrere Niederrhein-Krimis. Zuletzt erschien sein Kriminalroman ›Totenstimmung‹ (2012). Mehr über den Autor unter www.arnold-kuesters.de
›Kabine drei‹ 110
(Abdruck mit freundlicher Genehmigung des Autors.)

MILENA MOSER, 1963 in Zürich geboren, arbeitete nach einer Buchhändlerlehre als Journalistin für Rundfunk und Zeitungen und lebte lange in San Francisco. Sie zählt zu den erfolgreichsten Schriftstellerinnen der Schweiz. Zuletzt erschien ihr Roman ›Montagsmenschen‹ (2012). Mehr über die Autorin unter www.milenamoser.com
›Saure Trauben‹ 137
(Abdruck mit freundlicher Genehmigung des Verlags Nagel & Kimche im Carl Hanser Verlag, München. Aus: M. Moser, High Noon im Mittelland. Die besten Kolumnen. München 2011)

ANNETTE PETERSEN, Jahrgang 1964, ist Diplom-Geografin, war Hörfunkredakteurin und Journalistin und wurde mehrfach mit dem Niederländischen Hörfunkpreis ausgezeichnet. Heute lebt sie als freie Autorin mit ihrer Familie in Hannover. Sie hat zahlreiche Kurzkrimis in verschiedenen Anthologien veröffentlicht und war 2008 nominiert für den Agatha-Christie-Krimipreis. 2011 erschien ihr Kriminalroman-Debüt ›Luft und Lüge‹. Mehr zur Autorin unter www.annette-petersen.de
›Familiendrama‹ 56
(Erstveröffentlichung. Abdruck mit freundlicher Genehmigung der Autorin.)

GERHARD POLT, geboren 1942 in München, studierte in Göteborg und München Skandinavistik. Seit 1975 steht er als Kabarettist, Schauspieler, Poet und Philosoph auf deutschen und internationalen Bühnen, oftmals begleitet von der Musikgruppe ›Biermösl Blosn‹. Für seine Verkörperung des biederen bayerischen Normalbürgers wurde er vielfach ausgezeichnet, u. a. 2007 mit dem Großen Karl-Valentin-Preis, 2001 mit dem Bayerischen Staatspreis für Literatur. Er lebt und schreibt in Schliersee, München und Terracina.
›Nikolausi‹ 213
   (Abdruck mit freundlicher Genehmigung des Verlags Kein & Aber, Zürich. Aus: G. Polt, Abfent, Abfent!, Zürich 2011)

JUTTA PROFIJT, 1967 in Ratingen geboren, lebt als Autorin und Übersetzerin in der niederrheinischen Provinz. Mit ihren schrägen Kriminalromanen über den prolligen Geist Pascha und den schüchternen Rechtsmediziner Dr. Gänsewein eroberte sie eine riesige Fangemeinde und war mit dem ersten Band der Kultreihe, ›Kühlfach 4‹ (dtv 21129, 2009) für den Friedrich-Glauser-Preis nominiert.
›Stille Nacht‹ 33
   (Erstveröffentlichung. Abdruck mit freundlicher Genehmigung der Autorin.)

HANS SCHEIBNER, 1936 in Hamburg geboren, ist gelernter Verlagskaufmann, Journalist, Texter und Liedermacher. Bekannt wurde er durch seine satirische Fernsehsendung ›Scheibnerweise‹. Er lebt in Hamburg, wenn er nicht gerade mit seiner neuen Show in Norddeutschland unterwegs ist.
›Wer nimmt Oma?‹ 210
   (Aus: H. Scheibner, Der Weihnachtsmann in Nöten, Deutscher Taschenbuch Verlag GmbH & Co. KG, München 2000. Abdruck mit freundlicher Genehmigung des Autors.)

URSULA SCHRÖDER, geboren 1957, studierte Englisch und Geschichte in Bonn. Sie veröffentlichte Kurzgeschichten, Sachtexte sowie fünf erfolgreiche Frauenromane bei dtv, zuletzt ›Alles auf Anfang, Marie‹ (dtv 21374, 2012). Seit 2000 arbeitet sie als PR-Beraterin in ihrer eigenen Text & Ideenwerkstatt. Sie ist verheiratet und hat drei Kinder. Mehr unter: www.ursulaschroeder.de
›Meine feinen Sticheleien‹ 89
   (Abdruck mit freundlicher Genehmigung der Autorin.)

MARK SPÖRRLE, 1967 in Flensburg geboren, ist Redakteur der ZEIT, wo er regelmäßig über »irrwitzige Erlebnisse« berichtet. Er veröffentlichte mehrere Satiresammlungen; sein gemeinsam mit Lutz Schuhmacher verfasstes Buch ›Senk ju vor träwelling – Wie Sie mit der Bahn fahren und trotzdem ankommen‹ (2008) ist ein Bestseller.

›Die Schwuchtel-Tasche‹ 79
   (Abdruck mit freundlicher Genehmigung des Rowohlt Verlags, Reinbek bei Hamburg. Aus: M. Spörrle, Aber dieses Jahr schenken wir uns nichts!, Reinbek 2008)

MICHAL VIEWEGH, geboren 1962 in Prag, arbeitete nach einem abgebrochenen Wirtschaftsstudium als Nachtwächter und studierte anschließend Tschechisch und Pädagogik. Michal Viewegh, der in seiner Heimat ein Bestsellerautor ist, lebt als freier Schriftsteller in Prag. Viele seiner Romane und Erzählungen sind ins Deutsche übersetzt.

›Da wird schon was dran sein, an diesen Weihnachten‹ 140
   (Abdruck mit freundlicher Genehmigung des Deuticke Verlags im Paul Zsolnay Verlag, Wien. Aus: M. Viewegh, Zeitweiliger Orientierungsverlust. Liebesgeschichten, Deutsch von Eva Profousová, Wien 2011)